Marlene Klaus

Gloria und die Londoner Liebschaften

Gloria
und die Londoner Liebschaften

Ein viktorianischer Krimi
von
Marlene Klaus

DRYAS

Das für dieses Buch eingesetzte Papier ist ein Produkt aus nachhaltiger Forstwirtschaft.

1. Auflage 2017

Herausgeber: Dryas Verlag, Frankfurt am Main,
gegr. in Mannheim.

Herstellung: Dryas Verlag, Frankfurt am Main
Lektorat: Andreas Barth, Oldenburg
Korrektorat: Birgit Rentz, Itzehoe
Umschlaggestaltung: © Guter Punkt, München (www.guter-punkt.de)
unter Verwendung von Motiven von IStock und Shutterstock
Grafik: Ansicht von London – Vector hand-drawn London © raven – Fotolia.com
Satz: Dryas Verlag, Frankfurt am Main
Gesetzt aus der Palatino Linotype
Druck: Druckhaus Nord, Bremen

Bibliografische Information der Deutschen Bibliothek:
Die Deutsche Bibliothek verzeichnet diese Publikation in der Deutschen Nationalbibliografie, detaillierte bibliografische Daten sind im Internet über http://dnb.ddb.de abrufbar

ISBN 978-3-940855-71-8
www.dryas.de

Kapitel 1

Morgen Abend würde es so weit sein!

Lady Gloria Wingfield war glücklich, sie hatte ihr Ziel erreicht: Morgen Abend würde der Frauenbildungsverein »Elizabeth« eröffnet werden!

Sie saß an dem großen Schreibtisch im Arbeitszimmer und sah noch einmal die Unterlagen durch, die sie für das Interview heute Nachmittag vorbereitet hatte. Durch die geöffnete Zimmertür drang geschäftiger Lärm herein. Endlich wurden die Stühle geliefert, leider verspätet und bedauerlicherweise zusammen mit den Buketts. Sie hörte den Hausmeister Atkinson Anweisungen geben und ihre Freundin Lilian den Blumenhändler dirigieren. Irgendwo schwirrten auch Mrs Fenwick Miller sowie Miss Morton herum, um die Lampions und Kerzenlichter auf den Veranden zu arrangieren und anderweitig nach dem Rechten zu sehen. Lilian, Mrs Fenwick Miller und Miss Morton waren wie Gloria im Vorstand des Frauenbildungsvereins. Den Namen »Elizabeth« hatte Gloria sowohl zu Ehren der Dichterin Elizabeth Barrett-Browning (deren Werke sie sehr schätzte) als auch von Englands einstiger Königin vorgeschlagen und er war von sämtlichen zehn Vorstandsfrauen für gut befunden und angenommen worden. Im vergangenen halben Jahr hatten sie alle sehr viel Engagement und Arbeit darauf verwandt, die Richtlinien des Vereins festzulegen, Kurse und Vorträge zusammenzustellen sowie Lehrerinnen und Referentinnen zu engagieren. Neben den abendlichen Fortbildungskursen würden künftig samstags Vorträge zu kulturellen Themen und freitags solche zu beruflichen, sozialen oder politischen stattfinden, zu denen nur weibliche Personen Zutritt hatten.

Glorias Großtante Lady Josephine Blythe war ebenfalls im Vorstand des Frauenbildungsvereins. Allerdings eher formell und um Gloria einen Gefallen zu tun. Sie hatte im Frühjahr einen nicht unerheblichen Teil der Korrespondenzen erledigt, hatte zahlreiche Damen der Gesellschaft über Glorias Vorhaben informiert und die Werbetrommel geschlagen. Über manche der Antworten hatte Gloria geschmunzelt (Lady Carmichel-Diamond hatte angeboten, einen Vortrag über das Rosenzüchten zu halten), über wenige sich geärgert (die Herzogin von York hielt ein solches Unterfangen für gänzlich unnötig und verbot sich weitere »korrespondäre Belästigung«). Nun, das war – nebst der lachhaften Wortschöpfung »korrespondär« – zu verkraften. Es gab genügend Frauen, die ein solches Unterfangen *nicht* für unnötig hielten. Aufgrund ihrer Werbeannoncen in diversen Zeitungen und Magazinen lagen bereits Anmeldungen für die Kurse Englisch und Französisch sowie Handelskunde vor.

Das Haus selbst hatte Glorias Anwalt Mr Brooks ausfindig gemacht. Er hatte den Mietvertrag mit den Eigentümern geschlossen und alles Rechtliche erledigt, das mit der Gründung einer solchen Einrichtung einherging. Er hatte Stellenannoncen aufgegeben und Gloria hatte gespannt auf die Antworten gewartet. Nun hatten sie nicht nur ausreichend Lehrerinnen für die unterschiedlichen Kurse, sondern auch einen zuverlässigen Stamm an Hauspersonal. Seit erstem April war Mr Atkinson als Hausmeister tätig. Er hatte die Neugestaltung und Renovierung überwacht und war für alle technischen Dinge zuständig. Er war, ebenso wie das Hausmädchen Sally, dauerhaft angestellt. Speziell für die Vorbereitungen zur Eröffnung wurde der Butler Pratt von einer Agentur engagiert. Er war bereits seit eineinhalb Wochen da und mit sämtlichen organisatorischen Aufgaben betraut. Unter anderem hatte er zwei Kellner verpflichtet, die beim morgigen Empfang servieren würden. Daneben gab es seit vorgestern die Köchin Mrs Neal und die Küchenhilfe Linda. Beide arbeiteten die gesamte Vorbereitungswoche bis zur Eröffnung, Mrs Neal künftig nur an den »kulturellen« Samstagen.

Gloria versuchte, sich trotz des Umtriebs draußen im Flur und der nebenan liegenden Großen Halle auf ihre Listen zu konzentrieren. Hier waren ihre Antworten für die Journalistin und den Journalisten, die sie am Nachmittag erwartete. Die nächste Liste enthielt eine Aufzählung der Speisen und Getränke für morgen Abend. Sie lächelte in sich hinein, denn sie hatte sie bereitgelegt, weil Gesellschaftsjournalisten *immer* wissen wollten, was es zu essen gab. Nun, sie würde es ihnen sagen können, falls sie danach fragten: kaltes Roastbeef, Steak-and-Kidney-Pies sowie mit Kalbsbries gefüllte Pastetchen. Dass sie Lord Lyndon zu Ehren bei Mrs Neal einen Melton Mowbray Pork Pie geordert hatte, der eine Spezialität aus Lord Lyndons Heimat Leicestershire war, würde sie unerwähnt lassen. Gloria heftete das Blatt mit der Speisenfolge an jenes mit den Antworten und wandte sich dem letzten Blatt zu: Anordnungen für Pratt, fein säuberlich untereinander geschrieben, damit man abhaken konnte, was erledigt war.

»Was machst du?«, fragte eine weibliche Stimme von der offenen Tür her.

Gloria sah auf und lächelte ihre Freundin Lilian an. »Ich gehe die Antworten noch einmal durch.«

»Du weißt doch sicher alles auswendig.«

»Ich möchte nichts vergessen.«

Lilian zog eine Augenbraue in die Höhe, etwas, das sie gut konnte – Gloria konnte es nicht – und das ihrer lehrerinnenhaften Erscheinung den letzten Schliff Strenge verlieh. Sie trug wie immer ein schwarzes Seidenkleid, hochgeschlossen, mit winzigem weißem Spitzenkrägelchen am schlanken Hals, das dunkelbraune Haar mit dem akkuraten Mittelscheitel nach hinten gekämmt und im Nacken verknotet. Die flaumkleinen Kringel, die den Haaransatz an der Stirn bekränzten, widersprachen jedoch dem strengen Eindruck ebenso wie das freundliche, ovale Gesicht mit den leicht geröteten Wangen. Diese waren augenblicklich noch ein wenig mehr gerötet als sonst, erstens war es heiß und zweitens hatte Lilian einiges an Arbeit hinter sich. Mit leichtem Wiegeschritt näherte sie sich dem Schreibtisch. Ihr Kleid raschelte leise.

»Die Blumen sind arrangiert?«, fragte Gloria.

Lilian nickte. Sie hatte sich in den vergangenen Wochen meist um die Einrichtung gekümmert. Sie hatte Handtücher und sonstige Notwendigkeiten für die beiden Badezimmer ausgesucht und dort alles hübsch hergerichtet. Da sie gerne nähte, hatte sie die Vorhänge für die fünf kleinen Zimmer im Dachgeschoss angefertigt. Drei Stuben waren für Bedienstete gedacht, falls diese über Nacht im Haus bleiben mussten, zwei waren für Referentinnen reserviert, die von weiter weg anreisten und im Haus übernachten wollten.

»Kommt Robert dich abholen?«, fragte Gloria.

»Er müsste jeden Augenblick hier sein.« Lilian strich mit der Hand an der Schreibtischkante entlang, eine Geste, die absichtsvoll verträumt wirkte, so als sei Gloria nicht Gloria, sondern ein Galan, den sie zu becircen hoffte.

»Wie geht es deinem Lord Lyndon?«

»Er ist nicht *mein* Lord Lyndon.«

»Immerhin nennst du ihn Alexander.«

Gloria lächelte und sagte: »Es geht ihm gut, nehme ich an.«

»Pass bloß auf, sonst schnappt ihn dir deine Tante vor der Nase weg.«

»Du bist unmöglich!« Gloria suchte nach etwas, das sie nach Lilian werfen konnte, fand auf dem Schreibtisch aber nichts Geeignetes und beließ es bei der Geste.

Lilian beugte sich vor und raunte: »Sie ist verrückt nach ihm!«

»Na, ihr beiden Verschwörerinnen, wer ist verrückt nach wem?«

Lilians Ehemann Robert stand plötzlich in der Tür, ein großer, hagerer Mann mit einem Gesicht, dem man ansah, dass er gerne Zeit im Freien verbrachte. Er hatte schmale Lippen und einen krausen Backenbart bis fast zur Kinnspitze. Lilian hauchte ihm einen Kuss auf die Wange und sagte: »Frauensache!«

Robert lachte und hielt Gloria die Hand zur Begrüßung hin.

»Hallo, Robert. Sei so gut und schaffe mir dieses Lästerweib vom Hals, ja?«

Hinter Roberts Rücken zog Lilian ihr eine Grimasse, verwandelte ihr Gesicht jedoch sofort wieder in die Miene des unschuldigsten Engels, als Robert sich zu ihr umdrehte.

»Sie nennt dich Lästerweib. Frau, was hast du gesagt?«

»Nichts, holder Gemahl. Lass uns essen gehen. Du willst wirklich nicht mitkommen, Belle?«

»Nein, ich habe Mrs Neal gebeten, mir ein Sandwich zu machen.«

Lilian warf Gloria eine Kusshand zu, hakte sich bei ihrem Mann unter und zog ihn aus dem Zimmer. »Bis später«, sagte sie.

»Wiedersehen, Gloria!«, rief Robert über die Schulter, dann machte er »Hoppla!« und einen Stolperschritt, denn in der Tür waren er und Lilian fast mit einer jungen Frau zusammengestoßen, die mit wehenden Hutbändern herangeflitzt kam und einen Ton ausstieß, der einem Quieken nicht unähnlich war. Auch sie hatte rosa erhitzte Wangen und einen Mann im Schlepptau. »Oh, hallo Mr und Mrs Fielding«, sagte sie.

»Lady Virginia«, erwiderte das Ehepaar den Gruß und Robert fragte: »So sind Sie wieder zurück?«

»Seit gestern Abend«, bestätigte der junge Mann.

»Und *natürlich* ist unser erster Weg heute *hierher* – nachdem Mutter uns aus ihren Klauen entließ, sie wollte uns zum Lunch dabehalten, aber wir sind entflohen!«, sagte Lady Virginia theatralisch. Sie war eine kleine, mollige Person mit braunem Haar, das wie bei Lilian im Nacken verknotet war. Lady Virginia rauschte auf Gloria zu, die hinter dem Schreibtisch hervorgekommen war, und streckte ihr beide Hände zur Begrüßung hin. Sie strahlte über das ganze Gesicht. »Wir haben uns beeilt«, bekräftigte sie und ihre Stimme klang melodisch und erwachsen und gar nicht mehr quiekend.

Während der junge Mann noch ein paar Worte mit den Fieldings wechselte, flüsterte Lady Virginia Gloria zu: »Oh, Lady Wingfield, da hatte ich als junges Mädchen Angst vor der Ehe – und sehen Sie mich jetzt an! Das Eheleben ist *wundervoll*!« Sie warf einen raschen Blick über die Schulter auf ihren jungen Gatten und sagte: »Ich *bete* ihn an! Er besitzt die Eigenschaften, die ich mir bei einem Mann wünschte. Ich habe Aussicht auf ein großes Glück! Zum ersten Mal in meinem Leben.«

»Das freut mich sehr«, erwiderte Gloria.

Robert und Lilian verabschiedeten sich und der derart gerühmte junge Mann kam nun ebenfalls heran und begrüßte Gloria mit Handschlag. »Schön, Sie wiederzusehen,

Lady Wingfield.« An ihm fielen zuerst die großen blauen Augen auf sowie eine wohlgeformte Nase. Trotzdem fand Gloria ihn nicht besonders gut aussehend.

»Ich freue mich ebenfalls, Mr von Sachsfeld«, sagte sie. »Wie war die Reise?«

Lady Virginia legte den Kopf in den Nacken und richtete die Augen zur Zimmerdecke. »Ein Traum!«, schwärmte die junge Frau. »Oh, ich muss Ihnen *alles* erzählen! Paris zum Auftakt an meinem Geburtstag – das war ganz wunderbar. Aber Italien – ah! Alfred war ja schon einmal dort, aber ich sah es zum ersten Mal und würde am liebsten *sofort* wieder losreisen! Venedig, Verona …«

»Liebes, Lady Wingfield kennt Italien ebenfalls«, unterbrach Mr von Sachsfeld seine Ehefrau nachsichtig lächelnd.

»Es ist wunderschön dort«, bestätigte Gloria. »Und vielleicht finden wir heute Abend etwas Zeit, um über Ihre Hochzeitsreise zu plaudern.«

»Heute Abend!« Lady Virginia verrollte die Augen und zog einen Schmollmund. »Wenn ich an diesen grässlichen Ball denke, wird mir schlecht!«

»Du bist ungerecht, Liebes«, tadelte Mr von Sachsfeld. »Deine Mutter gibt diesen Ball zu Ehren unserer Rückkehr. Du mochtest Bälle doch sonst immer. Hast du vergessen, dass wir uns auf einem Ball kennenlernten?«

»Jaja«, maulte Lady Virginia. »Den meine Mutter seinerzeit zu deiner Ankunft in London gab. Nimm sie nur ja noch in Schutz!«

Mr von Sachsfeld rang sich ein steifes Lächeln ab. Gloria wusste, dass Lady Virginia nicht sonderlich gut mit ihrer Mutter auskam und nicht gerade das gehabt hatte, was man eine schöne Kindheit nennt. So steuerte sie das Gespräch taktvoll in eine andere Richtung. »Nun, sicher interessiert es Sie, was wir in Ihrer zweimonatigen Abwesenheit alles arrangiert haben.«

Schon verzauberte wieder glücklicher, junger Übermut

Lady Virginias rundliches Gesicht. »Erzählen Sie! Wer wird morgen Abend kommen? Werde ich singen?«

»Werden Sie.«

Lady Virginia schlug begeistert die Hände zusammen. »Wird sie mich begleiten? Konnten Sie sie gewinnen?«

Gloria lächelte ihr junges Gegenüber vielsagend an. »Was glauben Sie?«

»Oh spannen Sie mich doch nicht so auf die Folter!«

»Susan Forsythe Beltà wird Sie am Flügel begleiten.«

»Hast du gehört, Alfred?! Die Patentochter der Königin wird mich am Flügel begleiten! Endlich werde ich sie kennenlernen, ich hatte so darauf gehofft!«, sagte Lady Virginia enthusiastisch.

Susan Forsythe Beltà, als afrikanische Prinzessin geboren, war eine Berühmtheit in der Londoner Gesellschaft, lange bevor sie Mr James Labulo Dickson geheiratet hatte. Mr Dickson, ein afrikanischer Geschäftsmann von ausgezeichnetem Ruf, war – ebenso wie Lady Virginia und ihr Ehemann – einer der Sponsoren des Frauenbildungsvereins. Er hielt viel von Bildung und hatte in Afrika Schulen bauen lassen. Seine Ehefrau war eine hervorragende Klavierspielerin, die gerne zugestimmt hatte, als Gloria sie fragte, ob sie den musikalischen Part am Eröffnungsabend übernehmen würde. Sie hatte Gloria einige Liedvorschläge übergeben, die diese nun Lady Virginia aushändigte.

Lady Virginia sah auf das Papier, nickte zustimmend und sagte: »Sehr schön.« Dann sah sie Gloria ins Gesicht und fragte: »Was noch?«

»Mrs Wilde wird mit ihrem Ehemann kommen.«

Mrs Constance Wilde, Herausgeberin der »Rational Dress Society Gazette«, war ebenfalls eine der Vorstandsfrauen, und Lady Virginia hatte vor ihrer Abreise spekuliert, ob sie zur Eröffnung zusammen mit ihrem berühmten Ehemann erscheinen würde.

»Hast du das gehört, Alfred? Mr Oscar Wilde wird morgen da sein!«

»Ich bin ja nicht taub«, gab Alfred leicht mürrisch zurück.

»Nun sei nicht so! Er ist *die* Kapazität in Sachen Ästhetik und Hauseinrichtung!«

»Und nebenbei ein prominenter Dichter und Schriftsteller«, merkte Gloria an.

»Und nebenbei ein Sozialist«, fügte Alfred mit skeptischer Miene hinzu. »Er posaunt seine Thesen im Travellers Club herum. Hält den Sozialismus für *eine neue Triebfeder der Kunst*. Lachhaft! Der Sozialismus zersetzt die Zivilisation, ich kann nur hoffen, dass die verblendeten Anhänger dieser Lehre dies bald einsehen.«

Gloria fand Mr Wildes Ansichten diesbezüglich zwar auch ein wenig überspannt, betrachtete Mr Wilde aber eher unter literarischen Gesichtspunkten. Und da gefiel ihr, was sie las. Seine Artikel in der »Pall Mall Gazette« und in »The Woman's World«, für Letztere fungierte er als Herausgeber, waren spritzig. Er war ungewöhnlich und er hatte Stil.

»Ach, jetzt lass uns aber nicht über Politik reden«, murrte Lady Virginia und fügte an: »Bedwin jedenfalls wird an die Decke gehen, wenn er hört, dass er Oscar Wilde verpasst! Er verehrt ihn doch so! Lady Wingfield, Sie wissen, dass er nicht kommen kann?«

»Nein«, erwiderte Gloria und runzelte fragend die Stirn. Bedwin Sands war ein guter Freund Alfred von Sachsfelds. Sie hatte ihn bei der Hochzeit der beiden im Mai kennengelernt. Da das junge Ehepaar zu den Geldgebern des Frauenbildungsvereins gehörte, standen auch Freunde und Verwandte von ihnen auf der Gästeliste der Eröffnungsfeier.

»Die Segelpartie, zu der er eingeladen war, wird nun doch zustande kommen«, erklärte Alfred von Sachsfeld. »Er wird morgen Abend nach Brighton aufbrechen, früh am nächsten Morgen segeln sie los, die Atlantikküste hinunter bis Lissabon. Ihm wird sicher nicht nur furchtbar langweilig, sondern auch gehörig schlecht werden.«

Gloria bedauerte dies. Mr Sands war ihr trotz seines dandyhaften Auftretens sympathisch gewesen und sie hatte sich damals bei der Hochzeitsfeier mit ihm über Ägypten unterhalten, ein Land, das sie bereist hatte und das er gerne bereisen wollte. Er mochte den Orient und wäre sicher ein unterhaltsamer Gesprächspartner gewesen.

»Es wird auch ohne meinen Freund Bedwin eine gelungene Eröffnung werden, Lady Wingfield«, prophezeite Mr von Sachsfeld.

Mr Morris war ein absolut gut aussehender Mann. Gloria stockte kurz der Atem, als er so schneidig den Flur herauf auf sie zukam. Sie kannte den Gesellschaftsreporter bisher nur aus der Ferne. Wie er nun mit diesem federnden Gang herankam, spürte sie, dass ihr noch ein klein wenig heißer wurde, als es ihr ohnehin schon war. Rasch streckte sie ihm die Hand hin und sagte: »Schön, Sie zu sehen, Mr Morris.«

Sie war in der Großen Halle gewesen, um ein paar Worte mit Atkinson zu wechseln, als sie sah, wie Pratt Mr Morris hereinließ. Also hatte sie kurz gewartet, bis Pratt ihn zu ihr geführt hatte.

»Ich bin erfreut, dass Sie Zeit haben, Lady Wingfield!«, bekundete Mr Morris. Sein Händedruck war fest, die Hände warm und trocken (ein Wunder bei dieser Hitze) und er sah ihr direkt in die Augen.

Und was für Augen! Havannabraun und dunkel wie ein fernes Abenteuer blickten sie unter geraden, wie mit dem Pinsel gezogenen Augenbrauen hervor, durchdringend, wachsam, versiert. Er hatte eine schöne, sehr gerade Nase und um seinen hübschen Mund lag der Hauch eines trotzig-belustigten Zuges. Seine dunklen Haare lagen locker um seinen Kopf, sie liefen vor den Ohren spitz in die Wangen aus, und von hier, wo bei anderen Männern der Backenbart begann, bis hinunter zum markanten Kinn lag ein dunkler Bartschatten. Er mochte in ihrem Alter sein, überlegte Gloria, während sie mit der Hand den Weg deutete und sagte: »Bitte, hier entlang.« Sie war froh um den kurzen Augenblick, in dem sie den Blick von ihm wenden konnte, und ging voraus zum Arbeitszimmer.

»Das hier ist wohl der Festsaal?«, hörte sie seine Stimme hinter sich.

Sie drehte sich um. Mr Morris war an der Tür zur Großen Halle stehen geblieben und schaute hinein. »Ja, hier wird morgen Abend der Empfang stattfinden.« Gloria trat zu ihm und schaute ebenfalls hinein. Atkinson ging gerade prüfend die Stuhlreihen entlang. »Und in Zukunft all jene Veranstaltungen, zu denen wir ein größeres Publikum erwarten dürfen.« Sie stand neben ihm, er war etwa einen halben Kopf größer, und bemerkte einen Duft an ihm, harzig, würzig, wie von frisch geschlagenen Bäumen. Benutzte er Parfüm? Es würde zu ihm passen, dessen Erscheinung etwas von einem Landedlen längst vergangener Tage hatte.

Sie gingen weiter, aber Mr Morris blieb nach wenigen Schritten erneut stehen, wandte sich nach links und spähte interessiert die Treppe hinauf. »Ein schönes Haus«, sagte er anerkennend.

»Wir werden Sie und Miss Bateson im Anschluss an das Interview gerne herumführen.« Sowohl Miss Bateson als auch Mr Morris hatten vorgeschlagen, anlässlich der Gründung des Frauenbildungsvereins ein Interview mit ihr zu führen. Das war bei Miss Bateson allerdings zu erwarten gewesen. Interviews waren die Spezialität der Journalistin, die für ihre Reihe »Gespräche mit berufstätigen Frauen« bekannt war, die sie für »The Queen« schrieb. Da diese neue Form der Berichterstattung immer populärer wurde, hatte Gloria gerne zugestimmt, zweifellos würde es für Publicity sorgen.

»Das wäre mir ein Vergnügen«, antwortete Mr Morris, die Hand am Riemen seiner Umhängetasche, den Blick freimütig auf sie gerichtet.

Gloria machte erneut eine richtungsweisende Geste, der Journalist erwiderte dies mit einem charmanten Lächeln und ließ ihr den Vortritt. Im Zimmer angekommen, stellte sie Mr Morris und Lilian einander vor. Lilian, die bereits hinter dem Schreibtisch saß, erhob sich, um ihm die Hand zu schütteln. »Freut mich, Sie kennenzulernen, Mrs Fielding«, sagte Mr Morris.

Lilian wies auf die beiden Stühle vor dem Schreibtisch und Mr Morris setzte sich. Er sah sich erneut interessiert um und nickte beifällig. »Schönes helles Zimmer, hier lässt es sich sicher hervorragend arbeiten.«

Ja, das tat es, deshalb hatten sie dieses Zimmer als Bureau ausgewählt. Durch das Fenster zu ihrer Rechten blickte man hinaus auf eine schmale Veranda, die fast die gesamte Rückseite des Hauses einnahm. Dahinter lag ein Hinterhof und man sah die Backsteinmauer des gegenüberliegenden Hauses. Das Fenster hinter dem Schreibtisch ging hinaus auf eine weitere Veranda an der Längsseite des Hauses, die man von der Großen Halle aus betrat. Gloria hatte auf beiden Veranden Blumenkübel mit Buchsbaum aufstellen lassen. Sie bestätigte Mr Morris' Aussage und setzte sich neben Lilian. »Bitte bedienen Sie sich«, sagte sie und deutete auf das bereits gefüllte Glas Limonade auf dem Beistelltisch.

Mr Morris bedankte sich und griff nach dem Glas. Gloria bemerkte die Schweißperlchen auf seiner Oberlippe. Rasch sah sie weg und legte ihre vorbereiteten Unterlagen zurecht.

»Der Zeitpunkt der Eröffnung ist gut gewählt«, hörte sie ihn sagen und sah auf. Er stellte das Glas ab und sah sie an. Lächelte. »Mitten in der Saison sind auch viele Landeier in der Stadt. An Publikum dürfte es Ihnen nicht mangeln.«

Sie erwiderte sein Lächeln. »Sie haben recht. Jede Menge

Töchter aus gutem Hause, jede Menge Leute aus der guten Gesellschaft.«

»Wie ich hörte, zählt auch Mr Dickson zu Ihren Geldgebern?«, fragte er und schloss mit einem Blick auch Lilian mit ein.

»Ja, kennen Sie ihn?«, fragte diese.

»Nein. Aber man kennt seinen Ruf.«

»Nun, lassen Sie uns darüber sprechen, wenn Miss Bateson da ist«, sagte Gloria.

»Sicher«, erwiderte Mr Morris freundlich.

«Sie werden das Interview in der ›Morning Post‹ veröffentlichen?«, fragte Lilian.

»Ich denke, ja«, antwortete Mr Morris.

Gloria sah auf ihre Unterlagen hinunter. Griff nach einem Stift. Legte ihn wieder hin. Da erschien Pratt und meldete Miss Bateson. Er trat einen Schritt zurück und ließ die Journalistin eintreten. Gloria schätzte sie etwas älter als sich selbst. Sie trug ein Sommerkleid in lichtem Gelb, mit seinen aufgedruckten Vögelchen ein wenig zu verspielt für Glorias Geschmack, aber hübsch anzuschauen in der Kombination mit Sonnenschirm und dem passenden Hut (auch auf ihm saß keck ein Vöglein, einen Blütenzweig im Schnabel haltend). Die Tasche aus hellem Leder, die sie bei sich trug, stellte einen guten Kontrast zu ihrer Aufmachung dar und verdeutlichte, dass sie beruflich unterwegs war.

»Ich muss mich für meine Verspätung entschuldigen«, sagte Miss Bateson. »Ganz London scheint auf dem Weg zu Nachmittagsunternehmungen. Die Straßen sind völlig verstopft.«

»Machen Sie sich keine Gedanken, Miss Bateson«, erwiderte Gloria, während sie aufstand, um der Journalistin über den Tisch hinweg die Hand zu geben. Lilian machte es ebenso und auch Mr Morris begrüßte seine Kollegin mit Handschlag. Nachdem Gloria auch ihr die Limonade angeboten hatte, bedankte sie sich für das Interesse und händigte den beiden eine kleine Broschüre über den Frauenbildungsverein aus. Dann konnte es losgehen. Beide Journalisten zückten Stift und Papier, Mr Morris ließ Miss Bateson den Vortritt mit der ersten Frage.

»Nun, Sie haben es in Angriff genommen, etwas für die Frauenbildung zu tun. Wie muss man sich die Arbeit des Vereins vorstellen?«, begann Miss Bateson.

»Ziel ist es, Frauen ein breites Kursangebot zu geringen Kosten anzubieten«, antwortete Lilian. »Ein kleiner monatlicher Beitrag berechtigt zur Teilnahme an den Kursen sowie den Vorträgen. Wir wollen zu freudiger Berufstätigkeit ermuntern und dazu anregen, sich Wissen anzueignen. Vorträge und Kurse werden selbstverständlich sämtlich von Frauen gehalten.«

»Sie haben ja im Vorfeld in der Presse auf Ihr Vorhaben aufmerksam gemacht. Wie viele Mitglieder hat der Verein inzwischen?«, fuhr Miss Bateson fort.

»Wir haben fünfundzwanzig Mitglieder, zehn davon sind im Vorstand«, sagte Gloria.

»Das ist nicht viel«, warf Mr Morris ein.

»Es werden mehr werden«, gab Gloria zurück.

»Ein solch löbliches Unterfangen finanziert sich ja nun nicht von allein«, sagte Miss Bateson. »Wie man hört, haben Sie Sponsoren?«

»Ja«, antwortete Gloria, »es ist überaus erfreulich, dass namhafte Zeitgenossen den Verein unterstützen. Da sind Lady Virginia Heaton und ihr Ehemann Alfred von Sachsfeld und Thalburg zu nennen. Außerdem Mr Cecil Rigby von der Rigby Sparkasse, Mr und Mrs Oscar Wilde sowie Mr Dickson.«

»Etwa *der* Mr Dickson?«, hakte Miss Bateson nach. »Der Ehemann der Patentochter der Königin?«

»Ja. Mr Dickson hat Erfahrung im Gründen von Schulen und seine Ratschläge waren sehr wertvoll.«

Miss Bateson nickte anerkennend und notierte sich dies.

»Auch Mr Wildes Unterstützung ist finanzieller Natur?«, fragte Mr Morris, hielt mit Schreiben inne und sah Gloria an.

»Ja«, bestätigte sie. »Wenngleich seine Anregungen in Bezug auf die funktionale und trotzdem ästhetische Gestaltung der Räume einen ebenso hohen Stellenwert einnahmen.«

»Was genau werden Sie anbieten?«, wollte Miss Bateson wissen.

»Abendkurse in Deutsch, Englisch, Französisch, Geographie, Rechnen, Handelskunde, Zeichnen, Singen sowie Nähen. Es ist auch in der kleinen Broschüre aufgelistet.« Gloria schaute auf ihr Blatt hinunter, sah die beiden vor ihr sitzenden und erwartungsvoll dreinschauenden Journalisten an und fuhr fort: »Des Weiteren sind Informationsabende zu Berufen vorgesehen, etwa Journalistin und Krankenschwester oder zum neuen Beruf der Dekorateurin. Samstags wird es Vorträge zu kulturellen Themen geben. Bereits jetzt stehen Termine für drei Vorträge fest: einer über Königin Elizabeth, einer über Kleopatra und das alte Ägypten sowie einer über Marie Antoinette. Allerdings verzichten wir am Wochenende der königlichen Hochzeit auf Vorträge, da wir annehmen, dass das Interesse der Öffentlichkeit dann allein Prinzessin Louise und dem Earl of Fife gelten wird.«

»Insbesondere der weiblichen Öffentlichkeit«, warf Mr Morris mit diesem belustigten Zug um die Mundwinkel ein.

Miss Bateson drehte ihm den Kopf zu und erwiderte spitz: »Wir Frauen interessieren uns nicht nur für die Kleider bei der königlichen Trauung, Sir!«

»Um Vergebung, Miss Bateson!« Mr Morris neigte sacht den Kopf.

Gloria war sich bewusst, dass viele Männer der Idee eines Frauenbildungsvereins wohl eher skeptisch gegenüberstanden, hatte Mr Morris' Bemerkung aber nicht als Angriff aufgefasst. Obwohl sie Miss Bateson im Stillen selbstverständlich recht gab, wollte sie den Verein in der Presse keinesfalls als kämpferische Vereinigung dargestellt sehen. Sie wollten Bildung fördern, nicht die Männer angreifen. Lilian sah das wohl ebenso, wie sie mit einem raschen Seitenblick auf ihre Freundin feststellte. Also lächelte sie, rückte ihre Unterlagen zurecht und fuhr unbeirrt fort: »Weitere Vorträge sind in Planung, zum Beispiel einer über Maria Stuart. Ergänzt wird das Angebot durch Referate über zeitgenössische Kunst, das Frauenwahlrecht oder die Zulassung von Frauen zum Studium. Wir sind mit Mona Caird einig, die, wie Sie wissen, dieses Frühjahr ihren Roman ›Der Flügel des Azrael‹ herausbrachte, der eheliche Gewalt zum Thema hat. Mrs Caird wird aus ihrem Buch lesen sowie über diesen Sachverhalt sprechen.«

Mr Morris nickte anerkennend. »Ein beachtenswertes Programm«, sagte er respektvoll.

Das freute Gloria natürlich. Sie spürte ein Kitzeln in der Magengegend.

»Für wen ist das Angebot des Frauenbildungsvereins gedacht?«, wollte Miss Bateson wissen.

»Natürlich wollen wir Frauen aus allen gesellschaftlichen Schichten ansprechen«, antwortete Lilian. »Aber da sich der Frauenbildungsverein in der Swinton Street eher an Arbeiterinnen wendet, gehen wir davon aus, dass unser Angebot wohl hauptsächlich von Frauen der unteren bis oberen Mittelschicht sowie von interessierten Töchtern aus der Gentry und Peerage wahrgenommen werden wird. Für diese jungen Frauen besteht ein enormer Bedarf an Informationen darüber, wie sie ihrem Leben einen sinnvollen Inhalt geben können.«

»Davon sind Sie überzeugt?«, fragte Mr Morris.

»Davon sind wir überzeugt!«, antwortete Gloria mit Nachdruck.

Er schaute nicht weg – um ihre Antwort zu notieren, zum Beispiel –, sondern sah sie unverwandt an und es lag eine Mischung aus Bewunderung und Skepsis in diesem Blick. Glorias Herzschlag beschleunigte sich. Sie räusperte sich und sagte: »Haben Sie noch weitere Fragen?«

Miss Bateson, die in der Broschüre geblättert hatte, sagte: »Vermutlich sind es die bedeutenden Namen der Vorstandsmitglieder, die die von Ihnen erwähnten jungen Frauen aus der Oberschicht anziehen. »Da sind zum einen Sie, Lady Wingfield. Dann Mrs Fielding, verheiratet mit dem Sohn eines Earl, oder Lady Greville, eine Tochter des vierten Duke of Montrose und eine Autorität in Sachen Frauensport und Freizeit. Dazu noch Mrs Wilde. Beachtenswert.«

»Nun, wenn diese Namen Interessentinnen ermutigen – umso besser«, erwiderte Lilian mit einem freundlichen Lächeln. »Wer auch immer sich angesprochen fühlt, ist willkommen, gleich welchen Standes.«

»Was erwartet uns morgen Abend?«, fragte Mr Morris. Er, Miss Bateson und weitere Journalistinnen und Journalisten waren zur Eröffnungsfeier ebenfalls eingeladen.

»Lady Virginia Heaton wird dem Festakt mit ihrer Sangeskunst ebenso den nötigen Glanz verleihen wie Mrs Dickson, bis vor Kurzem bekannt als Susan Forsythe Beltà, die sie am Klavier begleiten wird. Außerdem kann man natürlich die Räume besichtigen und sich für Kurse und Vorträge anmelden.«

»Was wird es zu essen geben?«

Da war sie ja, die Frage aller Fragen. Wieder lächelte Gloria. »Nun, in erster Linie das Übliche: kaltes Roastbeef, Steak-and-Kidney-Pies, wir haben einen Apple Pie und einen Trifle. Neben den üblichen Getränken werden wir Sloe Gin und Ingwerpunsch servieren.«

»Welch ein Glück, dass ich auch morgen eingeladen bin«, kommentierte Mr Morris diese Informationen.

Gloria wertete es als Zustimmung. »Dürfen wir Sie nun im Haus herumführen?«

»Mit Vergnügen«, sagte Mr Morris und grinste.

Kapitel 2

»Ich brauche dringend eine Tasse Tee – nein, bleib sitzen, Alexander.« Gloria ließ sich in Tante Jos Gesellschaftszimmer in den Sessel fallen und fächelte sich mit der Hand Luft zu. Es war stickig hier drinnen.

Alexander, der sich bei ihrem Eintreten zur Begrüßung schon halb erhoben hatte, setzte sich wieder. Sowohl er als auch Tante Jo sahen Gloria erwartungsvoll an. Diese goss sich Tee ein und nahm einen genussvollen Schluck. Sie schloss kurz die Augen und lehnte sich im Sessel zurück. Nachdem die Journalisten gegangen waren, hatte sie sich beeilt, um zu Tante Jo zu kommen. Miss Bateson hatte recht gehabt, die Straßen *waren* verstopft. Verstopft, staubig und heiß, mit einer Luft, zum Schneiden dick.

»Nun sag schon, wie ist es gelaufen?«, fragte Tante Jo.

»Gut.« Gloria griff nach einem Sandwich mit geräuchertem Lachs und legte es auf einen Teller, den sie vor sich hielt. »Das frisch vermählte Paar kam vorbei. Lady Virginia war vergnügt und verliebt und glücklich. Sie sprühte und funkelte nur so vor Enthusiasmus.«

»Das gute Kind«, sagte Tante Jo und wiegte leicht den Kopf, als meine sie eigentlich »das *arme* Kind«.

Gloria biss in ihr Sandwich.

»Und das Interview? Nun erzähle doch«, forderte ihre Tante.

»Sie stellten die Fragen, die zu erwarten waren, zeigten sich begeistert vom Programm ebenso wie vom Haus.«

»Du bist diesbezüglich recht wortkarg«, bemängelte Tante Jo.

Ja, war sie. Weil sie Mr Morris' Blick und seinen Händedruck zum Abschied noch immer spürte. Genau genommen war sie nämlich ein bisschen durcheinander seinetwegen. Etwas, das sie vor allem Alexander nicht merken lassen wollte.

Alexander.

Ja, so nannte sie ihn seit Kurzem. Seit zweieinhalb Wochen, um genau zu sein, als sie zusammen die jährliche Sommerausstellung der Royal Academy Of Fine Arts besucht hatten. Es war ihnen beiden einfach … herausgerutscht, dieses Du. Eigentlich folgerichtig, so wie sich ihre Bekanntschaft seit ihrem Aufenthalt in Ägypten entwickelt hatte. Sie hatten in Alexandria einiges zusammen durchgemacht. Ihre Weiterreise durch Oberägypten war geprägt gewesen von Freundlichkeit und Zurückhaltung. Zu sehr hatten sie beide es gebraucht, das Geschehene zu verarbeiten, oft, indem sie einfach nur schwiegen und die Landschaft betrachteten. Schon da hatte Gloria eine besondere Art Einvernehmen gespürt, das sich auf der Rückreise vertieft hatte. Zaghaft hatten sie auf dem Dampfschiff begonnen, über das Erlebte sowie sich selbst zu sprechen. Warum er nach Alexandria gefahren war, den moralischen Zwiespalt, in den er dort geraten war. Auf dem Dampfschiff war es auch gewesen, dass sie erfahren hatte, dass er geschieden war. Bei einem Spaziergang an Deck war er darauf zu sprechen gekommen. Er war nicht ins Detail gegangen, hatte lediglich erwähnt, dass seine geschiedene Frau wieder verheiratet war und in Paris lebte. Gloria war überrascht gewesen. Dass er geschieden sein könnte, hatte sie nicht erwartet. Schon als sie ihn in Italien kennengelernt hatte, hatte sie sich gefragt, wo denn wohl Lady Lyndon sei, aber natürlich wäre es nie infrage gekommen, etwas Derartiges zur Sprache zu bringen. Seine Enthüllung hatte sie nicht schockiert, im Gegenteil, von Marseille nach Paris, von Paris zur Küste, über den Kanal und schließlich nach London – ganz allmählich verringerte sich die Distanz zwischen ihnen. Er war noch zwei Tage in London geblieben, bevor er nach Leicestershire aufgebrochen war, und als der Zug schließlich mit ihm aus dem Bahnhof gerollt war, hatte sie eine eigentümliche Leere gespürt.

Doch diesmal hatten sie sich geschrieben.

Und zwar sehr regelmäßig.

Er berichtete ihr von der Forstwirtschaft und den Arbeiten auf seinem Gut, erwähnte Nachbarn oder seine Mutter. Gloria erzählte vom Fortgang der Pläne bezüglich des Frauenbildungsvereins. Sie berichtete von den Kontakten, die sie knüpfte, zählte die Kurse auf, die bereits fest geplant waren. Der Ton ihrer Korrespondenz wurde zunehmend offener, ja vertrauter, und sie äußerten Dinge, die schriftlich leichter zu sagen waren, als wenn man seinem Gesprächspartner gegenübersaß. Schließlich kündigte er an, in der letzten Juniwoche für den Rest der Saison nach London zu kommen – und lud sie und Tante Jo zu seinem Geburtstagsdinner Ende Juni ins Grand Hotel ein. Dort hatte sie denn auch seine Mutter kennengelernt, die für ein paar Tage mit ihm gekommen, inzwischen aber wieder abgereist war.

Seither war er also in der Stadt, und dann hatte er sie auf der Ausstellung der Royal Academy Of Fine Arts nach ihrer Meinung zu einem Gemälde fragen wollen und den Satz begonnen mit: »Was hältst du von ... oh, entschuldigen Sie, Lady Gloria!«

»Das macht ganz und gar nichts, Lord Alexander«, hatte sie erwidert.

Später war es umgekehrt gewesen, sie war angerempelt worden und gegen ihn gestolpert, und da war ihr herausgerutscht: »Ach je, bin ich dir auf den Fuß getreten? Verzeih!« Dann hatte sie gelacht und gesagt: »Es hört sich richtig an. Wollen wir es nicht ... beibehalten?«

Und er hatte gelächelt und geantwortet: »Wollen wir!«

So war das also mit Alexander. Und nun saß er hier und nahm mit Tante Jo den Tee, als gehöre er zum Inventar.

»Gloria?«, hakte Tante Jo nach.

»Entschuldige, ich bin ein wenig erschöpft. Aber du willst doch wohl nicht jede einzelne Frage wissen, die die Journalisten stellten. Das kann man schließlich alles in der ›Morning Post‹, dem ›Standard‹ und in ›The Queen‹ nachlesen.«

»So bist du mit allen sonstigen Vorbereitungen so weit fertig?«, lenkte Alexander das Gespräch in eine andere Richtung.

»Alles ist für den großen Tag bereit«, antwortete sie.

»Gut«, sagte er, lächelte und erhob sich. »Ich denke, ich sollte nun aufbrechen. Ich hole dich gegen neun Uhr ab. Danke für den Tee, Lady Blythe.«

»Jederzeit, Lord Alexander.«

Und bevor ihre Tante sie weiter mit Fragen löchern konnte, erhob sich auch Gloria und zog sich zurück, um noch ein wenig zu ruhen und sich dann für den Abend umzuziehen.

»Ein Velo?«, fragte Alexander verwundert.

Gloria saß neben ihm in seiner Kalesche, die sein Kutscher Finley durch Londons abendliche Straßen lenkte. Sie waren auf dem Weg zum Ball der Herzogin von Kent.

Das Klappverdeck war zurückgeschlagen, dennoch war es alles andere als kühl. Cabs, Equipagen und Omnibusse drängten sich um sie her.

»Für eine Lady?«

Gloria spürte seinen Blick und konnte sich seinen überraschten Gesichtsausdruck richtig gut vorstellen. Sie sah weiter geradeaus und erwiderte: »Ich überlege das schon eine ganze Weile. Es könnte nützlich sein, ich wäre unabhängig.«

»Aber das bist du doch jetzt auch. Du fährst in Droschken.«

»Mietkutschen sind oft schmutzig und bei manchen guckt sogar das Stroh aus dem Sitz.« Sie sah ihn an, lächelte. »Es könnte Spaß machen, weißt du?«

»Es ist aber gefährlich. Was man so liest.«

»Und gesund. Was man so liest.«

»Ich fürchte, du hast es dir in den Kopf gesetzt und wirst so ein unsägliches Gefährt kaufen.«

»Wir möchten im Frauenbildungsverein einen Vortrag zu dem Thema anbieten. Da sollte ich so ein unsägliches Gefährt doch auch fahren, meinst du nicht?«

»Ihr werdet auch Vorträge über Krankenpflege anbieten und du legst nicht selber Verbände an.«

»Ich wollte dich bitten, mitzukommen.«

»Mitzukommen?«, echote er. »Wohin denn?«

»In ›Woman's World‹ stand vor zwei Jahren ein Artikel zu diesem Thema. Ich las ihn damals nur flüchtig, weil …« Sie unterbrach sich, weil sie sich gerade selbst an Nicks Tod erinnert hatte. Seinerzeit, in grenzenloser Trauer über den Verlust des geliebten Mannes, war sie nicht imstande gewesen, über das Radfahren nachzudenken. Dennoch hatte sie den Artikel nicht vergessen, und noch weniger die Abbildung einer Lady, die selbstbewusst auf einem Dreirad fuhr. Grenzenlos war ihre Trauer inzwischen nicht mehr, wie sie in letzter Zeit schon öfter festgestellt hatte, wenn sie

Nicks Vater, Cecil Rigby, getroffen hatte. In der Anfangszeit nach Nicks Tod hatte sie ihn nicht sehen können, ohne in Tränen auszubrechen, und auch er hatte feuchte Augen bei ihrem Anblick bekommen, jener Frau, die sein Sohn geliebt hatte. In den vergangenen Monaten nun hatte sie Nicks Vater häufiger gesehen, er war ihr mit Rat und Tat zur Seite gestanden. Es war vorgekommen, dass sie bei einem geschäftlichen Treffen wegen etwas lachen mussten – und es beide genossen. Sie wusste, dass es inzwischen auch für ihn leichter war.

»Ja?«, hörte sie Alexander neben sich.

»Nun, in jenem Artikel war die Empfehlung zu lesen, man solle den Fahrradkauf unbedingt zusammen mit einem Fachkundigen tätigen. Jemand, der sich mit der Materie auskennt.«

Er zog die Augenbrauen hoch.

»Ich dachte, du könntest mich vielleicht begleiten.«

»Es ehrt mich, dass du denkst, ich sei fachkundig.«

»Hast du nicht damals in Italien erwähnt, du besäßest ein Hochrad?«

»Habe ich das? Tatsächlich besaß ich einmal eines. Mein Bruder Thomas meinte, das sei *en vogue* und ich müsse so ein Ding haben. Ich hatte es nur kurz.«

»Dann hast du mir das in Italien erzählt, um anzugeben?« Sie lachte. »Das hörte sich nämlich ganz anders an als diese Aussage jetzt.«

Nun war es an ihm, den Blick von ihr abzuwenden und geradeaus zu sehen. »Tatsächlich erinnere ich mich nicht mehr daran, was ich sagte.«

»Ich schließe daraus, dass du nicht sehr viel Ahnung von Fahrrädern hast?«

»Habe ich nicht, nein.«

»Kommst du trotzdem mit?«

Er sah sie an. »Ich nehme an, ich kann dich nicht umstimmen?«

Sie grinste und schüttelte den Kopf.

Er seufzte vernehmlich. »Es dient wohl der Schicklichkeit, dass ich dich begleite.«

»Lady Greville würde ja mit mir gehen, du weißt, sie ist *die* Autorität, wenn es um Frauensport geht. Aber sie ist immer sehr beschäftigt und ich will sie nicht überstrapazieren, sie kommt schon mit, wenn ich die entsprechende Kleidung kaufe. Außerdem ist es die traurige Wahrheit, dass man als Frau, sobald man in männlicher Begleitung ist, ernster genommen wird. Selbst wenn die männliche Begleitung keine Ahnung von der Materie hat.«

»So ist nun einmal unsere Welt.«

»Aber so muss sie nicht bleiben.«

Sämtliche Fenster im Haus der Herzogin von Kent erstrahlten in sattgelbem Licht, warfen es heraus auf die Straße in die graublaue Dämmerung des Sommerabends und kündeten vom festlichen Ereignis. In rascher Folge hielten Kutschen vor der Freitreppe, entließen ihre herausgeputzten Insassen und fuhren weiter, um Platz zu machen für die nächsten. Auch Finley konnte nun vorfahren. Alexander stieg aus und war Gloria behilflich. Sie hatte kaum den Fuß auf den Boden gesetzt, als eine angenehme Stimme neben ihr sagte: »Sie sehen hinreißend aus, Lady Wingfield!«

Gloria wandte sich dem Mann zu – es war Mr Morris.

»Oh – danke sehr!«, erwiderte sie überrascht.

»Lord Lyndon, dies ist Mr Morris, der mich heute Nachmittag interviewte. Mr Morris – Lord Lyndon«, stellte Gloria die beiden vor. Alexander nickte zur Begrüßung und der Journalist erwiderte die knappe Geste. »Ein großes gesellschaftliches Ereignis«, sagte er und deutete mit dem Kinn hinauf zur Eingangstür, die nicht nur von zwei dorischen Säulen, sondern auch von zwei Dienern in rotweißer Livree flankiert wurde. »Können Sie etwas zu den Gästen sagen?«, fragte Mr Morris, und noch ehe Gloria eine Antwort geben konnte, sagte Alexander: »Ich denke, Sie sehen sie ja ankommen und können sich Ihr eigenes Bild machen. Wir müssen nun.« Er fasste Gloria am Ellbogen und machte Anstalten, sie zur Treppe zu führen. »Guten Abend, Mr Morris.«

Gloria hielt jedoch inne, weil Alexanders distinguierte Haltung sie störte, und sagte: »Alles, was Rang und Namen hat, wird sich heute Abend hier versammeln. Weit mehr Prominenz als morgen bei unserer Veranstaltung. Man wird Ihnen den Artikel aus der Hand reißen.«

»Seien Sie nicht derart bescheiden, Lady Wingfield. Die Hälfte der Anwesenden wird doch auch morgen zu Ihnen kommen.«

Sie lächelte und sagte: »Guten Abend, Mr Morris.«

Sie wandten sich ab und stiegen die Treppe empor.

»Das war sehr unhöflich von dir«, rügte Gloria Alexander und warf ihm einen kurzen Seitenblick zu.

»Ich hatte dir ebenfalls noch sagen wollen, dass du überaus bezaubernd aussiehst. Aber mit deinem Gerede über Velos und dergleichen kam ich ja nicht dazu.«

Gloria hielt überrascht inne und starrte ihn an. »Du meinst das ernst«, sagte sie.

Er drehte ihr das Gesicht zu, umfasste noch immer ihren Ellbogen. »Natürlich«, sagte er gelassen, als würde er sagen: »Selbstverständlich ist der Himmel blau.« Aber die Narbe unter seinem rechten Auge zuckte.

»Nun, du hättest es bereits in Tante Jos Flur sagen können, als ich die Treppe herunterkam.«

»Da war mir die Luft weggeblieben.«

Das machte sie für einen Augenblick sprachlos. Er deutete an, weiterzugehen, und so murmelte sie »Danke« und ließ sich hinaufführen.

Sie betraten das Haus, und augenblicklich vergaß man, was man eben gesagt oder gedacht hatte. Eine Maid, herzallerliebst herausgeputzt als Schäferin, überreichte jeder eintretenden Dame ein Bouquet pinkfarbener Rosen mit langen blauen Seidenbändern. Entsprechend war die Dekoration in der Eingangshalle. Überall Blumen in den Farben Rosa, Rosé und Mauve. Als Gloria die Herzogin von Kent am Eingang zum Ballsaal stehen sah, wo sie an den weit geöffneten Flügeltüren die Gäste empfing, wusste sie auch, warum. Das Abendkleid der Herzogin aus mauvefarbenem und gelbem Chiffon passte hervorragend zu der Blumenpracht. Gloria selbst trug ein ärmelloses goldfarbenes Ballkleid mit perlenbestickter Schärpe und überlegte, ob sich das mit dem vielen Rosa um sie her biss. Aber … nun, Alexander gefiel ihre Aufmachung …

»Meine liebe Lady Wingfield!«, flötete die Herzogin und streckte Gloria beide Hände zur Begrüßung hin. »Wie schön, Sie zu sehen!«

»Das Vergnügen ist ganz meinerseits«, schmeichelte Gloria. Eigentlich fand sie die Herzogin etwas anstrengend. Sie war eine noch immer schöne Frau, mit dunkelbraunem Haar, kräftigen Augenbrauen und großen braunen Augen. Aber sie hatte etwas Einnehmendes, auch Forderndes, das einem das Gefühl gab, als klammere sie sich mit jeder Silbe an einem fest.

»Darf ich Sie mit Lord Lyndon bekannt machen?«

»Ich danke für die Einladung«, sagte Alexander und beugte sich über die Hand der Herzogin.

Das sah selbstverständlich formvollendet aus, und Gloria fühlte plötzlich Stolz auf ihren Begleiter aufwallen, der in seinem dunklen Abendanzug sehr gut aussah. Hätte sie ihm das ebenfalls sagen sollen? Nein, eine Lady war nicht dazu da, einem Gentleman Komplimente zu machen. Andererseits: Warum auch nicht?

Neben der Herzogin stand – unvermeidlich – Sir John Carrey. Er fungierte als deren Berater, ohne den sie keinen Schritt tat. Er war ein großer Mann mit schmalem Gesicht und sehr hoher Stirn, in die ein einzelner, wie ein S geformter Haarkringel fiel. Sein Haar samt seinem breiten, dichten Backenbart war noch immer dunkelbraun, obwohl er die fünfzig längst überschritten haben musste. Womöglich färbte er beides, es wäre ihm zuzutrauen, der Mann galt als eitel und sehr von sich eingenommen. Entsprechend blasiert begrüßte er Gloria und Alexander. Schon zuckten seine Augen zu den Neuankömmlingen hinter ihnen, da sagte die Herzogin mit einem entschuldigenden Lächeln: »Statt hier mit uns die Gäste zu begrüßen, tollen Lady Virginia und ihr Galan irgendwo im Saal herum. Sie finden sie sicher. Amüsieren Sie sich.« Zum Zeichen dafür, dass sie entlassen waren, neigte sie leicht das Haupt, wodurch der Federschmuck darauf – zwei riesige gelbe Straußenfedern – artig wippte.

Gloria und Alexander betraten den Ballsaal. Die Gasarmleuchter an den Wänden brannten alle hell, und die Kristallfacetten der großen Kronleuchter blitzten im Licht. Die Wandverkleidung des Saals war in einem schwachen Bordeauxrot gehalten, und große Spiegel in Rahmen aus Ebenholz gaben die festliche Atmosphäre wieder, das Funkeln von Silber und Glas, das Glitzern von Diamanten an den Hälsen und in den Frisuren. Noch war der Ball nicht im Gange, die Gäste standen in Grüppchen beieinander oder gingen umher. Gedämpftes Stimmengemurmel erfüllte den Raum, Gläser klirrten, und vorne an der Stirnseite, wo das Orchester aufgebaut war, stimmten die Musiker ihre Violinen. Die drei großen Glastüren an der Längsseite waren geöffnet, auch draußen auf der Veranda standen Leute. Livrierte Diener schwebten umher und balancierten Silbertabletts voller Champagnergläser. Alexander nahm zwei davon und deutete zur linken Verandatür. Dort blieben sie neben einem Vorhang stehen, der in üppigem Faltenwurf die Tür einrahmte, und Alexander reichte Gloria eines der Gläser. Sie prosteten sich zu und tranken.

»Lady Wingfield!« Lady Virginia, über das ganze Gesicht strahlend, kam auf sie zu. Sie trug ein rosa Ballkleid, auf dessen Vorderseite, schnurgerade untereinander, fünf Schleifen in einem dunkleren Ton aufgenäht waren. In ihrem Haar saß ein Diadem. Eine ältere Frau in einem dunkelgrünen, kaum dekolletierten Kleid begleitete Lady Virginia. »Endlich kann ich Ihnen meine treue Freundin vorstellen, Lady Wingfield. Lady Wingfield, Baronin Lauritz«, machte Lady Virginia die Damen miteinander bekannt.

Gloria kannte die ehemalige Gouvernante Lady Virginias noch nicht. Die Baronin hatte eine sehr spitze, sich nach vorn neigende Nase und kinnlange, ergrauende Locken. Als Lady Virginias Vertraute stand sie für den morgigen Eröffnungsabend ebenfalls auf der Gästeliste. Gloria reichte ihr die Hand. »Schön, Sie endlich kennenzulernen«, sagte sie und ergänzte: »Darf ich Ihnen Lord Lyndon vorstellen?«

Die Prozedur des Bekanntmachens wiederholte sich nun mit Alexander, der Lady Virginia nur von Glorias Berichten und die Baronin ebenfalls nicht kannte. Alfred von Sachsfeld näherte sich, was Lady Virginia und die Baronin nicht bemerkten. Lady Virginia erklärte gerade: »Sie war eine bewundernswerte Erzieherin, und ich *betete* sie an, obgleich ich auch Angst vor ihr hatte. Ich habe sie *schrecklich* vermisst.« Da sah sie ihren Ehemann, der neben sie getreten war.

»So?«, fragte er mit hochgezogenen Augenbrauen und sein Lächeln wirkte etwas bemüht.

»Nun ja, sooo schrecklich nun auch wieder nicht!«, erwiderte Lady Virginia lachend, schlug kokett die Augen zu ihm auf und hakte sich bei ihm unter.

Der junge Mann nickte der Baronin zu, höflich, aber nicht eben freudetrunken.

Um die schmalen Lippen der alten Dame legte sich ein verkniffener Zug. Es klang vorwurfsvoll, als sie sagte:

»Mein liebes Kind und ich haben uns schließlich lange nicht gesehen.«

»Natürlich«, räumte Mr von Sachsfeld ein, aber der leicht abweisende Ton in seiner Stimme war nicht zu überhören.

»Sie müssen wissen«, begann die Baronin, »ich wollte mit Lady Virginia immer einmal nach Deutschland fahren, damit sie ihre Wurzeln kennenlernt.« Sie hob den Blick und betrachtete Lady Virginia bedauernd. »Es hat sich nie ergeben.«

»Nun, irgendwann werden wir das sicher tun, liebe Freundin«, bekundete Lady Virginia und tätschelte den Arm der Baronin.

»Ich selbst habe in jungen Jahren ein Jahr in Deutschland gelebt«, warf Alexander ein. »In der Nähe von Hannover. Ein schönes Land.«

Die Baronin unternahm den Versuch eines Lächelns, was nicht recht gelingen wollte. Gloria nestelte an den Bändern ihres Rosenbuketts und überlegte, was sie zur Entspannung beitragen könnte, als sie sah, wie die Herzogin auf sie zuhielt. Sie nickte nach rechts und nach links, während sie sich einen Weg durch die Leute bahnte, und dabei wippten die gelben Federn auf ihrem Kopf, als wollten sie helfen, diesen Weg für Ihre Gnaden frei zu machen. Als sie bei ihnen ankam, legte sie die Hand an den Hals, warf einen missbilligenden Blick auf ihre Tochter und die Baronin und sagte: »Gott, was *habe* ich dich gesucht! Man fragt nach dir.« Sie bedachte auch ihren Schwiegersohn mit einem tadelnden Blick und ergänzte: »Eduard ist gekommen. Du solltest ihn – *ihr* solltet ihn begrüßen.«

Mr von Sachsfeld, wiewohl Deutscher, war zu sehr Gentleman, um sich anmerken zu lassen, was er von der schroffen Ansprache der Herzogin hielt, aber Gloria schien es, als sei ihm nicht unrecht, dass seine junge Frau nun gezwungen war, nicht mehr am Rockzipfel der Baronin zu hängen. Auch wenn er den Grund, warum sie auf deren

Gesellschaft verzichten sollte, ebenfalls nicht recht zu mögen schien. Wenn Gloria richtig verstanden hatte, sollten Lady Virginia und Mr von Sachsfeld Eduard von Löwenstein begrüßen, einen Cousin der beiden, den sie selbst bisher noch nicht kennengelernt hatte.

Die Herzogin zauberte unterdessen mühelos ein Gesellschaftslächeln auf ihre Lippen und empfahl denen, die ohne ihre Tochter und ihren Schwiegersohn zurückbleiben würden: »Essen Sie etwas! Die Huîtres Musgraves sind ein Gedicht!«

Sie hatten von den Huîtres Musgraves gegessen und von der falschen Schildkrötensuppe ebenfalls. Danach hatten sie zwei Walzer miteinander getanzt. Nun standen Gloria und Alexander wieder seitlich der Verandatür, an jenem unauffälligen Plätzchen in der Ecke, das zu ihrem Stammplatz geworden war, als jemand erfreut ausrief: »Lady Wingfield! Lord Lyndon!«

Gloria sah zur Seite. »Mr Sands!« Der junge Mann trug der Ballkonvention zum Trotz einen hellen Anzug mit orangefarbener Weste und tupfte sich mit einem grasgrünen Taschentuch Stirn und Schläfe.

Auch Alexander und er begrüßten sich. Gloria wusste, dass Alexander und Mr Sands sich vom Travellers Club kannten.

»Ich dachte, Sie seien …«, hob Gloria an, bemerkte dann aber ihre irrtümliche Schlussfolgerung. »Wie dumm von mir, ich dachte, weil Sie morgen nicht zur Eröffnung kommen können, dass Sie auch heute nicht anwesend sein würden.«

»Wie?« Mr Sands legte kurz die Stirn in Falten, dann schien er zu verstehen. »Ach so, natürlich. Sie wissen sicher, dass ich verreise und daher morgen Abend nicht kommen kann.«

»Wann werden Sie denn zurück sein ?«, fragte Gloria.

»In fünf Wochen voraussichtlich.«

»Nun, dann wünsche ich Ihnen viel Vergnügen.«

»Danke«, antwortete Mr Sands, schien aber nicht recht bei der Sache, denn seine außergewöhnlichen, sandfarbenen Augen blickten hierhin und dorthin, als suche er jemanden. »Sie haben nicht zufällig Alfred gesehen?«, fragte er schließlich.

»Nein«, sagte Gloria, »schon eine Weile nicht. Weder ihn noch Lady Virginia.«

»Draußen ist er auch nicht. Nun, dann werde ich mal weitersuchen«, sagte Mr Sands, ließ ein Lächeln aufblitzen, verbeugte sich und ging davon.

Gloria sah ihm nach. »Er schien mir ein wenig fahrig.«

»Reisefieber?«, schlug Alexander vor.

Ein Diener kam vorbei, hielt ihnen das Tablett hin, damit sie ihre leeren Gläser darauf abstellen konnten. Sie taten es und er verschwand wieder. Zahlreiche Gäste begannen, sich für die Mitternachtsquadrille aufzustellen. Gloria legte ihre Hand auf Alexanders Unterarm und sagte: »Würdest du mich einen Augenblick entschuldigen?«

»Mit Freuden, um ehrlich zu sein. Ich hatte schon befürchtet, du legst Wert auf diesen Tanz und ich müsste das Gehopse mitmachen.«

Gloria schmunzelte. Sie wussten längst voneinander, dass keiner von ihnen gerne Quadrillen tanzte. Wiewohl der Rhythmus heiter war, mochte Gloria das Durcheinander der vielen Paare nicht und Alexander konnte nichts für den Galopp am Ende aufbringen. Eine gute Gelegenheit also, ein gewisses Örtchen aufzusuchen. Sie bahnte sich einen Weg durch den Saal, um sie her das Knistern von Seide und Taft und das aufgeregte Getuschel tüllumwogter Mädchen, die ihre Tanzpartner zum bevorstehenden Tanz erwarteten. Das Stimmengemurmel schwoll ab, als sie nach draußen in die Halle trat. Irgendwo, so hoffte sie, würde sie einen Bediensteten finden, den sie fragen konnte, falls sie jenen Ort nicht selbst fand. Die Halle war menschenleer, was nicht verwunderlich war, die meisten formierten sich zum Tanz, und wer das nicht tat, schöpfte sicher im Garten frische Luft. Sie erreichte die breite Treppe, die ins Obergeschoss führte, da hörte sie seitlich dahinter jemanden verächtlich auflachen. »Wie man hört, interessierst du dich neuerdings für *Frauenbildung*! Was soll diese unsinnige Investition?«

Bei diesem Wort blieb sie abrupt stehen. Sie wollte nicht lauschen, aber der Redner lachte noch einmal und sagte laut: »Wirf das Geld doch gleich zum Fenster hinaus! Oder verplempere es auf einer weiteren Reise.« Die Worte waren voller Hohn, absichtlich herausgespuckt, um zu beleidigen.

»Du bist betrunken«, hörte sie eine zweite Stimme, und diese kannte sie. Sie gehörte Mr von Sachsfeld.

Gloria überlegte, was sie tun sollte. Weitergehen? Sie tat drei unschlüssige Schritte zurück Richtung Ballsaal, überlegte es sich dann aber anders und kehrte wieder um. Ein Aufschub ihres Vorhabens schien wenig ratsam. Da kam Mr von Sachsfeld zusammen mit einem großen, leicht fülligen Mann um die Treppe herum und auf sie zu. Der Mann war einige Jahre älter als Mr von Sachsfeld. Er sah sie an, sein Blick war unklar und er schwankte leicht.

»Oh, Lady Wingfield«, sagte Mr von Sachsfeld und sein Begleiter deutete mit dem Finger auf sie und fragte mit schwerer Zunge: »Was halten Sie von Frauenbildung, Verehrteste? Gehören Sie auch zu denen, die uns Männer bald aus allen Berufen verdrängen? Wollen Sie etwa auch *wählen*?«

»Komm«, sagte Mr von Sachsfeld und fasste nach dem Arm des anderen. »Du brauchst frische Luft. Bitte verzeihen Sie, Lady Wingfield.« Er zog den um einiges Größeren mit sich in Richtung des Ballsaals, sah aber noch einmal über die Schulter zurück und sagte mit taktvoll gesenkter Stimme: »Oberes Stockwerk, den Flur entlang.«

Gute Güte, dachte Gloria, während sie die Stufen hinaufstieg. Was für ein unangenehmer Zeitgenosse. Der Flur war lang und durch Gasleuchten erhellt. An den Wänden hingen Gemälde, vornehmlich Jagdszenen. Aus einem Zimmer zu ihrer Linken, dessen Tür nur angelehnt war, hörte Gloria gedämpfte Stimmen. Diesmal weibliche, und sie kannte beide. Nein, sie wollte nicht lauschen, aber als sie an der Tür vorbei leise weiterging, war der Disput nicht zu überhören.

»Geh jetzt endlich wieder hinunter!«, befahl die Herzogin von Kent mit schneidender Stimme. »Deine Oberaufpasserin fand es an der Zeit zu gehen, also kannst du dich endlich wieder um deine anderen Gäste kümmern!«

»Die Baronin ist keine Oberaufpasserin. Sie ist meine *Freundin*!«, hörte sie Lady Virginia mit unterdrückter Wut sagen.

»Freundin!«

»Sie war mir mehr Mutter, als du es je sein wirst!«

»So sprichst du mit mir?«

»Du warst doch immer eifersüchtig auf sie!«

»Das ist nicht wahr!«

»Du hast jahrelang die Kontrolle über mein Leben ausgeübt. Aber damit ist nun Schluss. Ich bin *verheiratet*. Ich führe mein *eigenes* Leben. Mit meinem *eigenen* Geld!«

»Du hättest keines, hätte dein Vater dir nicht welches zur Seite gelegt!«, zischte die Herzogin.

»Das stößt dir noch immer sauer auf, dass du an dieses Geld nicht herankonntest, nicht wahr? Aber es gehört *mir*, Alfred verwaltet es in *meinem* Sinne, und du und das *Monster*, ihr könnt nichts tun. *Nichts*!«

Gute Güte, dachte Gloria und ging rasch weiter. Sie wusste, dass Lady Virginias Vater – der Herzog von Kent – gestorben war, als Lady Virginia zwei Jahre alt gewesen war, und nichts als Schulden hinterlassen hatte. Allerdings hatte er seiner Tochter ein kleines Erbe beiseitegelegt, unantastbar für ihre Mutter und deren Berater, den Lady Virginia »das Monster« nannte. Lady Virginias Onkel hatte zu dem Erbe noch Geld von sich dazugepackt, sodass das kleine Vermögen im Laufe der Jahre gewachsen und bei Lady Virginias Heirat durchaus ansehnlich gewesen war. Sie und ihr Ehemann, der als Spross eines Herzogshauses aus Deutschland ebenfalls vermögend war, hatten jedenfalls ein beachtliches Sümmchen in den Frauenbildungsverein investiert. Dass dem so war, schien einigen Leuten nicht zu gefallen.

Kurz darauf kehrte sie in den Ballsaal zurück. Die Quadrille war in vollem Gange. Gloria hielt sich links und tastete sich, Entschuldigungen murmelnd, nah an der Wand entlang und an von funkelndem Geschmeide geradzu blitzenden älteren Damen vorbei zu ihrem Platz bei der Verandatür. Alexander stand nicht mehr dort. Er war wohl nach draußen gegangen. Also trat auch sie hinaus auf die Veranda. Einige Gäste hielten sich ebenfalls hier auf, Alexander war nicht unter ihnen. Sie suchte sich ein Plätzchen links vom Abgang der geschwungenen Freitreppe und lehnte sich an die Brüstung. Es war noch immer sehr warm, die Luft stickig, wie nur Londoner Luft es sein konnte. Sie schaute hinunter in den Garten. Hier und da flackerten hübsche rosa Lichttupfer. Am linken Gartenrand standen zwei Männer im Dunkeln. Gloria kniff die Augen zusammen. Ah, dachte sie, Mr Sands hat seinen Freund gefunden. Eindringlich redete er auf Alfred von Sachsfeld ein. Dieser machte den Eindruck, als sei er über das, was Mr Sands ihm sagte, ungehalten. Mr Sands fasste ihn am Arm. Missmutig zog Mr von Sachsfeld den Arm weg. Hatten die Freunde etwa Streit?

Jemand trat neben Gloria.

»Es ist noch immer recht stickig«, sagte Alexander. »Soll ich dir etwas von dem geeisten Zitronensoufflé holen?«

Kapitel 3

Der große Abend war da.

Pratt empfing Gloria, Tante Jo und Alexander an der Eingangstür. Es war noch eine halbe Stunde bis zur Eröffnung des Frauenbildungsvereins. Sie gingen den langen Flur entlang, in dem bereits die Gaslampen brannten. Das war auch nötig, denn nur durch die hintere Verandatür in etwa dreißig Schritt Entfernung fiel Licht herein – das auch noch zum Teil verschluckt wurde von der davorliegenden Treppe, die ins Obergeschoss führte.

Sie wandten sich nach rechts in die Große Halle. »Sehr schön, Pratt«, sagte Gloria, als sie im Raum umhersah. Die Stühle standen in Erwartung der Gäste in Reihen mit dem Rücken zur Tür und Blick auf die geöffnete Verandatür und den seitlich davorstehenden Flügel. Auf einem Sockel neben dem Instrument thronte festlich ein Arrangement aus blauvioletten Iris und orangefarbenen Ringelblumen. Orange und blau waren auch die Glasbehälter auf der Veranda, die verteilt am Boden und auf niedrigen Säulen standen und in denen Kerzen steckten, die man später am

Abend entzünden würde. »Ja, sehr schön«, wiederholte sie.

Sie gingen nach nebenan in die Lounge, einen Raum, der nur von der Großen Halle aus zu betreten war und als Bibliothek genutzt werden würde. Jetzt waren die gemütlichen Sessel, die Beistelltischchen und Lampen ins Studierzimmer eins neben der Küche geschafft worden, um Platz zu haben für den langen Tisch, der blumengeschmückt und speisenbeladen mitten im Raum stand.

»Das sieht in der Tat sehr ansprechend aus«, lobte Tante Jo.

»Sagen Sie Mrs Neal und ihrer Helferin, dass ich sehr zufrieden bin«, sagte Gloria zu Pratt. »Alle haben ausgezeichnete Arbeit geleistet.«

»Danke, Mylady.« Der Butler verneigte sich.

»Öffnen Sie Punkt sieben die Tür, Pratt. Wenn alle Gäste da sind, können Sie sich Ihren anderen Pflichten zuwenden. Sollte Sie jemand darum bitten, zeigen Sie ihm das Haus.«

»Sehr wohl, Mylady.«

»Studierzimmer eins lassen Sie jedoch besser aus, Pratt. Ich fürchte, es ist inzwischen eine rechte Abstellkammer, weil alles dort untergebracht ist, was sonst nirgends unterkommt.«

»Natürlich, Mylady.«

Sie gingen zurück in die Große Halle, Tante Jo setzte sich und Gloria ging zur geöffneten Verandatür und sah hinaus.

Alexander trat neben sie. »Nervös?«

»Ein wenig schon, ich gebe es zu«, antwortete sie.

»Du meisterst das«, sagte er und legte ihr sanft die Hand auf die Schulter.

»Danke.« Sie lächelte ihn an.

Er lächelte zurück und in diesem Lächeln lagen Zuversicht und Zuspruch und … Stolz.

Stolz?

Seit er von ihrem Vorhaben wusste, hatte er nie mehr

als neutrale Billigung gezeigt. Explizite Befürwortung? Anerkennung der Notwendigkeit eines solchen Vorhabens? Wertschätzung ihres Engagements? Keineswegs. Und jetzt zeigte er ihr mit einem Lächeln, dass er guthieß, was sie tat. Es erfüllte sie mit tiefer Freude. Alexander nahm die Hand von ihrer Schulter und deutete in der Halle umher. »Es ist wunderbar geworden.« Seit er in London war, war er einmal hier gewesen, um sich alles anzusehen. »Am liebsten würde ich einen Kurs belegen. Deutsch vielleicht.«

Gloria lachte. »Dann bin ich gespannt, wie du in Rock und Jäckchen aussiehst. Und du müsstest natürlich etwas mit deinen Haaren machen.«

»Was stimmt nicht mit meinen Haaren?«, sagte er gespielt empört.

»Na, ihr Turteltäubchen«, tönte eine fröhliche Stimme von der Tür her.

Gloria wandte sich um. »Lilian!« Sie lächelte ihrer Freundin zu, gab ihr aber gleichzeitig mit den Augen zu verstehen, dass ihr ihr Ausruf unangenehm war. Sie warf einen kurzen Seitenblick auf Alexander, aber seine Miene ließ nicht erkennen, was er von Lilians unpassender Bemerkung hielt.

Die Fieldings begrüßten erst Tante Jo, dann kamen sie heran und wünschten Alexander einen guten Abend. Die beiden hatten ihn getroffen, als er Gloria vor zwei Wochen hier im Haus besucht hatte. Robert mit seinem aufgeschlossenen Charakter hatte Alexander damals schnell in ein Gespräch über seine Feldstudien verwickelt. Er war der zweite Sohn des Earl of Ewhearst und arbeitete am Geologischen Institut in der Forschung. Er zeichnete auch Karten und sammelte leidenschaftlich gerne Fossilien, vorzugsweise in Südengland und Schottland. Er und Alexander hatten sich angeregt unterhalten und es hatte den Anschein, als gedächten sie, dies heute Abend ebenso zu halten, denn Robert begrüßte Alexander bereits wie einen alten Freund.

Lilian sagte: »Bereit für den großen Auftritt?«

Gloria holte einmal tief Luft. »Und du?«, fragte sie zurück.

Mr und Mrs Dickson kamen auf sie zu.

Mr James Peter Labulo Dickson war in Sierra Leone geboren. Er hatte in Freetown eine vorzügliche Ausbildung genossen, hatte unter anderem Mathematik, Griechisch sowie Bibel- und englische Geschichte studiert. Nach kurzer Tätigkeit als Lehrer hatte er sich als Kadett bei der British Navy's Westafrica Squadron eingeschrieben und war bis zum Leutnant aufgestiegen. Später hatte er sich in Lagos, Nigeria niedergelassen, ein Schiff gekauft und angefangen, Handel zu treiben. Außerdem hatte er als einer der Ersten eine Kakaofarm in Lagos unterhalten. Vor zwei Jahren war Mr Dickson nach London übergesiedelt. Der wohlhabende Geschäftsmann, der den Segen von Bildung nicht hoch genug preisen konnte, hatte durch Lilian von ihrem Vorhaben erfahren. Lilian war eine Freundin von Susan Forsythe Beltà gewesen, schon bevor diese vor drei Monaten Mr Dicksons Ehefrau geworden war. Sie hatte Susan natürlich von Gloria und ihrem Projekt erzählt, und so erfuhr es auch Mr Dickson.

Susan Forsythe Beltà blickte im Übrigen auf ein schreckliches Schicksal zurück. Sie hatte als Kind mit ansehen müssen, wie ihre königliche Familie von den Soldaten des Königs von Dahomey getötet worden war. Sie selbst wurde zunächst verschont und verschleppt. Zwei Jahre hielt man sie gefangen. Der englische Kapitän Frederick E. Forsythe kaufte das Mädchen dem Despoten ab und brachte es als Geschenk für Königin Victoria nach England. Er gab ihm einen englischen Vornamen – Susan – und benannte es nach sich: Forsythe. Dann hängte er noch den Namen seines Schiffes hintendran: Beltà. Die Königin war entzückt von Susan, die bereits auf der Überfahrt Englisch gelernt hatte und als hübsch und intelligent galt. Tatsächlich war sie talentiert und musisch begabt. Susan wurde schnell berühmt, ihr königliches Auftreten verzauberte alle. Man ließ sie in einer Mittelklassefamilie aufziehen, drei Jahre hatte sie auch in einem Internat in Afrika zugebracht. Zuletzt hatte sie bei zwei älteren Frauen in Brighton gelebt. Mr Dickson hatte sie schon länger umworben. Wie es hieß, hatte Susan jedoch den Antrag des fünfzehn Jahre Älteren zunächst nicht annehmen wollen. Dann hatte sie seinem Werben doch nachgegeben und ihn dieses Jahr im April geheiratet. Lilian war in Brighton dabei gewesen und hatte Gloria begeistert darüber Bericht erstattet. Sechzehn Brautjungfern, schwarze Frauen begleitet von weißen Männern, weiße Frauen begleitet von schwarzen.

Gloria hatte Susan Forsythe Beltà und Mr Dickson lediglich aus Zeitungsberichten gekannt. Durch Lilian hatte sie beide dann persönlich kennengelernt. Der Geschäftsmann unterstützte ihren Verein mit einer großen Summe Geldes. Gloria schüttelte beiden herzlich die Hand, und Mr Dickson überreichte Gloria einen mittelgroßen, länglichen Holzkasten. »Öffnen Sie ihn«, sagte er.

Der Kasten aus poliertem Nussholz hatte Messingbeschläge an den vier Ecken und eine kleine Einkerbung vorne, um den Deckel anheben zu können. Gloria tat es. Auf einem orangefarbenen Samttuch lagen drei unterschiedlich lange, afrikanisch aussehende Dolche.

»Oh!«, entfuhr es Gloria und sie sah Mr Dickson ins Gesicht.

»Ein Geschenk an den Frauenbildungsverein. Es handelt sich um Frauen- und Männermesser der Tedda – ein Nomadenvolk, das im Südwesten von Libyen lebt. Wie Sie sehen, bestehen die Messerklingen aus handgeschmiedetem Eisen. Die Eisengriffe sind kunstvoll mit braunem Leder überzogen.« Mr Dickson nickte stolz in die Runde – die anderen hatten sich um Gloria geschart und betrachteten die Kostbarkeiten – und deutete auf das größte der drei Messer. »Das ist das Männermesser«, erklärte er, »etwa sechzehn Inches lang. Die Frauenmesser sind um die elf und zwölf Inches lang.«

»Wir danken Ihnen, Mr Dickson«, sagte Gloria. »Sie sind wunderschön.«

»Ich habe sie ausgewählt, weil Messer für Frauen dabei sind. Das passt in einen Frauenbildungsverein, wollte mir scheinen.«

Alle lachten.

»Ich fürchte, wir werden sie jedoch nicht benutzen«, sagte Gloria.

»Das will ich doch hoffen«, erwiderte Mr Dickson.

»Aber sie werden dem Haus eine Zierde sein«, versicherte Gloria. »Wir werden sie an die Wand hängen.« Sie sah sich um. »Am besten hier in der Großen Halle. Hier kommen sie sicher gut zur Geltung. Pratt?«

»Mylady?«, fragte der Butler, der soeben weitere Vorstandsfrauen hereingeleitet hatte.

»Sind Sie so gut und treiben einen Beistelltisch auf, worauf wir dieses zauberhafte Geschenk präsentieren können«, sagte Gloria, nachdem auch Mrs Fenwick Miller, Mrs Meade sowie Miss Morton das Präsent bewundert hatten.

»Wir sollten sie allerdings später im Studierzimmer eins verwahren, wenn alle Gäste sie gesehen haben«, meinte Gloria an die Umstehenden gewandt und man stimmte ihr zu.

Dann war es auch schon sieben Uhr und in rascher Folge trafen die Gäste ein. Die Herzogin von Kent, Sir John Carrey und Lady Virginia und Alfred von Sachsfeld; dann Glorias Anwalt Mr Brooks sowie Frieda Tauwald, eine deutsche Lehrerin, die Deutsch unterrichten würde. Gloria begrüßte Mrs Warren, die Herausgeberin von »The Ladies' Treasury«, und gleich darauf stellte Lady Virginia ihr ihren Cousin Eduard von Löwenstein vor. Überrascht stellte Gloria fest, dass es sich bei Eduard von Löwenstein um jenen Mann handelte, der gestern Abend auf dem

Ball der Herzogin im Treppenschatten Mr von Sachsfeld beschimpft hatte. Mr von Löwenstein, das war ihr gestern bereits aufgefallen, wirkte wie ein großer Junge. Das mochte an dem dunkelblonden Haarbüschel liegen, das sich aufmüpfig über dem linken Ohr wellte, als wollte es der Akkuratesse seines ansonsten perfekten Haarschnitts ein Schnippchen schlagen.

»Ich bin ganz aufgeregt«, schnatterte Lady Virginia.

»Dazu hättest du gestern Grund gehabt, mein liebes Herz, dir zu Ehren gab es den Ball«, entgegnete Mr von Löwenstein. In seinem Gesicht blinkte ein freundliches Lächeln, aber in seinem Ton lag eine leicht vorwurfsvolle Schärfe.

»Nenne mich nicht ›mein liebes Herz‹.«

Mr von Löwenstein setzte ein ironisches Lächeln auf.

Lady Virginia gab ihm einen Klaps mit ihrem Fächer. »Ich werde gleich Mrs Dickson kennenlernen, da darf ich wohl aufgeregt sein, nicht wahr, Lady Wingfield?«

Gloria lächelte. »Kommen Sie«, sagte sie, »Mrs Dickson ist draußen auf der Veranda.«

Lady Virginia schnitt ihrem Cousin eine Grimasse und folgte Gloria hinaus. Gloria fragte sich, warum Lady Virginia Mr von Löwenstein eingeladen hatte, wo sie doch nicht viel von ihm zu halten schien. Wahrscheinlich hatte ihre Mutter darauf bestanden. Sie betraten die Veranda. Gloria machte Lady Virginia mit den Dicksons bekannt, überließ sie dann ihren Gesprächen und ging zurück in die Große Halle. Diese füllte sich mit Leuten. Tante Jo plauderte mit Mrs Warren, die beiden älteren Damen verstanden sich gut. Alexander und Robert bewunderten die afrikanischen Messer. Dann rauschten drei Frauen auf Gloria zu, als befänden sie sich in einem Wettlauf und Gloria sei die Zielmarkierung. Ihre Gesichter waren gerötet, ihre Mienen erwartungsvoll.

»Miss Lloyd, wie schön, Sie zu sehen«, begrüßte Gloria

die Journalistin des »Daily Telegraph«, die außerdem führendes Mitglied der Vorstandschaft der Frauenzeitung »The Lady's Pictorial« war.

»Miss Friedrichs, Miss Carpenter.« Sie reichte den Journalistinnen die Hand. Miss Friedrichs war eine deutsche Journalistin, die in London lebte und für verschiedene Zeitungen schrieb; Miss Carpenter kam von der Frauenzeitschrift »Englishwoman's Review«, ein Journal, das den Frauenrechten gewidmet war. Gloria riet ihnen, sich einen Platz zu suchen, und ermunterte sie, sich später im Haus umzusehen. Sie unterstrich ihre Worte mit entsprechender Geste – da sah sie ihn. Lässig lehnte er im Türrahmen, seine havannabraunen Augen waren auf sie gerichtet und in seinem Mundwinkel lag dieser … dieser aufreizende amüsiert-spöttische Zug.

Gloria erwiderte seinen Blick und zwang sich zu einem unbefangenen Begrüßungslächeln. Mr Morris schob sich durch die Leute auf sie zu. Er küsste ihr die Hand. Sah ihr in die Augen, lächelte und sagte: »Wie geht es Ihnen, Lady Wingfield?«

»Gut, Mr Morris.« Gott, etwas an diesem Mann ließ ihr Herz einen Tick schneller schlagen. Das konnte sie überhaupt nicht gebrauchen, schon gar nicht heute Abend. Sie war daher froh, als sie Nicks Eltern auf sich zukommen sah. Während sie Mr und Mrs Rigby begrüßte und ein paar Worte mit ihnen wechselte, entfernte sich Mr Morris.

»Ich wünsche Ihnen alles Glück der Welt für diese Unternehmung«, sagte Mr Rigby warmherzig. Die beiden gingen nach nebenan, um sich etwas zu trinken zu holen. Gleich darauf kam ein großer Mann mit gewelltem Haar auf sie zu, ein Mann, den alle Welt aus Zeitungen und von Fotos kannte, sie selbst eingeschlossen, dem sie jedoch noch nie persönlich begegnet war. Seine Ratschläge für die Gestaltung der Räume hatte er schriftlich formuliert und seiner

Frau übergeben, die sie, natürlich in Absprache mit den anderen Vorstandsfrauen, umgesetzt hatte.

Gloria streckte die Hand aus. »Mr Wilde! Ich freue mich, dass Sie uns mit Ihrer Gesellschaft beehren. Guten Abend, Mrs Wilde!«

»Wir sind leider etwas spät«, meinte Mrs Wilde.

»Keinesfalls«, versicherte Gloria und bewunderte insgeheim Mrs Wildes Aufmachung, die auf eine selbstverständliche Weise demonstrierte, was sie in ihrer Zeitung predigte. Mrs Wilde war nämlich Herausgeberin der »Rational Dress Society Gazette«, des Organs der gleichnamigen Vereinigung, die für funktionale Kleidung für Frauen eintrat. Mrs Wildes weich anliegendes Kleid aus Crêpe de Chine vereinte Eleganz und Bequemlichkeit und verdeutlichte, dass eine Frau keinesfalls plump aussah, wenn sie Kleidung trug, die sie nicht einengte. Sie hatte ihr kräftiges braunes Haar locker nach hinten gelegt und im Nacken zu einem Knoten gebunden.

»Darf ich Ihnen zu Ihrem außerordentlich segensreichen Vorhaben gratulieren, Lady Wingfield?«, ergriff Mr Wilde das Wort. »Als Herausgeber eines der bedeutendsten Frauenmagazine ist es meine Pflicht, meiner Klientel Kunde von wichtigen Ereignissen zu bringen. Und diese Eröffnung *ist* ein wichtiges Ereignis! Ein großer Verdienst!« Mr Wilde war ebenfalls Herausgeber einer Zeitschrift, der »Woman's World« nämlich, und er trug heute Abend einen blütenweißen Sommeranzug mit einer weißen Rose am Revers und einer leuchtend gelben Krawatte. Hut und Spazierstock hielt er in der Hand.

Gloria bedankte sich und bemerkte aus dem Augenwinkel, dass sich die Journalistinnen neben dem Flügel postiert hatten, um ihre Unterhaltung mit den Wildes so nah wie möglich verfolgen zu können. Eifrig machten sie Notizen. Mr Morris stand nicht bei ihnen. Mrs Wilde machte sich alsdann daran, ihren Ehemann den anderen Vorstandsdamen vorzustellen, und zehn Minuten später war es schließlich so weit. Pratt gab Gloria zu verstehen, dass sämtliche Gäste eingetroffen waren. Also postierte sie sich neben dem Flügel und bat um Aufmerksamkeit. Alexander saß neben Tante Jo in der ersten Reihe und schaute mit großem Wohlwollen zu ihr auf. Seine Augen gaben ihr Halt und sie begann ihre Eröffnungsrede.

»Verehrte Gäste, liebe Freunde! Es gibt mehr als Bälle, Basare und Wohltätigkeit, für das wir Frauen uns interessieren. Junge Frauen streben heute danach, Teil der produktiven Welt zu sein. Junge Frauen der mittleren und oberen Mittelschicht wollen wie ihre Brüder behandelt werden, was den Zugang zu Ausbildung und Arbeit betrifft. Das bedeutet nicht, dass sie wie Männer sein wollen. Es bedeutet, dass sie ihr Recht auf individuelle Entwicklung einfordern – und dieses Recht geht Hand in Hand mit einer guten Ausbildung. Die Zeichen unserer Zeit sind nicht zu übersehen. Schon jetzt arbeiten Frauen nicht mehr nur als Krankenschwestern, Gouvernanten oder Lehrerinnen. Es gibt Journalistinnen und es gibt neue Berufe in den Büros der Telegrafenstationen und der Handelshäuser. Und warum sollten Frauen nicht studieren? Mrs Fenwick Miller hat deutlich gezeigt, dass eine Frau den Anforderungen eines Medizinstudiums absolut gewachsen ist. Sie wird am neunzehnten Juli über dieses sowie das Thema ›Frauenwahlrecht‹ sprechen.« Gloria deutete auf Mrs Fenwick Miller, die wie die anderen Vorstandsfrauen auch in der ersten Reihe saß. »Frauen wollen ihren Beitrag zur Gestaltung der Welt leisten – der Frauenbildungsverein ›Elizabeth‹ wird ihnen dabei helfen, dieses Ziel zu erreichen!«

Applaus brandete auf. Gloria lächelte und verneigte sich. Dann hob sie die Hände, um zu signalisieren, dass sie noch etwas sagen wollte. »Ohne die Hilfe von vorausschauend denkenden Menschen hätten wir das nicht bewerkstelligen können. Ich möchte mich daher bei allen Wohltätern bedanken. Finanzielle sowie moralische und praktische Unterstützung erfuhren wir durch Mr Cecil Rigby und seine Sparkasse. Außerdem durch die Ladies des Alexandra Club. Meine Damen, ich kann Sie unmöglich alle namentlich aufzählen, nenne stellvertretend daher Lady Rossmore und Lady Warwick. Lady Virginia Heaton und Mr Alfred von Sachsfeld und Thalburg stehen ebenso auf der Dankesliste wie Mr und Mrs Dickson und Mr und Mrs Wilde.«

Ein Raunen ging durch die Menge.

Sie nickte in Richtung des afrikanischen Ehepaares und fügte an: »Mr Dickson hat uns heute außerdem mit einem wunderbaren Geschenk überrascht. Die afrikanischen Artefakte können Sie dort drüben auf dem kleinen Tisch bewundern. Mr Dicksons Gabe symbolisiert die Weltläufigkeit des Vereins. Tradition und Brauchtum stehen nicht im Widerspruch zu Offenheit und Fortschrittlichkeit!«

Alle klatschten.

Noch einmal hob Gloria die Hände. Ruhe kehrte ein. »Als Letztes möchte ich meiner Großtante Lady Josephine Blythe danken. Sie hat mich immer unterstützt, in allem, was ich tat.« Sie sah zu ihrer Tante, die deutlich ergriffen wirkte. Dabei streifte sie mit dem Blick auch Alexander, dessen Augen voll Anerkennung auf sie gerichtet waren, und spontan fügte sie an: »Und ich danke Lord Alexander Lyndon. Seine Gelassenheit hat meine in den letzten Wochen doch arg zerrütteten Nerven beruhigt.«

Es wurde gelacht – und Gloria sah Alexanders verdutzten Blick. Sie lächelte und sagte: »Bitte schenken Sie nun Lady Virginia Heaton und Mrs Susan Dickson Ihre geschätzte Aufmerksamkeit. Fühlen Sie sich frei, sich im Anschluss daran bei Speis und Trank zu erfrischen. Flanieren Sie umher, sehen Sie sich in den Räumlichkeiten um. In den Studierzimmern liegen Informationsbroschüren zu den

Kursen und Vorträgen aus. Nehmen Sie sie mit. Zögern Sie auch nicht, Fragen zu stellen. Ich danke Ihnen für Ihre Aufmerksamkeit.«

Man klatschte Beifall.

Gloria huschte zu einem Stuhl neben dem Eingang zur Lounge, den Alexander ihr frei gehalten hatte. Sie rückte ihn noch etwas zurecht, sodass sie sowohl Sängerin und Musikerin als auch Publikum und Eingang zur Großen Halle sehen konnte, wenn sie den Kopf leicht nach links drehte.

Mrs Dickson setzte sich an den Flügel, Lady Virginia stellte sich daneben. Mit glockenheller Stimme sang sie »Ora Pro Nobis«, ein recht trauriges Lied über Kinder, die kein Zuhause hatten, und das man letztendlich als Plädoyer dafür auffassen konnte, deren Zustände zu verbessern, indem man für Bildung sorgte. Beim nächsten Lied, einem älteren Stück mit dem Titel »I'll Sing Thee Songs of Araby«, das romantisch den Orient beschrieb, sah Gloria sich verhalten nach dem Publikum um. Alfred von Sachsfeld konnte den Blick nicht von seiner Ehefrau wenden. Hingerissen verfolgte er ihre Darbietung. Baronin Lauritz hatte Tränen in den Augen. Manch einem älteren Herrn war das Kinn auf die Brust gesunken. Hoffentlich begann keiner zu schnarchen! Sie erspähte Mr von Löwenstein, der am Türrahmen lehnte und missmutig wie ein schmollender Junge auf Lady Virginia blickte. Der Gesichtsausdruck der Herzogin glich jenem von Mr von Löwenstein. Lady Virginias Cousin sowie ihre Mutter schienen wenig beeindruckt von ihrer Sangeskunst. Über die Miene Sir Johns wunderte sich Gloria schon nicht mehr. Er schaute bereits den ganzen Abend verschlossen und mürrisch drein. Die Presse indes, die sich in der letzten Reihe versammelt hatte, schien angetan. Mr Morris' Gesichtsausdruck war interessiert und aufmerksam, immer wieder stippte er sich seinen Bleistift gegen die Lippen.

Lady Virginia sang inzwischen das dritte und letzte Lied »Throw out the Lifeline«, dessen beschwingter Rhythmus zum geselligen Teil überleitete und das ebenfalls als Metapher verstanden werden konnte, denn nicht nur Gott, sondern auch Bildung konnte erretten. Dann verklang der letzte Ton, es wurde heftig applaudiert, und Lady Virginia und Mrs Dickson verneigten sich vor dem Publikum. Danach war es im Nu mit der Beschaulichkeit vorbei. Stühle wurden gerückt, Stimmengewirr erfüllte den Raum, Gelächter war zu hören. Mr von Sachsfeld hastete zu seiner Frau, ergriff ihre Hände und führte sie an seine Lippen. Auch Gloria stand auf. Die beiden Kellner gingen mit Getränketabletts umher, Lady Virginia wurde von Frauen des Alexandra Club in Beschlag genommen. Die meisten Gäste strömten dem Büfett im Nebenraum zu. Gloria sah das Hausmädchen Sally die Kerzen auf der Veranda entzünden. Pratt stand unbeweglich wie eine Säule an der Tür.

»Ich für meinen Teil bin entzückt sowohl über Ihre geistreichen Worte als auch über die Tatsache, dass dieses Haus zwei Veranden besitzt, auf die man sich zum Rauchen zurückziehen kann. Ich schätze, ich werde erst eine Zigarette auf dieser und eine weitere auf der anderen Veranda rauchen«, sagte Mr Wilde, der auf dem Weg hinaus bei Gloria Halt machte.

Gloria lachte. »Das klingt ausgezeichnet«, erwiderte sie.

Einer nach dem anderen kam auf sie zu, beglückwünschte sie, plauderte mit ihr. Die Große Halle leerte sich, manche gingen im Haus umher, andere hatten ihre Teller mit hinausgenommen und aßen auf der Veranda. Dort standen auch Mr Dickson und Alfred von Sachsfeld etwas abseits beieinander. Gloria nahm an, dass die beiden sich ebenfalls vom Travellers kannten, wunderte sich aber, dass Mr Dickson etwas ungehalten dreinsah.

»Ein gelungener Auftakt, meine Glückwünsche, Lady Wingfield.«

Gloria drehte sich um. »Danke, Mr Morris.«

»Leider – und daran sind Sie selbst schuld – werde ich Sie augenblicklich ohne mit der Wimper zu zucken alleine stehen lassen.« Er grinste. »Was mussten Sie auch Mr Wilde einladen! Die Gelegenheit, dem berühmten Dichter einige Bonmots zu entlocken, lässt sich kein Journalist entgehen!«

Gloria lachte. »Dann nichts wie hin zu ihm, Ihre Kolleginnen umschwärmen ihn bereits.«

Alexander näherte sich mit zwei Gläsern, Mr Morris schlenderte davon.

»Was wollte er denn?«, fragte Alexander. »Er hat dich doch schon gestern interviewt.«

»Bist du etwa ärgerlich auf die Presse?« Sie sah, dass die Narbe unter seinem Auge zuckte.

»Ich bin nicht ärgerlich. Hier, ich dachte, du solltest etwas trinken.«

»Danke. Ich vergelte es dir, indem ich dich Miss Tauwald vorstelle. Sie wird Deutsch unterrichten. Miss Tauwald, darf ich Sie mit Lord Lyndon bekannt machen?«, sagte sie zu der Lehrerin, die sich ihnen näherte. Sie nickte den beiden zu und verließ die Große Halle. Sie wollte einen Rundgang machen und schauen, ob es Fragen gab. Sie ging an der Treppe und dem Studierzimmer zwei vorbei auf die hintere Veranda. Dort stand wider Erwarten nur eine Person und starrte traurig auf das Glas Ingwerpunsch in ihrer Hand: Baronin Lauritz, Virginias Vertraute. Als sie Gloria bemerkte, gab sie sich einen Ruck und setzte ein steifes Lächeln auf.

»Alles in Ordnung?«, fragte Gloria.

»Ein bezauberndes Fest, Lady Wingfield. Ich gratuliere.«

»Sind Sie schon ein wenig umhergegangen?«

»Das Treppensteigen bereitet mir etwas Mühe.«

»Oh, natürlich. Nun, im Obergeschoss ist die Raumaufteilung im Prinzip die gleiche wie im Erdgeschoss, nur ohne die Küche. Dort sind dann sechs Studierzimmer. Und im Dachgeschoss gibt es fünf kleine Zimmer, die für Bedienstete oder Gäste hergerichtet wurden.«

Die Baronin lächelte ihr verkniffenes Lächeln und bedankte sich für die Informationen. Gloria ermunterte sie, sich den anderen zuzugesellen, und ging zurück ins Haus. Aus der Großen Halle schlenderten die Herzogin von Kent und Sir John auf sie zu. Die Herzogin hielt einen Teller mit einem Stück Chester-Käse und einer Aprikose darauf in der Hand.

»Vorzügliche Rede, meine Liebe«, bemerkte sie mit schmalem Lächeln. »Aber guter Gott, was wollen die Frauen heutzutage nur alle? Zu meiner Zeit reichte ein wenig Bibelkunde, Musizieren und Sticken.«

»Nun, die Zeiten ändern sich, Herzogin«, merkte Gloria an.

»Ich verstehe nicht, weshalb Virginia derart versessen auf *Berufe* und dergleichen ist. Sie hat Geld, mehr als wir je zu hoffen wagten.« Sie warf Sir John einen Blick zu, der das »wir« betonte. Sir John kniff die Lippen noch mehr zusammen und neigte sacht den Kopf. »Und was tut sie damit?«, fügte sie in fast jammervollem Ton an. »Natürlich ist eine Hochzeitsreise von zwei Monaten standesgemäß – aber welche Summe sie verschlungen haben muss! Verstehen Sie mich nicht falsch, meine Liebe, es ist bemerkenswert, was Sie mit diesem Verein versuchen, aber eine Tochter sollte auch die Nöte ihrer Mutter im Blick haben, meinen Sie nicht?« Sie sandte einen erneuten Blick in Richtung Sir John, der noch immer stocksteif daneben stand und sich nicht dazu herabließ, ein Wort zur Unterhaltung beizusteuern. »Oh, ich wusste immer, dass das gute Kind Führung braucht, aber nun ist sie gänzlich unter dem Einfluss ihres Ehemannes.« Betrübt schüttelte die Herzogin den Kopf.

Gloria war dies mehr als unangenehm. Davon abgesehen, dass sie es nicht nötig hatte, sich negatives Gerede über ihr Engagement in Sachen Frauenbildung anzuhören – schon gar nicht von einem geladenen Gast –, war ihr das Gejammer der Herzogin zu persönlich. Deren Geldnöte gingen sie nichts an, deren Familienangelegenheiten noch weniger. Daher lächelte sie und erwiderte: »Machen Sie sich keine Gedanken, Lady Virginia ist glücklich und hat mit ihrem Ehemann eine gute Wahl getroffen. Genießen Sie den Abend.« Sie nickte den beiden zu, wandte sich ab und stieg die Treppe hinauf. Gäste kamen ihr entgegen und ließen sich über die gelungene Ausstattung der Räume aus. Gloria ging umher und gab hier und da Informationen zu den Kursen. Sie freute sich an dem Interesse und den Glückwünschen, die man ihr entgegenbrachte. Nach einer Weile ging sie wieder hinunter. Alexander stand am Fuß der Treppe, im Begriff, heraufzukommen. Als er sie sah, hielt er inne. Sie lächelte ihm zu. Er schaute zerknirscht drein, und als sie bei ihm anlangte, sagte er mit gespielter Entrüstung: »Wie konntest du mir das antun?«

Gloria konnte sich ein Grinsen nicht verkneifen.

»Ich habe Miss Tauwald erzählt, dass ich in jungen Jahren eine Weile in Deutschland gelebt habe«, erklärte er. »Nun versucht sie permanent, sich mit mir auf Deutsch zu unterhalten. Das ist deine Schuld!«

»Es ist immer gut, etwas für seine Bildung zu tun.«

»Ich hätte nie gedacht, dass du so hinterlistig sein kannst«, erwiderte er und schüttelte gespielt betrübt den Kopf.

Sie lachte und legte die Hand auf seinen Arm. »Komm«, sagte sie, »lass uns etwas essen.«

Die Zeit verstrich wie im Flug. Gloria sprach mit den Journalistinnen von »The Lady« und »The Lady's Pictorial« sowie einigen anderen. Lilian und sie besprachen mit der Viscountess Harberton und Mrs King, den Gründerinnen der Rational Dress Society, sowie Mrs Wilde die Gesprächsrunde, die Anfang August zum Thema »sinnvolle Bekleidung für Frauen« stattfinden sollte. Sie vereinbarten mit Mrs Dickson eine musikalische Soiree, als Lady Virginia auf sie zukam und Gloria fragte, ob sie Alfred gesehen habe.

»Nein«, antwortete Gloria. Sie hatte einige Leute schon länger nicht mehr gesehen. Die Herzogin und Sir John zum Beispiel. Oder Mr Morris. Aber das mochte nichts heißen, das Haus war groß, die Leute sahen sich um oder hielten sich auf den Veranden auf.

»Selbst mein unausstehlicher Cousin Eduard ist nirgends aufzutreiben. Wo stecken nur alle?«

»Wahrscheinlich sind sie frische Luft schnappen«, vermutete Gloria. Sie sah hinaus auf die Veranda, wo die dunkelgrünen Kübelpflanzen blau oder orange beleuchtet wurden von den Kerzen in ihren bunten Glasbehältern. Alexander stand dort draußen, zusammen mit Robert. Lady Virginia zog eine Schnute und sah im Raum umher. Mr und Mrs Rigby steuerten auf Gloria zu. »Wir wollen aufbrechen«, sagte Nicks Mutter. »Es war ein ganz zauberhafter Abend.«

»Wir hören voneinander, meine Liebe«, sagte Mr Rigby.

Gloria hielt noch Mr Rigbys Hand in der ihren, als ein markerschütternder Schrei vom Flur her zu hören war.

Bestürzt sahen sie sich einer nach dem anderen an. »Guter Gott, was war das?«, fragte Mrs Rigby.

»Ich werde nachsehen«, sagte Gloria und durchschritt die Große Halle. Kaum aus der Tür, stieß sie fast mit Pratt zusammen.

»Ein schreckliches Ereignis, Mylady«, sagte der Butler leise und mit sichtlicher Betroffenheit.

»Was ist denn geschehen, Pratt?«, fragte sie und spürte die Leute hinter sich, die ihr nachgehastet waren.

»Jemand … nun, Mylady, jemand liegt tot im Studierzimmer eins.«

»Wie bitte?« Gloria glaubte, sich verhört zu haben. »Aber … wer … um Gottes willen, schicken Sie nach einem Arzt!«

»Ich fürchte, dafür ist es zu spät, Mylady.«

»Was?« Sie starrte Pratt an.

»Was ist geschehen?«, rief Lady Virginia hinter ihr.

Gloria wandte sich um, sah in erschrockene Gesichter, sah wieder Pratt an.

»Sally hat ihn gefunden, Mylady«, erklärte der Butler. »Kein schöner Anblick.«

Gloria folgte ihm den Flur entlang. Alles drehte sich in ihr. Das konnte nicht sein. Nicht an diesem Abend. Nicht auf ihrem Fest. Pratt musste sich irren. Sicher war nur jemand ohnmächtig geworden. Sie passierte die seitliche Tür zur Küche, sah im Vorübergehen Mrs Neal, die einen Arm um die Schulter der weinenden Sally gelegt hatte. Dann betrat sie das vollgestellte Studierzimmer. Rechts neben der Tür lag Alfred von Sachsfeld, die Augen in fassungsloser Wut aufgerissen, das weiße Hemd blutgetränkt. In seiner Brust steckte eines von Mr Dicksons hübschen afrikanischen Messern.

Kapitel 4

Lady Virginia schrie sich die Seele aus dem Leib.

Man hatte versucht zu verhindern, dass sie den Getöteten sah, doch mit einer Kraft, die man dieser kleinen Person nicht zugetraut hätte, hatte sie sich losgerissen und war ins Studierzimmer gelaufen. Dort kniete sie neben dem Leichnam ihres Mannes und hörte nicht mehr auf zu schreien.

Gloria sah sich in der Pflicht, doch sie wusste nicht, wie sie Lady Virginia beruhigen sollte. Sie fühlte deren Schmerz wie ihren eigenen. Alles kam zurück. Das Bild, wie Nicholas damals tot im Gras gelegen hatte; diese Unfassbarkeit, die sich langsam im Kopf ausbreitete, dass er unwiederbringlich weg sein, dass sie nie wieder in seine Augen sehen, dass er sie nie wieder in die Arme nehmen würde. Sie schaute auf Lady Virginia hinab. Hinter ihr befand sich die Tür und hinter dieser der enge Zwischenraum zwischen dem Eingang zum Studierzimmer, der Kellertür und dem zweiten Kücheneingang. Dort drängten sich die Leute. Keiner sprach. Gloria versuchte, sich zu fassen und drehte sich um. Robert und Alexander zwängten sich durch die Tür, dicht gefolgt von der Herzogin und Sir John.

»Kind«, hauchte die Herzogin, »um Himmels willen, höre auf zu schreien. Steh auf.« Sie trat hinter ihre Tochter und berührte kurz deren Schulter. Lady Virginias Kopf ruckte in die Höhe und sie fuhr ihre Mutter an: »Fass mich nicht an!«

Betroffen zuckte die Herzogin zurück, legte die Hand an den Hals und schaute hilfesuchend zu Sir John. Der fasste sie beschützend am Arm, als wolle er sagen: Lass mich mal mit diesem störrischen Ding reden. »Virginia!«, schnaubte er im Befehlston. »Hier sind Leute, reiße dich zusammen!«

Es war das Erste, was Gloria diesen Mann heute Abend sagen hörte, mit einer Stimme, schneidend wie eisiger Nordwind. Es war nicht dazu angetan, ihn sympathischer zu machen. Lady Virginia warf sich quer über die Beine ihres Ehemannes und schluchzte. Sir John machte einen Schritt auf sie zu, als wolle er sie losreißen. Er tat es nicht, stand nur da und starrte mit verschlossener Miene auf den Toten hinab.

»Bitte gehen Sie wieder hinüber«, bat Alexander die Schaulustigen vor der Tür. Er trat neben Gloria. »Pratt hat einen Burschen geschickt, einen Constable zu holen«, informierte er sie.

Sie nickte. Fühlte sich wie betäubt. Sie sah Alexander an. »Ich kann das gar nicht glauben«, flüsterte sie.

Alexanders Augen hielten die ihren fest. Sie sprachen vom Wissen um Verlust und von gemeinsam erlebtem Grauen. Am liebsten hätte sie sich an seine Brust geworfen und ebenso hemmungslos geweint wie Lady Virginia.

Lilian kam heran, ging neben Lady Virginia in die Hocke und strich ihr übers Haar, sprach beruhigend auf sie ein. Sie hob den Kopf und bedeutete den anderen mit einem Blick, das Zimmer zu verlassen. Die Herzogin und Sir John rührten sich nicht vom Fleck. Alexander dagegen führte Gloria hinüber in die Große Halle. Gesichter, bestürzt und betroffen, wandten sich ihnen zu. Mr Brooks trat zu ihnen. Die kleinen grauen Augen des Anwalts blickten Gloria besorgt an. »Grauenvoller Zwischenfall, Lady Wingfield«, murmelte er. »Ich werde Ihren Butler nach der Polizei schicken.«

Alexander erklärte, dass er dies bereits veranlasst hatte.

»Aha, gut«, entgegnete Mr Brooks und nickte. An Gloria gewandt, sagte er: »Ich rede natürlich mit den Herren. Machen Sie sich keine Sorgen.«

»Natürlich«, murmelte Gloria.

»Ich fürchte, *wir alle* werden mit der Polizei reden müssen«, warf Alexander ein.

Gloria atmete tief durch. Mit einem ernsten Lächeln bat sie die beiden Männer, sie zu entschuldigen. Sie stellte sich neben das Klavier und blickte auf die Gäste, die vor ihr auf den Stühlen saßen. »Meine lieben Freunde«, begann sie und hörte selbst, dass ihre Stimme zitterte. »Ich bin zutiefst erschüttert. Ich fürchte, es wird nötig sein, dass Sie hier ausharren. Die Polizei wird jeden Augenblick hier sein. Sicher wird man Ihnen Fragen stellen.« Sie hielt inne, weil ihr plötzlich der Gedanke kam, dass unter ihren Gästen womöglich ein Mörder war. Ihre Augen wanderten die Stuhlreihen entlang. Mr und Mrs Rigby; Tante Jo, Lord und Lady Rossmore; Damen des Alexandra Club. Baronin Lauritz hatte den Kopf gesenkt und tupfte sich mit einem Taschentuch die Augen. In der hintersten Reihe saßen wie zuvor Journalistinnen; es waren nur noch drei und sie tuschelten leise miteinander. Mr Morris sah sie nirgends. Alexander stand keine drei Schritte von ihr entfernt neben Robert Fielding. Mr und Mrs Wilde waren da, ebenso Mr und Mrs Dickson. Mr Dickson erwiderte ihren Blick, intensiv, besorgt. Nach einem raschen, fürsorglichen Blick auf seine Frau erhob er sich und kam auf Gloria zu.

»Eines *meiner* Messer!« Er schüttelte den Kopf, betrübt, fassungslos. »Das wird Unangenehmes zur Folge haben.«

»Es wird für uns alle unangenehm«, bemerkte Mr Wilde, der ebenfalls herangekommen war. »Die Presse wird sich darauf stürzen wie der Löwe auf die Gazelle. Sie haben Unterstützung nötig, Lady Wingfield. Zählen Sie auf mich.«

Mr Wilde roch nach Rauch. Gloria bemerkte es und hatte im selben Moment das Gefühl, sich an etwas erinnern zu müssen, wusste aber beim besten Willen nicht, an was. Sie dankte ihm. Dann sah sie Mr von Löwenstein in der Tür stehen. Er wankte und in seinem Blick lag die Verwirrung eines Jungen, der seine Eltern im Gewühl verloren hat. Sie starrte ihn an, selbst noch immer durcheinander. Wo war er die ganze Zeit gewesen? Sie ging zu ihm.

»Mr von Löwenstein?«

»Was ist denn hier los?«, fragte er mit schwerer Zunge.

»Aber kann es denn sein, dass Sie nicht mitbekommen haben, was geschehen ist?«

Er schaute sie fragend an, lächelte dümmlich.

»Mr von Sachsfeld. Er ist ... tot.«

»Wie?«, machte er. Seine Miene war ungläubig, dann hellte sie sich auf. »Kein Scherz?«

»Guter Gott, wie kann man mit so etwas scherzen, Mr von Löwenstein!«

Sie raffte ihr Kleid und ließ ihn einfach stehen. So ein ... geschmackloser Tölpel! Sie stapfte den Flur entlang. Als sie zu dem kleinen Zwischenraum abbog, hörte sie, wie Lady Virginia schrie: »Ich gehe nicht weg! Ich lasse ihn nicht allein!«

Gloria betrat das Zimmer. Die Herzogin, Sir John und Lilian umstanden Lady Virginia, die neben dem Leichnam ihres Mannes kauerte und seine Beine umklammerte. Gloria ging neben ihr in die Hocke und sagte sanft: »Lady Virginia.« Die junge Frau sah zu ihr auf. Ihre Augen waren gerötet, Flecken überzogen ihr Gesicht. »Sie können ihn gar nicht verlassen, das wissen Sie doch. Er wird für immer in Ihrem Herzen sein«, sagte sie leise. »So wie er war. Seinen irdischen Körper müssen Sie nun loslassen. Hören Sie auf Ihre Mutter. Gehen Sie sich ein wenig frisch machen.«

Mit einem herzzerreißenden Schluchzen warf sich Lady Virginia noch einmal über den Leichnam. Dann erhob sie sich, strich das cremefarbene Abendkleid mit den silbernen Sternen glatt, ohne zu merken, dass es Blutflecken hatte, denn sie nahm den Blick nicht von ihrem toten Mann.

Lilian fasste sie am Arm. »Kommen Sie«, sagte sie mütterlich. »Ich begleite Sie ins Badezimmer.«

Lady Virginia ließ sich hinausführen. Die Herzogin warf Gloria einen Blick zu, Hochmut und Empörung lagen darin ebenso wie Hilflosigkeit und Verletztheit. Auf sie, die Mutter, hörte die Tochter nicht. Aber Gloria und Lilian folgte sie. Sie warf den Kopf zurück und rauschte aus dem Zimmer. Sir John ging ihr hinterher, in seinem Blick las Gloria Verachtung. Ärger wallte in ihr auf. Wenn es sich irgend vermeiden ließ, würde sie diesen Mann nie mehr wiedersehen wollen! Und so einer war Gast auf *ihrem* Fest! Sie atmete einmal tief durch, um sich zu sammeln, dann ging auch sie hinaus und nach nebenan in die Küche.

Von der Bank am schmalen Tisch erhoben sich die beiden Kellner und das Küchenmädchen Linda sowie das Hausmädchen Sally, das mit rot verweinten Augen zu ihr her sah. Alle machten betretene Gesichter, einschließlich Pratt und Mrs Neal, die bei ihrem Eintreten ebenfalls von ihren Stühlen aufgestanden waren.

Gloria machte einen Schritt auf sie zu. »Sally, es tut mir furchtbar leid, dass Sie das erleben mussten. Sie haben Mr von Sachsfeld gefunden?«

Sally, eine schlanke junge Frau mit kupferbraunem Haar und einem auffallend großen Leberfleck am Hals, nickte und sah zu Boden. »Ich wollte einen Stuhl holen«, schniefte sie, »weil wir endlich auch essen wollten und nicht alle Platz hatten, und da … lag er.« Sie knüllte ein Taschentuch in der Hand und sah noch immer nicht auf.

»Wenn Sie können, essen Sie jetzt etwas. Sobald die Polizei da ist, wird kaum mehr Gelegenheit dazu sein. Auch nach Hause gehen können Sie wohl so schnell nicht.« Gloria wandte sich an den Butler. »Pratt, sorgen Sie dafür, dass niemand Studierzimmer eins betritt.«

»Sehr wohl, Mylady«, antwortete Pratt.

Sie nickte in die Runde und verließ die Küche.

Der Police Constable traf ein und Mr Brooks, Alexander und Gloria führten ihn zu dem Leichnam.

»Das sieht nicht gut aus«, konstatierte er mit Blick auf den Toten und rieb sich das Kinn. »So hamse ihn gefunden?«

Alle nickten.

Der Constable, ein untersetzter Mann mit großen Händen, großen Ohren und großen hellen Augen, sah sich im Raum um. »Hier darf jetzt mal niemand rein, bis der Polizeiarzt sich den angeguckt hat. Und der Inspector.«

»Wir sorgen selbstverständlich dafür«, erwiderte Mr Brooks.

Mit einer entsprechenden Geste seiner großen Hände schob der Police Constable sie hinaus und schloss die Tür.

Kurz darauf hörten sie in einiger Entfernung seine Trillerpfeife, die nach Verstärkung pfiff.

Eineinhalb Stunden später war der Polizeiarzt samt der Leiche Mr von Sachsfelds fort, und Sergeant Popkiss vom Polizeirevier in der Bow Street sowie Inspector Olive von Scotland Yard, die sich mit dem Arzt im Studierzimmer aufgehalten hatten, verschafften sich einen Überblick über die Anwesenden.

Alle, einschließlich der Dienerschaft, saßen in der Großen Halle auf den Stühlen und sahen mit betretenen und müden Gesichtern zu den beiden Polizisten, die neben dem

Klavier standen. Sergeant Popkiss, mittelgroß und wohl Anfang vierzig, erwiderte die Blicke aus schmalen Augen hinter einer stahlgefassten Brille. Er hatte rötlich-blondes Haar und einen stacheligen Schnurrbart in derselben Farbe. Inspector Olive war ein langer, hagerer Mann mit stechenden braunen Augen und einem beeindruckenden Vollbart, der sogar seinen Mund verdeckte. Er war etwas jünger als der Sergeant und von feiner, leicht zurückhaltender Art.

»Da war also ein Fest heute Abend«, begann er leise und behutsam. »Das Haus war offen, Leute kamen und gingen?«

»Es waren nur geladene Gäste da«, antwortete Gloria, die zusammen mit Tante Jo zwischen Alexander und Mr Brooks in der ersten Reihe saß.

»Es hätte sich niemand unbemerkt Zutritt verschaffen können?«

»Ich denke nicht, nein«, sagte Gloria.

»Von der hinteren Veranda gelangt man durch zwei seitliche Abgänge in einen Hinterhof. Und von dort mühelos in die Bainbridge Street«, erläuterte der Inspector.

»Sie meinen, es könnte sich jemand eingeschlichen und Mr von Sachsfeld getötet haben?«, fragte Mr Brooks.

So erleichternd es sein mochte, den Mörder nicht unter ihren Gästen vermuten zu müssen, so beunruhigend und letztlich überhaupt nicht tröstlich war die Vorstellung, ein Fremder könnte sich in mörderischer Absicht Zutritt zum Haus verschafft haben.

»Wir müssen jede Möglichkeit überprüfen«, erwiderte Inspector Olive. »Wir brauchen den genauen Aufenthaltsort von jedem von Ihnen während der Tatzeit. Laut Polizeiarzt ist der Tod eingetreten zwischen neun und zehn Uhr.«

»Nun, dann sollten wir Ihnen diese Auskünfte nach bestem Vermögen erteilen«, befand Mr Brooks.

Inspector Olive schaute ihn an, nickte und wandte sich an Gloria: »Sicher haben Sie eine Gästeliste.«

»Selbstverständlich«, erwiderte Gloria.

»Und hätten Sie die Güte, mir diese Liste auszuhändigen?«

Gloria erhob sich und ging nach nebenan ins Arbeitszimmer. Dort brannte kein Licht, aber durch die beiden Fenster fielen die flackernden Lichtsprenkel der Kerzen, die die Veranden illuminierten. Sie zog die Tür hinter sich zu und lehnte sich einen Augenblick dagegen, schloss die Augen. Ein Mord. Während der Eröffnungsfeier. Die arme Lady Virginia. Und dann spürte sie trotz ihrer Erschütterung, wie sich ihr Herzschlag beschleunigte und zwei Gedanken gleichzeitig durch ihren Kopf schossen. Wer hasste Mr von Sachsfeld so, dass er ihn tötete? Und – und sie wagte bei diesem zweiten Gedanken nicht, die Augen zu öffnen – über die hintere Veranda hätte ein Fremder mühelos ins Haus gelangen können. Was, wenn sich jemand hier drin versteckt hielt? Sei nicht töricht, schalt sie sich selbst. Sollte sich tatsächlich jemand unerlaubt Zutritt verschafft haben, so war derjenige längst wieder fort. Sie öffnete die Augen. Kamin, Aktenschrank, Stühle, Schreibtisch. Zwielicht, in dem trotzdem jemand lauern mochte. Sie tastete nach dem Türgriff in ihrem Rücken und öffnete die Zimmertür. Weit. Das Licht der Gaslampen im Flur schimmerte herein. Sie atmete durch und drehte die Gaslampe neben der Tür auf. Gelbe Helligkeit breitete sich aus. Sie nahm die Gästeliste vom Schreibtisch und verließ das Zimmer.

»Einige Journalistinnen sind bereits gegangen«, sagte Gloria, die zusammen mit Lilian und Lady Greville beim Inspector am Klavier stand. Sie alle schauten auf die Liste, während die Gäste wie festgeklebt auf ihren Stühlen saßen und ihnen zusahen. »Hier«, fuhr sie fort und deutete auf die Namen. »Die deutsche Journalistin Miss Friedrichs ist nicht mehr da. Auch sämtliche Lehrerinnen haben sich bereits verabschiedet. Mrs Warren ist ebenfalls längst gegangen, aber das ist verständlich, sie ist neunundsiebzig.«

»Alles Frauen«, kommentierte der Inspector.

»Es ist ein Frauenbildungsverein«, sagte Gloria und konnte die Ironie in ihrer Stimme nicht unterdrücken.

»Waren auch Journalis*ten* da?«

»Vom ›Daily Chronicle‹ und der ›Daily News‹«, außerdem Mr Morris, der hauptsächlich für die ›Morning Post‹ schreibt.«

Der Inspector nickte. »Ganz schönes Aufgebot«, meinte er. »Und eine beeindruckende Namensliste.«

»Es ist ja auch ein berichtenswertes Ereignis«, verkündete Mr Wilde laut aus der Mitte der Stuhlreihen.

Der Inspector sah ihn an. »Dem Sie mit Ihrer Anwesenheit zweifellos den nötigen Glanz verleihen, Mr Wilde«, gab er in ruhigem Ton zurück. »Wo hielten Sie sich denn gegen viertel nach neun auf?«

Mr Wilde lächelte und antwortete: »Vermutlich – nein, mit an Sicherheit grenzender Wahrscheinlichkeit – rauchend auf der Veranda. Miss Carpenter dürfte das bestätigen können. Wir unterhielten uns über Irland.« Mr Wilde sah sich um, ob er die Journalistin irgendwo sähe. Sie saß in der letzten Reihe, hob die Hand und nickte bestätigend.

Der Inspector machte eine Notiz hinter Mr Wildes Namen. Dann ließ er den Blick über die Anwesenden schweifen und fragte: »Hat jemand etwas Außergewöhnliches bemerkt? Etwas, das nicht ins Bild eines fröhlichen Abends passte?«

Gloria sah erwartungsvoll in die Runde. Köpfe wurden geschüttelt, entschieden, verlegen oder verhalten.

»Ich«, meldete sich Tante Jo überraschenderweise zu Wort. »Lady Josephine Margaret Blythe.«

Alle, einschließlich Gloria, hefteten ihre Blicke auf Tante Jo. Diese straffte den Rücken noch ein wenig mehr und sagte: »Kennen Sie den Ausspruch ›Wenn Blicke töten könnten‹, Inspector?« Und als der Inspector – wie einige andere der Anwesenden automatisch auch – sacht nickte, fuhr Tante Jo fort: »Nun, ich habe heute Abend mehr als eine Person dabei beobachtet, wie sie Mr von Sachsfeld Blicke ebensolcher Art zuwarfen.« Tante Jo wirkte sehr distinguiert, wie sie den Inspector so ansah und anfügte: »Das mag natürlich nicht heißen, dass diese Personen ihn auch getötet haben, aber man fragt sich doch, was solch hasserfüllten Blicken wohl zugrunde liegen mag. Es sollte mich nicht wundern, wenn einer dieser Gründe dazu führte, dass man Mr von Sachsfeld derart grausam vom Leben in den Tod beförderte.«

Lady Virginia schluchzte auf.

»Kann es sein, dass Ihr Name nicht auf der Liste steht?«, fragte der Inspector und sah erst Tante Jo, dann Gloria an.

»Hier«, sagte Gloria. »Tante Jo.«

»Ach so«, machte der Inspector. »Sie sind verwandt?«

»Lady Blythe ist meine Großtante«, antwortete Gloria.

Der Inspector rollte die Schultern zurück, sah Tante Jo erneut an und sagte: »Da werden wir uns wohl unterhalten müssen.«

»Gerne, Herr Inspector«, antwortete Tante Jo.

»Das ist ungeheuerlich!«, rief Sir John und erhob sich. »Sie beschuldigen hier insgeheim rechtschaffene Leute.«

Der getroffene Hund bellt, dachte Gloria, und Tante Jo erwiderte kühl, indem sie sich hoheitsvoll zu dem Redner umdrehte: »Ich beschuldige niemanden. Ich teile lediglich Beobachtungen mit. Der Inspector hat schließlich danach gefragt und wir sollten der Polizei nach bestem Vermögen helfen, nicht wahr?«

»Und Sie sind?«, wandte sich Inspector Olive an Sir John.

»Sir John Carrey. Finanzverwalter der Herzogin von Kent«, sagte er arrogant.

»Aha«, machte der Inspector und warf einen Blick auf die Namensliste. »Sein Name steht zusammen mit dem der

Herzogin und anderen in einer gesonderten Spalte. Überhaupt gibt es mehrere Spalten. Hat das einen Grund?«, fragte er.

»Die Vorstandsfrauen sowie einige andere Persönlichkeiten luden selbstverständlich eigene Gäste ein. Sir Johns Name steht in Lady Virginias Spalte, sehen Sie?«, antwortete Gloria. Sie senkte die Stimme etwas, als sie anfügte: »Lady Virginia ist die Ehefrau des Getöteten. Das Ehepaar gehört zu den Sponsoren des Frauenbildungsvereins.«

Der Inspector nickte. »Die Herzogin?«

»Die Schwiegermutter des Getöteten.«

»Baronin Lauritz?«

»Ehemalige Gouvernante Lady Virginias.«

»Hören Sie, Inspector«, meldete sich Mr Brooks zu Wort. »Derlei Dinge können Sie doch morgen in Ihrem Bureau erledigen. In Anbetracht der fortgeschrittenen Stunde und des Zustandes der Anwesenden wäre es angemessen, die Sache hier zügig zu beenden.«

»Wie war Ihr Verhältnis zu Mr von Sachsfeld, Mr Brooks?«, konterte der Inspector, dem Gloria gleich zu Beginn ihren Anwalt vorgestellt hatte.

»Wie?«

»Gab es einen Grund, warum *Sie* ihm hätten einen jener Blicke zuwerfen können, von denen Lady Blythe sprach?«

»Das ist das Lächerlichste, das ich je hörte, Inspector!« schnaubte Mr Brooks. »Mr von Sachsfeld war ein liebenswürdiger junger Mann, der großzügige Einlagen in den Frauenbildungsverein tätigte. Zu meinem Bedauern bin ich ihm lediglich ein Mal begegnet, und zwar heute Abend.«

Mr Brooks war rot geworden, wie Gloria bemerkte. Sie fand seine Erzürnung berechtigt. Plötzlich fühlte sie sich entsetzlich müde. Sie sah, dass Miss Bateson und Miss Lloyd eifrig mitschrieben, und da schoss ihr die Frage durch den Kopf, wie dieser Auftakt sich wohl auf die Zukunft des Frauenbildungsvereins auswirken würde. Würden sie diese Sache aufgeben müssen, noch bevor sie richtig begonnen hatte? Und was sollte aus dem Vortrag über Königin Elizabeth werden, der übermorgen stattfinden würde? Sollten sie ihn absagen?

Inspector Olive, der während des betretenen Schweigens, das auf Mr Brooks' wütende Äußerung hin eingetreten war, Notizen gemacht hatte, sah in die Runde und fragte: »Hat außer Lady Blythe sonst noch jemand Beobachtungen gemacht, die von Nutzen sein *könnten*?«

Obwohl er das Wort »könnten« betonte, meldete sich natürlich niemand. Der Inspector brummte, sah auf seine Liste, sah wieder hoch und sagte: »Was ist mit der Dienerschaft? Gewöhnlich sehen sie Dinge, für die andere kein Auge haben.«

Gloria bemerkte, dass Mrs Neal den Blick senkte.

»Möchten Sie etwas sagen, Mrs Neal?«, fragte sie.

Mrs Neals Kopf ruckte in die Höhe, sie sah Gloria mit dem erschreckten Ausdruck jener an, die es nicht gewohnt sind, vor Leuten das Wort zu ergreifen.

»Nur zu«, ermunterte Gloria die Köchin.

»Nur dass«, begann diese. »Also nein. Ich mein, nur dass wir nichts bemerkt haben, Mylady. Sally und Linda hier und ich, wir waren in der Waschküche beim Spülen, Mylady. Die Jungs hier«, sie deutete mit dem Kinn auf die Kellner sowie einen Burschen von etwa sechzehn Jahren, »standen draußen vorm Eingang der Waschküche und rauchten. Wir haben uns unterhalten. Sally ging dann rein, um den Tisch zu richten und zwei Stühle zu holen, damit wir alle zusammen essen konnten. Da hat das arme Ding ihn dann gefunden.«

Lady Virginia schluchzte erneut auf und der Inspector sagte: »Sally, Ihr Nachname ist?«

»Beaumont, Sir, Sally Beaumont«, flüsterte die junge Frau kaum hörbar.

Der Inspector notierte sich den Namen. »Sonst noch etwas?«, fragte er dann.

»Da ist noch etwas, Inspector«, meldete sich Pratt zu Wort.

Köpfe ruckten zu ihm herum.

»Sie sind?«

»Frederick Pratt, Sir. Der Butler.« Pratt deutete eine leichte Verbeugung an. »Es mag nicht von Bedeutung sein, aber weil Sie sagen, Sir, dass man etwas Außergewöhnliches melden soll, also da war ein Mann, der nicht auf dem Fest gewesen war und der Mr von Sachsfeld sprechen wollte.«

Ein Raunen ging durch den Raum.

»Das sagen Sie erst jetzt?«, fuhr Inspector Olive Pratt an.

»Es sprachen andere vor mir«, entgegnete Pratt würdevoll.

»Schon gut, reden Sie. Wann war das?«

»Ich war gerade auf dem Weg zurück in die Küche, vielleicht gegen neun Uhr, Sir, als es am Eingang klopfte. Ein junger Mann stand draußen und sagte, er müsse dringend Mr von Sachsfeld sprechen. Ich fragte, wen ich melden soll. Er sagte, sein Name sei Sands.«

»Was?!«, rief Lady Virginia. »Bedwin war hier?«

Murmeln erfüllte den Raum. Pratt wartete, bis es abgeebbt war. »Er sagte, dass es dringend sei und er keine Zeit habe und ich Mr von Sachsfeld zur Tür holen solle.«

»Haben Sie ihn geholt?«, wollte der Inspector wissen.

»Ja, Mr von Sachsfeld kam gerade aus der Großen Halle. Ich sagte ihm, dass ein Mr Sands am Eingang auf ihn warte, und er machte ein überraschtes Gesicht und ging sofort hin.«

»Dann haben Sie also diesen Mr Sands zusammen mit Mr von Sachsfeld gesehen?«

»Nun ja, Sir, ich sah, wie Mr von Sachsfeld auf den Besucher zuging. Ich nehme an, sie blieben im Eingangserker stehen oder gingen vor die Tür.«

»Und Sie gingen in die Küche? Wie lange waren Sie dort?«

»Etwa eine halbe Stunde, Sir.«

»Könnte es sein, dass die beiden sich in das Zimmer zurückgezogen haben, in dem man Mr von Sachsfelds Leiche fand?«, hakte der Inspector nach.

Pratt zögerte, ehe er antwortete: »Möglich wäre es, Sir.«

Der Inspector nickte und sah auf die Gästeliste. »Sein Name ist durchgestrichen«, bemerkte er mit Blick auf Gloria.

»Er hatte abgesagt.«

»Nun, offenbar kam er doch«, sagte der Inspector.

Kapitel 5

Gloria saß mit ihrer Tante beim Frühstück im Speisezimmer, das nach Südwesten lag und daher am Morgen noch kühl war. Die beiden schwiegen, denn Gloria las den Artikel in der »Morning Post«, während sie ihren Toast mit Butter bestrich und hineinbiss.

Es war ein reizender Artikel zum Eröffnungsabend, ganz in Mr Morris' klarem, bildlichem Stil, informativ und mit netten Metaphern zu Personen und Ambiente (»Die Veranden in Blau und Orange illuminiert, mit Kerzen in runden Glasbehältern, die an Orangen und dicke Pflaumen erinnerten, zauberhaft wie in einem Märchenland.«). Zum Schluss erwähnte Mr Morris angenehm zurückhaltend das Verbrechen: »Allerdings gab es zu später Stunde einen tragischen Zwischenfall. Ein Gast der Feierlichkeiten, Mr Alfred von Sachsfeld und Thalburg, Schwiegersohn der Herzogin von Kent, wurde tot aufgefunden. Offenbar handelt es sich um ein Gewaltverbrechen, doch weitere Informationen lagen bei Drucklegung noch nicht vor.« Das war äußerst rücksichtsvoll formuliert und sie dankte Mr Morris für diese wenig reißerische Notiz. Er war ja offenbar früher gegangen, hatte das Drama also nicht in vollem Ausmaß mitbekommen.

Gloria dachte mit Schaudern daran, was in den anderen Zeitungen zu lesen wäre. Da Miss Lloyd bis zum Schluss da gewesen war, war davon auszugehen, dass der Artikel im »Daily Telegraph« ausführlicher mit dieser Sensationsmeldung auftrumpfen würde.

»Er schreibt einfach gut, nicht wahr?«, fragte Tante Jo, die Morris' Artikel bereits gelesen hatte. »So unaufgeregt und doch vornehm.«

Gloria pflichtete ihr bei.

»Wirst du den Vortrag morgen nun absagen?«, fuhr Tante Jo fort.

»Ich weiß es nicht.« Sie hatten bereits auf der Heimfahrt gestern Nacht darüber gesprochen, ob man den Vortrag über Königin Elizabeth aus Pietätsgründen ausfallen lassen müsste. Immerhin war Mr von Sachsfeld einer der Geldgeber des Frauenbildungsvereins gewesen. Alexander war der Ansicht, dass – bei aller Pietät – durch dieses Drama wahrscheinlich umso mehr Leute kommen würden. Gloria teilte seine Ansicht. Die Leute waren sensationslüstern. Wahrscheinlich würde Mrs Meade, die Referentin, das auch so sehen. Gloria hatte vor, sich heute Nachmittag mit ihr zu besprechen. Aber jetzt musste sie sich anziehen! Mr Brooks holte sie in einer Stunde ab. Ihr Anwalt würde sie zu Scotland Yard begleiten. Sie sollten ihre gestern Nacht noch gemachten Aussagen unterschreiben. Auch Tante Jo würde mitkommen. Ihrer aufsehenerregenden Äußerungen wegen hatte Inspector Olive sie ebenfalls einbestellt. Alexander würden sie dort treffen, das hatten sie auf der Heimfahrt vereinbart.

Die Droschke hielt vor dem Gebäudekomplex in Great Scotland Yard. Direkt vor ihnen parkte eine Kalesche, die Gloria als Alexanders erkannte. Sein Kutscher Finley thronte auf dem Kutschbock.

Mr Brooks entlohnte den Fahrer und Alexander kam heran. Er trug einen hellen Sommeranzug mit einer etwas dunkleren Weste und einen Canotier sowie einen Spazierstock. Einmal mehr bemerkte Gloria, dass er gut aussah. Obwohl es gestern sehr spät geworden war, wirkte er keineswegs übernächtigt, im Gegenteil, er hatte eine sommerfrische Gesichtsfarbe, die ihm ausgezeichnet stand. In seiner Begrüßung schwang ritterliche Bereitwilligkeit mit, Tante Jo und ihr hilfreich zur Seite zu stehen.

Nachdem sie das Gebäude betreten und einem Constable ihr Anliegen mitgeteilt hatten, folgten sie diesem zum Bureau von Inspector Olive. Der Inspector erwartete sie. Es gab ein wenig Hin und Her, bis zwei weitere Stühle gebracht wurden, damit alle Platz nehmen konnten, aber schließlich saß man in einem Halbrund vor Inspector Olives Schreibtisch.

»Lady Wingfield«, begann der Inspector auf seine behutsame Art, »ich habe hier Ihre ins Reine geschriebene Aussage von gestern Abend. Bitte lesen Sie sie durch und unterschreiben Sie dann. Sofern Sie nichts mehr hinzufügen möchten.« Er reichte Gloria das Formblatt.

»Dies ist Ihre Aussage, Lord Lyndon. Für Sie gilt das Gleiche, bitte unterschreiben, falls Sie mit allem einverstanden sind. Und hier ist die Ihre, Mr Brooks.«

Es war still im Zimmer, während sie lasen. Gloria hatte angegeben, wo sie sich aufgehalten und mit wem sie sich unterhalten hatte. Sie unterschrieb ihre Aussage. Gleich darauf reichten auch Mr Brooks und Lord Lyndon das unterschriebene Papier an den Inspector zurück.

»Kommen wir zu ...«, hob dieser an, aber Mr Brooks fiel ihm ins Wort und fragte: »Gibt es denn schon Anhaltspunkte?«

Der Inspector runzelte kurz die Stirn, antwortete aber

in seiner ruhigen Art: »Die meisten Anwesenden können sich gegenseitig ein Alibi geben. Entweder hielt man sich auf der größeren der beiden Veranden auf und plauderte miteinander oder man stand am Büfett oder in der Halle zusammen.«

»Ich denke, dann können Sie sich auf die *Abwesenden* konzentrieren, Inspector«, schlussfolgerte Mr Brooks und sah dabei recht selbstzufrieden aus. »Denn es ist doch sicher davon auszugehen, dass die Kleidung des Täters womöglich blutbespritzt war und er daher das Weite suchte.«

»Seien Sie versichert, dass wir allen Möglichkeiten nachgehen«, erwiderte Inspector Olive kühl und wandte sich sodann an Tante Jo. »Sie wollten mir einige Beobachtungen mitteilen.«

»Ganz recht, Inspector«, stimme Tante Jo zu. Sie lächelte kurz zu Alexander hinüber, und da fiel Gloria ein, was Lilian vorgestern über Tante Jo gesagt hatte: Sie sei verrückt nach Alexander. Dass Tante Jo ihn seit ihrer gemeinsamen Reise durch Ägypten schätzte, stand außer Frage. Gloria hatte jedoch meist das Gefühl gehabt, ihre Tante wollte, dass sie – Gloria – und er sich … nun, näher kamen. Sie hatte seine Manieren und Kultiviertheit hervorgehoben oder sein Aussehen in Glorias Blickfeld gerückt. Gloria war das unangenehm gewesen und so hatte sie meist nicht auf Tante Jos Lobpreisungen gehört. An diesem einen Blick erkannte sie nun, dass Tante Jo ihn wirklich gern hatte. Trotz des schrecklichen Anlasses wurde ihr ganz warm ums Herz, erst recht, da er Tantchens Lächeln aufrichtig erwiderte.

Derart bestärkt, hob Tante Jo an: »Auch wenn es grässlich ist anzunehmen, dass einer der Gäste einen Mord begangen haben soll, ist es nun einmal Tatsache, dass Mr von Sachsfeld erstochen wurde. Nun habe ich zufällig das ein oder andere beobachtet, Inspector, eine alte Dame ruht sich zuweilen auch aus und schaut dem Geschehen zu.«

»Dann legen Sie mal los«, sagte der Inspector mit einem feinen Lächeln um die Mundwinkel, während er die Papiere auf seiner ledernen Schreibtischauflage geraderückte.

Tante Jo begann mit ihrem Bericht. »Da ist zuallererst dieser unsägliche Sir John zu nennen, der permanent am Rockzipfel der Herzogin von Kent hängt. Ich verhehle nicht, dass er mir unsympathisch ist. Er ist *Finanzverwalter* der Herzogin, wobei alle Welt weiß, dass es da nicht viel zu verwalten gibt.« Nicht nur diesen Umstand machte Tante Jo mit der Betonung dieses einen Wortes klar, sondern auch dass »alle Welt« annahm, Sir John sei wohl mehr als nur der Finanzverwalter der Herzogin. »Und es gibt, auch das weiß alle Welt, immer wieder Streit zwischen der Herzogin und ihrer Tochter ums Geld«, fuhr Tante Jo fort. »Denn Lady Virginia hat welches, und an das versuchte Sir John schon immer heranzukommen. Nun ist ihr junger Ehemann der Herr über ihr Vermögen, was Sir John bitter aufstoßen dürfte. Den Blick jedenfalls, den er dem jungen Mr von Sachsfeld zuwarf und den ich zufällig auffing, als ich nach einem Glas Champagner griff, kann ich nicht anders als aggressiv bezeichnen.« Tante Jo wartete, bis Inspector Olive, der sich Notizen machte, von seinem Blatt aufsah und sie mit einem knappen Nicken aufforderte, weiterzusprechen.

»Was ich meine, ist, man sollte das Thema Geld beleuchten«, fuhr sie fort. »Denn die Herzogin selbst stand ihrem Berater in Sachen böse Blicke in nichts nach. Ich sah sie mit dem Ehepaar zusammenstehen und es vergingen keine drei Minuten, da verhärtete sich ihre Miene und sie fuhr dem jungen Mann mit einer Bemerkung über den Mund. Nun kann ich mir zwar nicht vorstellen, dass eine Frau ihres Standes hergeht und ihren Schwiegersohn ersticht, aber wie ich Ihnen gestern bereits sagte: Wenn Blicke töten könnten et cetera.« Wieder hielt Tante Jo inne und wartete, bis der Inspector ihr zu verstehen gab, dass er mit seinen Notizen so weit wäre. »Ich gebe zu, auch die nächste Person, die Mr von Sachsfeld voll Abneigung betrachtete, ist eine Frau. Und auch dieser würde man nicht zutrauen, herzugehen und dem jungen Mann ein Messer in die Brust zu stechen. Aber wer weiß schon, wozu manche Menschen in der Lage sind?«

»Sie sprechen von?«, hakte der Inspector nach, noch immer freundlich im Ton, doch Gloria hatte den Eindruck, dass er langsam zu der Überzeugung kam, Tante Jos Beobachtungen seien lediglich Schrullen einer alten Dame.

»Der Baronin Lauritz. Ehemalige Gouvernante Lady Virginias. Sie ist möglicherweise eifersüchtig.«

Der Inspector nickte und malte einen Kringel aufs Papier, Gloria sah es an der kreisenden Bewegung des Stifts. »Das war's?«, fragte er und sah Tante Jo an.

»Einen habe ich noch. Eduard von Löwenstein, Cousin Mr von Sachsfelds und Lady Virginias. Wie man so hört, wuchs er in weniger begünstigten Verhältnissen auf als Mr von Sachsfeld. Vielleicht wissen Sie, dass in der Presse Gerüchte über Mr von Sachsfelds uneheliche Geburt kursierten. Nun, sie konnten dem jungen Mann und seinem Glück nichts anhaben. Mr von Löwenstein mag neidisch auf ihn sein.«

»Und auch er warf *Blicke*?«

Tante Jo nickte zustimmend. »Es sind lediglich Winke, denen Sie nachgehen können, Inspector. Wie ich schon sagte, muss es ja Gründe für diese feindseligen Haltungen geben. Diese aufzuspüren, ist nun Ihre Aufgabe.« Sie straffte die Schultern und sah den Inspector mit dem rechtschaffenen Bewusstsein an, ihren Teil zur Aufklärung eines Verbrechens geleistet zu haben.

»Ich danke Ihnen, Lady Blythe.«

»Soll ich ebenfalls unterschreiben?«, fragte sie.

»Das wird vorerst nicht nötig sein, wir melden uns.«

Der Inspector blieb höflich, aber Gloria wurde das Gefühl nicht los, dass er glaubte, seine Zeit vertan zu haben.

»Der Inspector scheint sich auf Mr Sands eingeschossen zu haben«, sagte Gloria beim Verlassen des Gebäudes.

»Er wurde gesehen«, entgegnete Mr Brooks. »Es ist nur rechtens, wenn der Inspector nach ihm fahnden lässt.«

Sie blieben bei Alexanders Kalesche stehen. Finley sah neugierig zu ihnen herunter.

»Natürlich muss die Polizei ihre Pflicht tun«, sagte Tante Jo. »Aber zu diesem Mr Sands kann ich nun einmal nichts berichten.«

»Ich habe auf dem Ball der Herzogin eine Situation miterlebt, die für einen deiner Kandidaten spräche, Tante Jo.«

Ihre drei Begleiter sahen Gloria erwartungsvoll an.

»Mr von Löwenstein beschimpfte Mr von Sachsfeld. Es ging um das Geld, das dieser in den Frauenbildungsverein einbrachte. Mr von Löwenstein nannte es eine unsinnige Investition.«

Mr Brooks schnaubte leise und schüttelte den Kopf, als wolle er sagen: Da hat man's – es geht meistens ums Geld.

»Meine Damen, wollen wir uns diesen zauberhaften Sommertag damit verderben, über Verbrechen zu reden?«, warf Alexander ein. »Würde Ihnen ein Spaziergang im St. James Park nicht besser gefallen, Lady Blythe?«

»Dafür ist es viel zu heiß«, gab Tante Jo zurück.

»Ich für meinen Teil muss mich leider verabschieden«, sagte Mr Brooks.

Gloria fand die Idee allerdings verlockend, und so führte Mr Brooks Tante Jo zu einer bereitstehenden Droschke, während Alexander seinem Kutscher Finley Anweisung gab, ihn und Gloria bei der Horse Guards Parade am Ostende des Parks abzusetzen und anschließend am westlichen Parkende auf sie zu warten.

»Ich nehme an, du hast noch keine Zeitung zu Gesicht bekommen?«, fragte Alexander, während sie den von Bäumen beschatteten Pfad im St. James Park entlangspazierten. Links von ihnen glitzerte der See in der Mittagssonne.

»Die ›Morning Post‹«, antwortete Gloria.

»Die Schlagzeile in der ›Daily News‹ lautete: *Schwiegersohn der Herzogin von Kent am Eröffnungsabend des Frauenbildungsvereins ›Elizabeth‹ ermordet!*«

»Es war zu erwarten.«

»Ein Zeitungsjunge der ›Tit-Bits‹ schrie die Sensationsmeldung ebenfalls hinaus.«

Gloria seufzte. »Tom Twitter. Diesmal allerdings stimmt, was er schreibt.« Tom Twitter war ein berüchtigter Schreiberling der Sensationspresse, der so anonym war wie ein Schatten im Londoner Nebel.

»Weißt du, was ich gedacht habe?«

»Wie sollte ich?«, gab sie zurück.

»Es ist doch erstaunlich, dass du … nun, eigentlich *wir* … immer in irgendwelche Unannehmlichkeiten mit Todesfällen verwickelt werden.«

Gloria blieb abrupt stehen und sah ihn an. »Was willst du damit sagen?«

»Nichts, es fiel mir nur auf.«

»Meinst du, ich ziehe das Unglück an?«

»Guter Gott, nein!« Er deutete mit seinem Spazierstock auf den Pfad zum Zeichen, weiterzugehen.

»Aber vielleicht hast du recht.«

Jetzt blieb *er* unvermittelt stehen. »Bitte verzeih, nichts dergleichen meinte ich. Du könntest genauso gut sagen, *ich* zöge das Unglück an. In Verona war ich gleichfalls vor Ort. In Alexandria war es *mein* Freund, der … nun ja. Es ging mir nur einfach durch den Kopf, dass wir … herrje, vielleicht besser Polizisten geworden wären«, versuchte er zu scherzen.

Sie gingen weiter. Die Vögel in den Bäumen zwitscherten unverdrossen. Alexanders Worte hatten Gloria jäh berührt. Ja, sie hatte womöglich mehr Todesfälle hinnehmen müssen, als für ein Leben verkraftbar war. Brachte sie wirklich Unglück über die Menschen?

»Ich habe dich traurig gestimmt«, sagte er. »Das wollte ich nicht, bitte verzeih! Und das, wo ich es war, der dazu aufforderte, nicht weiter über Verbrechen zu reden.«

»Kommen andere Menschen ebenso oft mit dem Tod in Berührung, was meinst du?«, fragte sie nachdenklich.

»Inspector Olive auf jeden Fall«, antwortete er trocken und sie musste schmunzeln. Immer öfter bemerkte sie an ihm diese humorvolle Seite. Die hatte sie ja zu Beginn ihrer Bekanntschaft so gar nicht an ihm wahrgenommen. An sich selbst im Übrigen auch nicht, und das Interessante daran war, dass sie erst im Zusammenspiel mit ihm so richtig zum Vorschein kam. Er wirkte nicht mehr so steif und sie mochte, wie er sich verhielt und wie sich die Dinge zwischen ihnen entwickelt hatten.

»Vielleicht haben wir etwas *Polizistisches* an uns«, erwiderte sie.

»Man könnte auch sagen, uns wird nie langweilig – wenn es nicht so makaber wäre«, ergänzte er, und jetzt musste sie wirklich lachen. Ja, sie war traurig und nachdenklich geworden, aber er schaffte es mit einer launigen Bemerkung, diesen besonderen humoristischen Gleichklang zu erschaffen.

Sie gingen weiter, ein Grauhörnchen huschte vor ihnen über den Weg. Sie folgten ihm mit den Blicken und Alexander fragte: »Was wirst du nun bezüglich des Vortrags tun?«

»Ich werde heute Nachmittag mit Mrs Meade reden, aber ich denke nicht, dass er ausfallen sollte. Ich könnte Lady Virginia bitten, mir eine Fotografie von ihrem Ehemann zu geben. Man könnte sie aufstellen, mit einem schwarzen Trauerband versehen. Natürlich würde ich vor dem Vortrag ein paar Worte zu dem Vorfall sagen müssen.«

»Das halte ich für eine ausgezeichnete Idee«, stimmte Alexander zu.

»Was denkst du über den Verdacht des Inspectors?«

»*Du* hast auf jeden Fall etwas Polizistisches an dir«, erwiderte er scherzhaft. »Ich wollte das Thema wechseln, aber das lässt dein Spürsinn offenbar nicht zu.«

»Vorgestern Abend, auf dem Ball, habe ich Mr Sands und Mr von Sachsfeld im Garten beieinander stehen sehen. Ich hatte den Eindruck, die beiden hatten Streit.«

»Oh – davon hast du dem Inspector aber nichts gesagt.«

»Es fiel mir eben erst wieder ein.«

»Diese romantisch gewundenen Pfade, der sommerlich glitzernde See, die umhertanzenden Mücken und die herumhuschenden Grauhörnchen – offenbar kann keine noch so erbauliche Szenerie dich von düsteren Themen abhalten.«

»Erinnerst du dich nicht, dass er ihn suchte? Und dass er uns so fahrig vorkam?«

»*Dir* kam er fahrig vor.«

»Dir etwa nicht?«

Alexander zuckte die Schultern. »So genau weiß ich das nicht mehr.«

»Vielleicht gab es eine Unstimmigkeit zwischen den beiden. Aber dass Mr Sands dann einfach hergehen und seinen Freund erstechen sollte?«

»Hör zu, meine Liebe: Inspector Olive wird alles in seiner Macht Stehende tun, um Mr Sands aufzuspüren. Er wird ihn befragen, und sollte es da Misshelligkeiten geben, wird er es sicher herausfinden. Die *Polizei* leitet die Ermittlungen, Gloria.«

»Natürlich tut sie das, sag das nicht so mahnend. Aber immerhin ist in meinem Haus, bei meinem Fest ein Verbrechen geschehen. Da wirst du mir wohl zubilligen, dass ich mir Gedanken mache.«

»Selbstverständlich machst du dir Gedanken. Es sollte

nur nicht dazu führen, dass du wieder Leute befragst und dergleichen.«

»Ich habe nicht vor, Mr Sands hinterherzureisen«, erwiderte sie schnippisch.

»Dann ist ja gut, ich hatte nämlich die Absicht, dich zu fragen, ob du nicht Lust auf ein kleines Déjeuner im Continental hättest.«

Sie traten zur Seite, um zwei Männer passieren zu lassen, die strammen Schrittes daherkamen, und Gloria sah ihn an. »Du hattest die Absicht, unterlässt es nun aber, oder was?«

Er drehte die Augen himmelwärts, sah sie wieder an und sagte: »Würden Sie mir die Ehre erweisen und mich zu einem Déjeuner ins Continental begleiten, Lady Wingfield?«

Sie schürzte die Lippen, schirmte die Augen mit der Hand ab und schaute auf den glitzernden See.

»Lady Wingfield?«

Sie schauten beide nach links, woher der Ruf gekommen war. Ein Mann in legerem Tagesanzug kam mit federndem Gang des Wegs und lächelte erfreut. Überrumpelt von seinem plötzlichen Auftauchen spürte Gloria, wie ihr die Röte ins Gesicht stieg. Er hatte erhitzte Wangen und an seinen Schläfen hingen Schweißperlchen. Er nahm ihre Hand, beugte sich darüber, sah auf und in ihre Augen. »Welch ein erfreulicher Zufall, Lady Wingfield.«

»Guten Tag, Mr Morris.«

Alexander und er begnügten sich mit einem Nicken zur Begrüßung. Gloria entging nicht, dass Alexander missbilligend die Lippen zusammenpresste.

»Wo kommen Sie denn auf einmal her?«, fragte sie.

»Ich war drüben bei der Zeitung.« Er deutete mit dem Kinn nach rechts Richtung Pall Mall. »Mir war nach etwas Erholung im Grünen, ehe ich gleich irgendwo einen Happen esse und es danach weitergeht. Sie wissen ja, wir Reporter sind immer unterwegs.« Er lächelte sein belustigtes Lächeln und beschirmte ebenfalls die Augen, als er kurz auf das Wasser hinaussah.

»Sie haben einen schönen Artikel geschrieben«, sagte Gloria.

»Danke.« Sein Gesichtsausdruck wurde ernst. »Scheußliche Sache allerdings.«

Gloria nickte zustimmend. »Wir kommen eben von Scotland Yard.«

»So?«

»Wir mussten unsere Aussagen unterschreiben.«

»Natürlich.«

»Ich fürchte, sie nützen der Polizei nicht viel.«

»Da machen Sie sich mal keine Gedanken, Lady Wingfield. Ich bin mir nicht sicher, ob der Polizei überhaupt je irgendetwas nützt.«

»Was meinen Sie denn damit?«

»Sie wissen doch so gut wie ich, dass zahlreiche Verbrechen nicht aufgeklärt werden. Nichts gegen die Beamten, aber als Journalist bekommt man so einiges mit. Und in diesem Fall – verzeihen Sie, wenn ich das so sage, Lady Wingfield –«, er neigte sich auch leicht zu Alexander hin zum Zeichen, dass er ihn mit einschlösse, »in diesem Fall bestand das Publikum zum Großteil aus den oberen Zehntausend. Da fallen Ermittlungen unter Umständen besonders schwer.«

»Wollen Sie damit etwa andeuten, weil es sich um Leute von Rang und Namen handelt, dass man weniger sorgfältig nachforscht?«, fragte sie und war ehrlich schockiert.

»Aber keineswegs«, antwortete Mr Morris geschmeidig. »Es könnte nur sein, dass man beim Abklopfen auf Granit stößt.«

Dass er dies ihr gegenüber so unbekümmert äußerte, ärgerte sie. »Wie überall, wo man der Wahrheit auf die Spur kommen will, gleich in welchen Kreisen«, entgegnete sie daher etwas spitz.

Er setzte sein belustigtes Lächeln auf und erwiderte: »Da haben Sie selbstverständlich recht, verehrte Lady Wingfield.«

»Ich jedenfalls lege Wert darauf, dass man diesen schauderhaften Mord aufklärt und den Täter fasst. Ich werde tun, was ich kann, um die Polizei zu unterstützen.«

»Gewiss. Und falls ich Ihnen dabei von Nutzen sein kann, lassen Sie es mich wissen. Ich darf mich jetzt verabschieden, wie gesagt, ein Journalist muss an zehn Orten gleichzeitig sein. Meine Verehrung!« Er verbeugte sich, nickte zu Alexander hin und ging in die Richtung zurück, aus der er gekommen war.

Gloria und Alexander setzten ihren Weg fort und nach ein paar Schritten sagte Alexander: »Meine Verehrung.«

Gloria blieb stehen und sah ihn an. »Und warum betonst du das so verächtlich?«

»Er ist anmaßend.«

»Er war höflich.«

»Er war unverschämt mit seinen Andeutungen.«

»Da muss ich dir allerdings recht geben, das hat mich auch geärgert.«

»Als wäre die Polizei ein Haufen Dummköpfe, die sich von der Peerage ins Bockshorn jagen lässt.«

»Er hat wohl so seine Erfahrungen. Sagte er ja auch.«

»Reden wir nicht mehr über ihn. Was ist nun mit Déjeuner im Continental?«

Kapitel 6

Gegen vierzehn Uhr dreißig klopfte Gloria an Lady Virginias Haustür, an der ein schwarzer Trauerflor angebracht war.

Sie hatte ihre Vorstandskollegin Mrs Meade doch nicht aufgesucht und ihr stattdessen vom Continental aus eine Nachricht gesandt mit der Bitte, ihr die Antwort dorthin zu schicken. Das hatte Mrs Meade getan. Wie Gloria vermutet hatte, war Mrs Meade, die Kinderbücher und historische Romane schrieb, ebenfalls der Ansicht, man solle den Vortrag morgen nicht ausfallen lassen. Das hatte den Lunch – oder das Déjeuner, wie das Hôtel Continental es nannte – mit Alexander entspannter gemacht. Er hatte sie in seiner Kalesche zu Lady Virginias Haus gebracht und wartete noch einen Augenblick, ob man sie auch empfangen würde.

Lady Virginia bewohnte seit ihrer Heirat ein eigenes Haus in der St. Edmund's Terrace nördlich des Regent's Park und Gloria hoffte, dass sie die junge Frau dort auch antreffen würde. Sie konnte sich nicht vorstellen, dass Lady Virginia bei ihrer Mutter war. Falls doch, würde sie den Besuch auf morgen verschieben und lediglich ein Billett schicken, sie war nach diesem anstrengenden Tag – und vor allem bei dieser Hitze – leidlich erschöpft.

Aber nach kurzer Wartezeit öffnete ein noch recht junger Butler in schwarzer Livree die Tür und Gloria reichte ihm ihre Karte. »Ist Lady Virginia zu sprechen?«

Der Butler sagte, er werde fragen, und bedeutete ihr, einzutreten, um in der Halle auf die Antwort zu warten. Gloria winkte Alexander zu, dass alles in Ordnung sei, und folgte dem Diener hinein. Sofort seufzte sie innerlich erleichtert auf, denn aus der Hitze und dem Dunst in die kühle Halle zu entkommen, war eine Wohltat. Kurz überlegte sie, ob ihr Erscheinungsbild unpassend war, denn sie hatte ja keine Gelegenheit gehabt, sich umzuziehen, und trug noch immer ihr lichtblaues Tageskleid. Aber schon kam der Butler zurück und sagte: »Mylady lässt bitten.«

Gloria folgte ihm zum Ende der Eingangshalle und links in einen kleinen, dunklen Salon. Er wirkte nicht nur dunkel, weil er voller dunkelbrauner Möbel stand und die Bilder und Spiegel schwarz verhängt und die Vorhänge vor dem Fenster zur Linken zugezogen waren. Es war die Stimmung, die in dem Zimmer hing, als sei Londons rußiger Nebel hereingekrochen. Lady Virginia lehnte rechts der Tür in einem Polsterstuhl, die Arme kraftlos auf den geschnitzten Lehnen abgelegt, die Füße auf einem mit grünem Samt bezogenen Fußbänkchen aufgestellt. Vor dem Sessel stand ein kleiner runder Tisch mit goldenem Bein, auf dem einige Papierseiten, Gruß- und Visitenkarten sowie eine in schwarzen Stoff eingeschlagene Bibel lagen. Lady Virginias Kopf war von Gloria weg nach rechts gedreht auf den dort befindlichen Durchgang. Hinter diesem, mit einer schweren, tiefroten Portiere versehenen Zugang blickte man in einen größeren, lichter anmutenden Raum, an dessen Ende sich eine breite Glastür befand. Gloria sah dort eine Fächerpalme in einem Kübel sowie einige Stühle von leichterer Machart als der schwere Mahagonistuhl, auf dem Lady Virginia saß. Links des Durchgangs stand ein schwarzes Klavier samt schwarzem Hocker. Gloria zur Linken befand sich ein Sofa mit goldfarbenem Bezug, dort saßen die Herzogin von Kent und Sir John in schwarzer Trauerkleidung. Niemand sagte auf Glorias leisen Gruß hin etwas. Sir John machte sich nicht einmal die Mühe, aufzustehen, was außerordentlich unhöflich war und Gloria einmal mehr in ihrer Meinung über ihn bestärkte.

Schließlich drehte Lady Virginia Gloria den Kopf zu und hauchte: »Schön, dass Sie gekommen sind, Lady Wingfield.«

Ihr Gesicht war vom vielen Weinen aufgedunsen, die Augen kaum zu sehen unter den dick geschwollenen Lidern. Sie war das Abbild einer Trauer, die nie mehr zu enden schien. Gloria machte einen Schritt auf sie zu und legte ihr die Hand auf den Arm. »Ich weiß, dass keine Worte der Welt Sie trösten können, Lady Virginia«, sagte sie. »Dennoch wollte ich kommen und Ihnen Grüße der gesamten Vorstandschaft überbringen sowie meinen Beistand anbieten.«

Lady Virginia versuchte sich an einem dankbaren, matten Lächeln.

»Das ist sehr freundlich von Ihnen«, hörte Gloria die Herzogin sagen.

Sie wandte sich ihr zu. Lady Virginias Mutter blickte sie ernst, wenn nicht gar abweisend an.

»Lasst Lady Wingfield und mich einen Augenblick allein«, flüsterte Lady Virginia, ohne zum Sofa hinüberzusehen.

Die Spannung im Raum schien mit Händen greifbar. Die Herzogin sagte nichts. Sir John begann mit einem forschen »Bist du dir …«, doch Lady Virginia schnitt ihm das Wort ab und sagte mit so viel Kraft, wie sie aufbringen konnte: »Geht hinaus.«

Gloria sah peinlich berührt zu Boden. Sie hörte das Kleid der Herzogin rascheln, sie und ihr Begleiter schickten sich an, in das nebenan liegende Zimmer zu gehen.

»Nein!« Lady Virginias Stimme war schrill. »Ganz hinaus!«

»Aber wo sollen wir …«

»Ganz gleich, geht von mir aus in die Küche, nur geht.«

Mit einem Blick auf ihre Tochter, der deutlich zeigte, wie ungehörig sie deren Benehmen fand, straffte die Herzogin die Schultern und ging. Sir John folgte ihr. Lady Virginia begann leise zu weinen.

Gloria zog sich den Klavierhocker heran, setzte sich neben die junge Frau und fasste nach ihrer Hand. So saßen sie einen Augenblick, bis Lady Virginia sich beruhigt hatte und sagte: »Sehen Sie das?« Sie deutete auf die Papiere, die auf dem kleinen Tisch lagen. »Das ist eine Vollmachtserklärung. Mutter will, dass Sir John mein Sekretär wird. Ich bräuchte einen männlichen Vertreter, sagt sie.« Sie tupfte sich mit einem zusammengeknüllten Taschentuch die Augen, dann sah sie Gloria an. In ihrer Stimme schwang eine verzweifelte Wut, als sie sagte: »Hat sie nichts anderes im Sinn, als sich um das elende Geld zu kümmern? Ich habe meinen Ehemann verloren!« Sie schüttelte den Kopf und fügte leise an: »Wie soll ich nun weiterleben, Lady Wingfield?«

»Ich verstehe Sie nur zu gut. Auch ich habe den Mann verloren, den ich über alles geliebt habe.« Und auch er wurde durch Gewalt aus meinem Leben gerissen, dachte sie bei sich.

»Seine gütigen blauen Augen werden nie mehr in meine sehen!« Lady Virginia begann, haltlos zu schluchzen.

Abermals konnte Gloria nichts anderes tun, als zu warten, bis die junge Frau sich wieder beruhigte. Nach einer Weile schniefte sie und flüsterte: »Verzeihen Sie, dass ich mich so gehen lasse, aber es tut so weh.« Sie schaute mit bebender Unterlippe vor sich, dann drängte es sie wieder, über ihren geliebten Mann zu sprechen. »Wissen Sie, dass Alfred mutterlos aufgewachsen war und ich vaterlos, das verband uns und brachte uns einander näher. Deshalb gab es ja auch diese bösen Zeitungsberichte, die ihm die eheliche Geburt absprachen. Gott, was hat ihn das geärgert. Er *hatte* eine Mutter, aber man zwang sie, ihn und seinen Bruder zu verlassen. Bei Nacht und Nebel, Lady Wingfield! Sie hatte einen anderen Mann, ja. Aber doch nur, weil ihr schrecklicher Ehemann sich Geliebte hielt, die tausend Jahre jünger waren als er. Das hat sie gekränkt und sie wollte es ihm heimzahlen. Alfred hat darunter gelitten, dass man ihm die Mutter fortnahm. Fünf Jahre alt war er da, ein unschuldiger Junge, Lady Wingfield.« Erneut brach sie in Tränen aus, schüttelte dabei wieder und wieder den Kopf. Gloria drückte ihr die Hand.

Schließlich schnäuzte sie in ihr Taschentuch und murmelte: »Verzeihung.« Mit einem wehmütigen Lächeln sagte sie: »Er war ein so guter Mann, so talentiert, so wissensdurstig. Bildungshunger hat ihn stets vorangetrieben. Er sagte immer: ›In einer guten Ausbildung liegt die Lösung für soziale und wirtschaftliche Probleme.‹ Deshalb hat er auch die Frauenbildung für notwendig und gut erachtet. Er unterstützte mein Engagement. Er war ein solcher Schatz.«

Gloria lächelte sie an und sagte: »Haben Sie eine Fotografie von ihm, die Sie mir überlassen könnten?«

Lady Virginia runzelte die Stirn. »Ja, aber was wollen Sie damit?«

Gloria erläuterte ihren Vorschlag, die Fotografie mit einem Trauerband zu versehen und in der Großen Halle zu seinem Gedenken aufzustellen.

Lady Virginia stiegen Tränen in die Augen, sie senkte den Blick und schüttelte den Kopf. Es war kein verneinendes oder abschlägiges Kopfschütteln, es war ein gerührtes, eines, das bedeutete: Das wollen Sie tun? Welch liebevolles Zeichen der Anteilnahme! Sie hob den Kopf und sagte: »Ich lasse die Fotografie holen.« Sie klingelte nach dem Butler.

Er erschien in der Tür, gefolgt von der Herzogin und Sir John. Der Butler erhielt den Auftrag, die Fotografie zu holen. Er zog sich mit leichtem Neigen des Kopfes zurück. Die Herzogin von Kent sagte mit betont weicher Stimme: »Eduard ist da.«

Lady Virginias Kopf ruckte zu ihrer Mutter herum und sie fauchte: »Lass mich mit deinem Eduard zufrieden!«

»Aber Virginia!«, mahnte ihre Mutter mit Nachsicht. »Er möchte dir sein Beileid aussprechen. Das ist nur natürlich.«

Lady Virginia gab keine Antwort und drehte den Kopf zur Seite.

Mr von Löwenstein kam herein. Mit zwei hastigen Schritten war er bei Lady Virginia, kniete neben dem Stuhl nieder und fasste nach ihrer Hand. »Es tut mir so schrecklich leid, mein liebes Herz«, raunte er in einfühlsamem Tonfall. »Ich weiß, deine Trauer ist grenzenlos. Wenn ich etwas für dich tun kann, lass es mich wissen.«

»Danke«, erwiderte Lady Virginia gepresst.

»Weißt du, du musst jetzt nach vorne sehen.«

Lady Virginias Kopf flog zu ihm herum und sie fuhr ihn an: »Mein Mann ist gestern Abend *ermordet* worden! Wie soll ich da nach vorne sehen?!«

Im Gegensatz zu Gloria, die es peinlich fand, diese Szene mitzuerleben, schien er keineswegs betroffen. »Du wirst es müssen«, sagte er ungerührt, und etwas weicher fügte er an: »Und dabei denke daran: Ich bin immer für dich da.«

Als sie nichts erwiderte und einmal mehr den Kopf zur Seite drehte, erhob er sich.

Gloria überraschte der verzweifelte Blick in seinen Augen, und da begriff sie, dass Mr von Löwenstein Lady Virginia liebte und dass dies ein weiterer Grund war, auf Alfred von Sachsfeld eifersüchtig zu sein.

Kapitel 7

Am Samstagmorgen kaufte Gloria in der New Bond Street einem die Schlagzeilen hinausschreienden Zeitungsjungen eine »Illustrated London News« ab. Sie war auf dem Weg zu Mr Brooks' Bureau in der Sackville Street, daher ging sie im Häuserschatten lediglich etwas langsamer und überflog den Bericht, anstatt wie sonst zuerst Mrs Fenwick Millers Kolumne »Ladies' Notes« zu lesen.

»Mord an deutschem Herzogssohn!«, titulierte der Artikel, der die Eröffnung des Frauenbildungsvereins und die damit verbundene Feierlichkeit vor zwei Tagen schilderte. Da die »Illustrated London News« wöchentlich erschien, berichtete sie am heutigen Samstag erstmals darüber. Namen wurden genannt, die Roben der Damen beschrieben, das Essen erwähnt. Es wurde hervorgehoben, dass der getötete Mr von Sachsfeld ebenso wie die Ehepaare Dickson und Wilde Finanziers des Vereins gewesen war und dass Mr Dicksons originelles Geschenk tragischerweise als Mordwaffe gedient habe. In Folge jedoch wurde Mr Dickson in einer Weise dargestellt, die fast als fremdenfeindlich

anzusehen war. Schließlich gab es eine dramatische Überleitung: »Ist also einer dieser hochangesehenen Gäste ein Mörder oder muss man davon ausgehen, dass sich jemand während der Feierlichkeiten Zutritt zum Haus verschaffte und den aussichtsreichen jungen Mann heimtückisch ermordete?« Tom Twitter – denn natürlich hatte er diesen Artikel verfasst – spekulierte vage herum, schrieb marktschreierisch und polemisch, vor allem was die polizeilichen Ermittlungen anbelangte. Fotografien von Lady Virginia und Mr von Sachsfeld vervollständigten das Ganze. Es war grauenhaft – und es würde heute Abend für eine übervolle Veranstaltung sorgen!

Während Gloria weiterging, dachte sie an Mr von Löwenstein und wie er Lady Virginia angesehen hatte. Wäre er tatsächlich imstande gewesen, Alfred von Sachsfeld zu töten? Vielleicht. Er war ein großer, kräftiger Mann, wenn auch zu Körperfülle neigend, was ja eher Behäbigkeit vermuten ließ. Aber der Zorn mochte seine Kräfte geweckt und der Alkohol ihn beflügelt haben. Und seine unwissende Haltung sowie sein ironischer Tonfall, als er vom Tod seines Cousins erfuhr, konnten Verstellung gewesen sein. Gestern Nachmittag jedenfalls hatte er für einen winzigen Augenblick jene zynische Härte durchblitzen lassen, die Gloria von ihrer ersten Begegnung mit ihm in Erinnerung hatte. Allerdings musste sie an Mr Brooks' Argument mit der blutbespritzten Kleidung denken. Wiewohl Mr von Löwensteins Kleidung etwas derangiert ausgesehen hatte, war sie doch nicht blutbespritzt gewesen. Andererseits war es durchaus möglich, dass der Täter keine Blutspritzer abbekommen hatte.

Sie erreichte das große Backsteinhaus, in dem Mr Brooks' Anwaltskanzlei ihren Sitz hatte, und ging hinein. Im Flur und auf der Treppe roch es nach Putzmittel. Sie stieg in den ersten Stock hinauf und klopfte an die Tür der Kanzlei. Mr Brooks' junger Rechtsanwaltsgehilfe Mr Peckover öffnete ihr und führte sie auch gleich in Mr Brooks' Bureau.

Ihr Anwalt kam hinter seinem Schreibtisch hervor, reichte ihr die Hand zur Begrüßung und bat sie, sich zu setzen. »Ich habe schon alles vorbereitet, Lady Wingfield«, sagte er.

Bevor sie sich gestern Vormittag vor Scotland Yard verabschiedet hatten, hatten sie vereinbart, dass sie die Unterlagen der Sponsorengelder zusammen durchsehen wollten. Da Mr von Sachsfeld einer der Geldgeber des Frauenbildungsvereins gewesen war, hatte Inspector Olive verlauten lassen, dass er jeder Spur nachgehen müsse und eine Untersuchung daher unumgänglich sei. Gloria, die gern ein Auge auf alles hatte, wollte sichergehen, dass ihre Geschäfte in Ordnung waren.

»Dies hier sind die aktuellen Ausgaben, Lady Wingfield«, sagte Mr Brooks und deutete mit seinem Bleistift auf die Zahlenreihen der ersten Seite. »Mr Pratts und Miss O'Connors Salär. Es wurde gestern an die Agentur angewiesen.«

Der Butler Pratt war für elf Tage engagiert gewesen, sein Dienstverhältnis hatte gestern geendet. Das Küchenmädchen Linda O'Connor arbeitete noch bis heute, weil sie Mrs Neal sowohl bei den Arbeiten nach dem Eröffnungsfest als auch bei den Vorbereitungen für heute Abend zur Hand gehen sollte. Da bei den Vorträgen an den Samstagen Bewirtung vorgesehen war, war vereinbart worden, dass Linda in Zukunft auf Abruf engagiert werden sollte, falls Mrs Neal dafür eine Hilfe brauchen sollte. Gloria blätterte weiter und sah, dass auch die Entlohnungen der beiden Kellner aufgeführt waren.

»Sämtliche Ausgaben des Vereins sind hier drin«, bemerkte Mr Brooks und legte die flache Hand auf die Seite. Er nahm eine zweite Mappe und reichte sie Gloria. »Darin sind die Sponsorengelder verzeichnet. Eine Erfrischung, Lady Wingfield?«

Gloria nahm das Angebot gerne an und Mr Brooks läutete mit einem Glöckchen nach seinem Gehilfen. Der junge Peckover erschien, erhielt die Order, machte einen Diener und schob sich rückwärts aus der Tür.

Gloria blätterte die Seiten durch. Wenn sie ehrlich war, waren das lediglich Zahlen und Wörter auf Papier. Letztlich war entscheidend, ob das Geld auf der Bank war. Nein, das stimmte nicht, entscheidend war, ob die Summe des Geldes auf der Bank mit den Zahlen übereinstimmte, die hier auf dem Papier standen.

»Der Inspector wird auch Mr Rigby aufsuchen müssen«, bemerkte Mr Brooks, als wisse er, was in Gloria vorging. »Er muss überprüfen, ob das Guthaben des Vereins mit diesen Zahlen hier übereinstimmt.« Er klopfte auf die Mappe, in der Gloria gerade nicht las.

»Das sehe ich auch so, Mr Brooks«, erwiderte Gloria. »Was auch immer der Inspector zu finden hofft, ein Motiv für den Mord an Mr von Sachsfeld wird er in diesen Unterlagen vergebens suchen. Der Verein verdankt Mr von Sachsfeld einige Tausend Pfund, wir sind darüber glücklich.«

»Exakt«, sagte Mr Brooks. »Ich denke, das entlastet den Vorstand, Lady Wingfield.«

Kurz vor fünf Uhr am Nachmittag traf Gloria im Haus des Frauenbildungsvereins ein. Zum einen wollte sie ihre Ansprache noch einmal durchsehen. Zum anderen würde Mrs Meade, die den Vortrag über Königin Elizabeth hielt, natürlich ebenfalls früher kommen. Lilian wollte gegen sechs Uhr da sein. Auch Lady Rossmore, die Mitglied im Verein war, hatte zugesagt zu kommen, denn in Anbetracht der Umstände war anzunehmen, dass das Publikum bald schon Schlange stehen würde.

Sie schloss die Eingangstür hinter sich. Am Beginn des langen Flurs blieb sie stehen. Es war seit dem Verbrechen das erste Mal, dass sie ins Haus kam. Sie spürte Beklemmung, stand wie angewurzelt und fühlte plötzlich Wut aufwallen. Wut auf den Mörder, der mit seiner Tat diese wunderbaren Räume besudelt hatte und ihr die Freude vergällte, die sie jedes Mal empfunden hatte, wenn sie dieses Haus betrat. Er hatte das, was sie erschaffen hatte, mit Füßen getreten, und sie verwünschte ihn dafür.

»Ach je, Sie sind's, Mylady«, sagte Mrs Neal, die plötzlich unter der offenen Küchentür stand und Gloria dadurch aus ihren Gedanken und Empfindungen riss. »Hab die Tür gehört und mich gewundert, weil niemand kam.«

»Guten Tag, Mrs Neal«, grüßte Gloria. »Ich lege nur eben meine Sachen ab, dann komme ich zu Ihnen.«

»Ist recht, Mylady.«

Gloria passierte die Küche. Sie kam zu dem kleinen Zwischenraum, links befand sich der zweite, augenblicklich geschlossene Eingang zur Küche, rechts der Abgang zum Keller. Dazwischen lag Studierzimmer eins, die Tür war zu. Sie starrte darauf. Nie mehr würde sie dies unbefangen sagen oder auf den Kursplan notieren können: Studierzimmer eins. Sie wandte sich ab und ging ins Arbeitszimmer. Dort warf sie ihre Tasche auf den Tisch, setzte sich und versuchte, sich zu sammeln. Wer war der Mensch, der an diesem Ort ein Leben ausgelöscht und ihn dadurch entweiht hatte? War es Mr von Löwenstein? Oder ein anderer der Gäste? Oder doch ein Fremder, der sich hereingeschlichen hatte? Aber hätte derjenige nicht fürchten müssen, gesehen zu werden? Ach, wohl kaum. Zehn Vorstandsfrauen hatten Gäste eingeladen, woher hätte irgendwer wissen sollen, wer hierhergehörte und wer nicht? Eines jedoch war ihr klar: Sie würde alles in ihrer Macht Stehende tun, damit dieser Mensch dem Zugriff der Polizei nicht entkam. Mit diesem Entschluss fühlte sie sich besser, und so stand sie auf und ging hinüber in die Küche.

Mrs Neal richtete kleine Sandwiches auf einer Platte an, das Küchenmädchen Linda half ihr dabei. Die Sandwiches und Getränke würden heute Abend preisgünstig angeboten werden, sodass die Unkosten gedeckt waren. Vor Beginn und in der Pause würde Sally mit den Tabletts herumgehen.

»Ich vermute, es wird einen ziemlichen Andrang geben«, begann Gloria.

»Gut möglich, Mylady«, antwortete Mrs Neal. »Wo'n Verbrechen passiert ist, zieht's die Leute hin. Die sollten sich was schämen.«

Gloria stimmte ihr zu und fragte: »Wie ist es beim Yard gewesen? Sie alle waren gestern ebenfalls dort?«

Mrs Neal nickte. »Linda hier und Sally und ich sind zusammen dort gewesen. Aber befragt ham se uns einzeln.« Sie schüttelte betrübt den Kopf. »Die arme Sally is in Tränen ausgebrochen.«

»Das tut mir leid«, sagte Gloria.

»Das alles hat sie ganz schön mitgenommen, Mylady.«

»Verständlich. Sie ist nicht hier?« Gloria spähte zur offen stehenden Tür zur Waschküche.

Mrs Neal bemerkte dies und erklärte: »Sie is oben im Gesindezimmer und zieht sich um.«

Gloria nickte. Ihr fiel auf, dass Linda kein einziges Mal aufsah. Konsequent schichtete sie die von Mrs Neal vorbereiteten Sandwich-Eckchen auf die Platte, und als sie keinen Nachschub mehr hatte, weil Mrs Neal, solange sie mit Gloria sprach, nicht weiterarbeitete, ließ sie die Arme hängen und hielt den Blick auf den Boden gerichtet.

»Geht es dir gut, Linda?«, fragte Gloria aus einem Impuls heraus und das Mädchen zuckte zusammen.

»Sicher, Mylady«, antwortete es mit geröteten Wangen.

»Heute ist dein letzter Arbeitstag. Ich denke, Mrs Neal war mit dir zufrieden?« Gloria blickte Mrs Neal an.

»Sie hat ihre Sache gut gemacht, Mylady.«

»Das freut mich zu hören. Wenn Mrs Neal dich also wieder einmal braucht, Linda, kannst du kommen.«

»Danke, Mylady«, flüsterte Linda und sah kurz auf.

Gloria überlegte, ob das Mädchen vielleicht wegen des Mordes gar nicht mehr kommen wollte. Daher erklärte sie: »Es tut mir leid, dass du etwas so Schreckliches miterleben musstest.«

»Ja, Mylady«, sagte Linda tonlos und schaute auf ihre Füße.

»Wenn es etwas gibt, das du auf dem Herzen hast, lass es mich wissen. Wir alle wurden mit einem grauenhaften Verbrechen konfrontiert. Es ist nicht verwunderlich und auch nicht beschämend, wenn uns dies nahegeht. Es ist nur natürlich.«

»Ja, Mylady«, sagte das Mädchen und wirkte verloren.

»Das gilt für alle«, wandte sich Gloria an Mrs Neal.

»Danke sehr, Mylady«, erwiderte diese.

»Auch wenn Ihnen noch irgendetwas einfällt, das Sie beobachtet haben und das Ihnen bedeutsam erscheint, können Sie es mir anvertrauen.«

»Das hat der Inspector auch gesagt«, sagte Mrs Neal.

»Natürlich«, räumte Gloria ein. »Aber er ist ein Mann und er ist Polizist. Vielleicht spricht es sich leichter mit einer Person des eigenen Geschlechts.«

»Da is was dran, Mylady.«

Gloria lächelte. »Gut, ich störe Sie nun nicht länger.« Sie wandte sich zum Gehen, als ihr noch etwas einfiel. »Ach, eines noch«, begann sie. »Hat jemand von der Dienerschaft den Herrn gesehen, der nach Mr von Sachsfeld gefragt hat?«

»Auch das hat der Inspector wissen wollen. Aber niemand außer Mr Pratt hat ihn gesehen.«

Als Gloria beim Verlassen der Küche einen letzten Blick auf Linda warf, fragte sie sich, ob diese nur schüchtern war oder noch immer unter Schock stand oder ob sie etwas beschäftigte, von dem sie nicht wusste, ob sie es erzählen sollte.

Kapitel 8

Obwohl Tante Jos Haus nur einen Katzensprung entfernt vom Hyde Park lag, wollte sie nicht mitkommen. »Geht ihr jungen Leute nur mal alleine«, hatte sie gesagt, und so betraten Gloria, Lilian und Robert sowie Alexander am Sonntag gegen halb fünf den Park durch die Grosvenor Gate.

Der größte Teil des Parks bestand aus offenen Grasflächen, die mit großen Bäumen gesprenkelt waren, und sie spazierten auf dem schnurgeraden, sonnenbeschienenen Weg westwärts. Ihr Ziel war das Bootshaus an The Serpentine, wo sie eines der Vergnügungsboote mieten wollten – die beste Unternehmung für einen heißen Sommertag. Sie bummelten dahin, Gloria spannte ihren Sonnenschirm auf und sah zu einem Ehepaar hinüber, das sich unter einem Baum zusammen mit ihrem rüschenumwogten Kleinkind im offenen Kinderwagen fotografieren ließ. Wie bei solchen Spaziergängen meist, schlenderten die Herren voraus (in ein Gespräch vertieft) und die Damen hinterher (ebenfalls in ein Gespräch vertieft). Lilian machte Gloria ein Kompliment über ihr neues Promenadenkleid. Es war aus leichtem Chiffon, hatte schwarze, wellenförmige Stickereien am Saumrand und eine moderne winzige Tournüre. Außerdem fand sie Glorias blau getönte Brille très chic.

»Der Vortrag gestern war ein wenig langweilig«, sagte Lilian schließlich.

»Wieso das denn?«, fragte Gloria. Sie hatten gestern Abend kaum einen Moment gehabt, in dem sie sich austauschen konnten. Wie zu erwarten, waren sie beide sowohl vor als auch nach dem Vortrag von zahlreichen Frauen belagert und mit Fragen gelöchert worden. »Mrs Meade hat eine etwas eintönige Art, vorzutragen. Ich hatte Mühe, nicht einzuschlafen.«

Gloria lachte.

»Aber der Ansturm war überwältigend«, fuhr Lilian fort. »Am Schauplatz eines Mordes zu sein, war wohl äußerst reizvoll. Gut, dass wir die Tür zum Studierzimmer verschlossen hielten. Sie hätten den Raum mit ihrer Sensationsgier sonst glatt gesprengt.«

»Und das bleibt auch noch eine Weile so. Morgen beginnt zwar der Deutschkurs, der im Studierzimmer eins stattgefunden hätte, aber Miss Tauwald kann mit ihren fünf Damen auch in das Studierzimmer im Obergeschoss ausweichen.«

»Solange noch nicht alle Kurse belegt sind, haben wir diese Ausweichmöglichkeit«, bestätigte Lilian.

Sie besprachen des Weiteren Details zu dem Nähkurs, den Lilian ab kommendem Donnerstag anbieten würde, und schließlich forderte Gloria: »Jetzt sag aber – wie geht es Lucy?«

Lucy war Lilians und Roberts viereinhalbjährige Tochter. Sie verbrachte den Großteil der Saison bei Lilians Eltern in Surrey, wo sie auf Ponys reiten und mit den Hunden ihres Großvaters herumtollen konnte.

Lilian schmunzelte. »Mama hat geschrieben, sie habe

ein Entenküken adoptiert. Es irrte mutterseelenallein auf der Wiese herum. Lucy entdeckte es und zieht es jetzt groß.«

»Wie entzückend.«

»Außerdem findet sie ständig Steine und Knochen, von denen sie behauptet, sie seien von prähistorischem Wert. Robert hat ganze Arbeit geleistet.«

»Was ist mit mir?«, fragte Robert und drehte sich zu ihnen um. Er und Alexander waren am Ende des Weges stehen geblieben, um auf sie zu warten. An dieser Stelle trafen mehrere Wege sternförmig aufeinander, der Baumbestand war dichter, auch die Spaziergänger mehrten sich nun. Zu ihrer Linken befand sich eine kleine Polizeistation. Sie gingen daran vorbei und bogen links ab auf den Pfad, der hinunter zum Wasser und geradewegs auf das Bootshaus zu führte.

»Du hast deine Tochter auf Exkursionen mitgenommen, mit dem Ergebnis, dass sie ganz Surrey nach Fossilien umgräbt.«

»Du übertreibst maßlos.«

Gloria und Alexander lachten.

»Keinesfalls, Rob!«, sagte Lilian und nahm den Arm ihres Mannes, während sie auf dem schattigen Pfad weitergingen. Robert ging nicht weiter darauf ein, sondern fragte Gloria: »Weiß man schon etwas über den Verbleib dieses ominösen Besuchers? Sands oder so ähnlich?«

Gloria, die froh gewesen war, einen Augenblick lang einmal nicht an das Verbrechen zu denken, schüttelte den Kopf.

»Die Polizei scheint der Ansicht, dass er der Täter ist«, fuhr Robert fort. »Die Fragen, die sie uns bei Scotland Yard stellten, wiesen darauf hin. Lord Lyndon sagte, er kenne ihn vom Travellers Club.«

»Kennen ist zu viel gesagt«, erwiderte Alexander. »Wir haben uns ein wenig über Ägypten unterhalten, als er erfahren hatte, dass ich dort gewesen war. Wie es scheint, hat Mr Sands ein Faible für den Orient.«

»Ich habe Mr Sands nur wenige Male gesehen«, warf Gloria ein. »Er mag zwar ein wenig exzentrisch sein, aber ich kann mir nicht vorstellen, dass er ein Mörder ist. Er schien mir so … wie soll ich sagen, so weltoffen und guter Dinge.« Aber als sie es aussprach, fiel ihr ein, wie er beim Ball der Herzogin derart ernst auf Mr von Sachsfeld eingeredet hatte, dass sie sich gefragt hatte, ob die beiden stritten.

Unterdessen nahm der Publikumsverkehr zu, sie grüßten nach rechts und nach links, Alexander wurde von Bekannten angesprochen und blieb einen Augenblick stehen. Zehn Minuten später kamen sie am Bootshaus an und stellten fest, dass sie nicht die Einzigen waren, die auf den Gedanken gekommen waren, am Sonntag eine Bootsfahrt zu unternehmen.

Als Alexander und Robert eine halbe Stunde später ihr Boot gemütlich über den See ruderten, nahm Gloria den Faden wieder auf. »Wisst ihr«, begann sie langsam, »Tante Jo hat am Eröffnungsabend vier Personen beobachtet, die Mr von Sachsfeld feindselige Blicke zuwarfen. Sie ist der Ansicht, dass darin Motive für den Mord an ihm liegen könnten. Ganz abwegig ist das nicht. Ich habe mich gefragt, ob ihr vielleicht ebenfalls etwas Derartiges bemerkt habt.«

»Blicke?«, fragte Lilian ironisch.

»Ich gebe zu, das klingt ein wenig lächerlich. Der Inspector schien dem ebenfalls nicht viel Wert beizumessen. Aber zufällig wurde auch ich Zeugin einiger unschöner Szenen mit genau diesen vier Leuten und Mr von Sachsfeld.«

»Tut mir leid, da muss ich passen, meine Liebe«, sagte Robert und schmunzelte. »Ich unterhielt mich meist mit Lord Lyndon oder Lord Rossmore.«

»Nun tu nicht so blasiert, Rob«, sagte Lilian. »Es könnte Spaß machen, ein bisschen Detektiv zu spielen.«

»Oh nein, könnte es nicht!«, warf Alexander lebhaft ein.

»Sie meinen, weil Sie in Italien und Ägypten in derartige Zwischenfälle verwickelt waren? Ach kommen Sie, Lord Lyndon, seien Sie kein Spielverderber.«

»Das hat nichts damit zu tun, dass ich ein Spielverderber bin. Es ist kein Spiel. Darum geht es.«

Lilian ignorierte seinen Einwand und wandte sich an Gloria: »Na los, wer sind die vier?«, fragte sie lächelnd und drehte ihren Schirm.

Gloria zögerte einen Augenblick. Alexander hatte recht. Es war kein Spiel, es war tödlicher Ernst, und die Vehemenz, mit der er das gesagt hatte, rief ihr dies mit Macht in Erinnerung. Aber andererseits: Könnte er hier so beschaulich vor sich hin rudern, wenn sie in Alexandria den Dingen nicht auf den Grund gegangen wäre? Wohl kaum. Also gab sie sich einen Ruck, blickte auf das durch ihre Brille blau getönte Wasser und sagte: »Fangen wir mit der am wenigsten wahrscheinlichen Person an. Baronin Lauritz, Lady Virginias Vertraute.«

Lilian prustete los. »Diese alte Jungfer?«

Gloria sah sie an. »Sie ist eifersüchtig auf Mr von Sachsfeld.« Gloria wandte sich an Alexander. »Erinnerst du dich, wie Lady Virginia uns die Baronin auf dem Ball vorstellte und Mr von Sachsfeld hinzukam? Die Baronin machte keinen Hehl daraus, dass sie es Mr von Sachsfeld verübelte, dass er ihr ihren geliebten Zögling so lange entführt hatte. Und Mr von Sachsfeld war seinerseits nicht erfreut, die Baronin wieder in der Nähe seiner Frau zu wissen.«

Alexander hielt mit Rudern inne. »Das kann nicht dein Ernst sein. Das ist doch kein Mordmotiv!«, sagte er kopfschüttelnd.

»Rudern Sie weiter, verehrter Lord Lyndon, lassen Sie sie reden«, meinte Robert. »Es ist unterhaltsam.«

»Am Eröffnungsabend stand sie wie ein Trauerkloß allein auf der hinteren Veranda. Sie wirkte wie eine alte Jungfer, die überall überflüssig ist.«

»Das weckt ungeahnte Kräfte in ihr. Sie stellt den jungen Ehemann zur Rede, verlangt, dass er seine Frau nicht so vereinnahmt, und als er sie auslacht, geht sie hin und ersticht ihn!«, spann Lilian den Faden in guter Schauergeschichtenmanier zu Ende. »Sag jetzt nichts!«, mahnte sie ihren Ehemann, der den Mund geöffnet hatte, wie um etwas zu sagen. Er schloss ihn wieder.

»So wie du es darstellst, klingt es fast plausibel«, erwiderte Gloria.

»Weiter, der Nächste!«, forderte Lilian.

»Der Nächste sind zwei Nächste. Die Herzogin von Kent und Sir John.«

»Großartig, ein Mörderduo!«, rief Lilian enthusiastisch.

Alexander schüttelte den Kopf, wie man ihn schüttelt, wenn man den Fantastereien spielender Kinder zuschaut und sich wundert, woher sie die Fülle an skurrilen Einfällen nehmen.

»Man weiß um die finanziellen Schwierigkeiten der Herzogin. Ich habe auf dem Ball gehört, wie sie mit ihrer Tochter stritt. Es war Zufall, ich wollte nicht lauschen.«

»Natürlich nicht«, kommentierte Lilian.

»Nach Lady Virginias Heirat hatte die Herzogin keinen Einfluss mehr auf ihre Tochter. Mr von Sachsfeld stand gewissermaßen zwischen ihr und Lady Virginias Vermögen. Nun ist er tot – und der Weg dorthin scheint wieder frei. Ich habe Lady Virginia vorgestern besucht. Sir John versucht zweifellos, die Verwaltung ihres Vermögens nun in seine Hände zu legen.«

»Guter Gott, ist das so?«, fragte Lilian. »Und dabei sähe es so natürlich aus. Er ist auch der Finanzverwalter ihrer

Mutter, da läge es nur nahe, dass er sich auch um die Finanzen der Tochter kümmerte.«

»Nicht dass ich die Herzogin für fähig hielte, einen Mord zu begehen. Aber was, wenn sie Sir John angestiftet hat? Oder – wenn er sich nicht selbst die Hände schmutzig machen wollte – sie haben jemanden engagiert, der das für sie erledigte?«

»Dabei vergisst du mehreres«, sagte Robert belehrend. »Warum sollten sie das auf einem Fest tun, bei dem sie anwesend sind und man sie verdächtigen könnte? Ein neutraler Ort wäre doch sinnvoller. Und zweitens: Der Mord ist mit einem der afrikanischen Messer verübt worden. Das spricht für eine Tat im Affekt. Jemand, der das geplant hätte, hätte seine eigenen Waffen mitgebracht.«

»Sir John und Mr von Sachsfeld könnten des Geldes wegen aneinandergeraten sein, und dann lagen da die Messer …«, sinnierte Lilian.

»Ich gebe zu, es klingt wenig plausibel«, räumte Gloria ein.

»Das tut es in der Tat nicht«, bemerkte Alexander.

»Aber wenn ich es recht überlege«, begann Lilian nachdenklich, »habe ich Sir John an diesem Abend länger nicht gesehen. Das will nichts heißen, man war ja nicht immer überall, aber ich erinnere mich … gute Güte, das fällt mir eben erst ein, ich erinnere mich, dass ich die Herzogin in die Halle kommen sah und mich noch darüber wunderte, dass Sir John nicht an ihrer Seite klebte wie sonst *immer*. Sie wirkte leicht verstört, lächelte bemüht und ihr Blick zuckte hierhin und dahin, als suche sie jemanden. Ich nahm an, sie halte nach Sir John Ausschau, aber dann sprach sie mit dem Butler.«

»Dem Butler?«, fragte Robert und Gloria rief: »Das hast du gesehen?« Sie schaute Lilian verblüfft an. »Aber das ist doch genau das, was ich vorhin meinte: Ob euch etwas aufgefallen ist, das sich zu erwähnen lohnt.«

»Das heißt doch gar nichts«, sagte Robert besserwisserisch. »Sir John kann ihr-wisst-schon-wo gewesen sein.«

»Stimmt«, räumte Gloria ein. »Aber es bleibt festzuhalten, dass die Herzogin und Sir John diejenigen sind, die am meisten von Mr von Sachsfelds Tod profitieren.«

»Das mag sein«, erwiderte Robert. »Aber ich denke dennoch, es spricht alles für den ominösen Besucher. Mr Sands. Er kommt, streitet mit seinem Freund und ersticht ihn. Man muss nur herausfinden, weswegen die beiden Streit hatten.«

»Ist das auch dein vierter Verdächtiger?«, fragte Lilian Gloria.

»Nein. Der Hauptverdächtige ist meines Erachtens Mr von Löwenstein, Lady Virginias Cousin.«

»Dieser große Junge?«, fragte Lilian.

»Er liebt Lady Virginia, auch das wurde mir bei meinem Besuch bei ihr klar, er war nämlich ebenfalls dort.«

»Ein Mord aus Eifersucht«, mutmaßte Lilian.

»Ich habe ihn auf dem Ball mit Mr von Sachsfeld streiten hören. Vielleicht haben sie auch an jenem Abend gestritten und Mr von Löwenstein gingen die Nerven durch. Er schien mir nicht sehr betrübt über den Tod seines Cousins.«

Robert wurde nachdenklich, schließlich sagte er: »Das bringt meine Theorie etwas ins Wanken, gebe ich zu. Ich bemerkte ihn an jenem Abend öfter in der Lounge, wo er sich alkoholischen Nachschub holte. Und irgendwann war er weg. Wie vom Erdboden verschluckt. Ich sah ihn erst wieder, als die Polizei da war und sich alle in der Halle versammelten.«

»Aber wäre er nicht weggelaufen, wenn er der Täter wäre?«, fragte Lilian.

»Das hätte ihn doch erst recht verdächtig gemacht«, erklärte Robert. »Ebenso wie Mr Unbekannt-Sands. Nein, wenn ich es recht bedenke, steht der noch immer ganz oben auf meiner Verdächtigen-Liste.«

»Wie wäre es, ihr stelltet diese Liste zusammen und überreichtet sie der Polizei? Dann kann die sich weiter darum kümmern und wir können dieses Thema nun beenden«, sagte Alexander sarkastisch.

»Kommen Sie, Lord Lyndon, es ist nur natürlich, dass wir uns über diese Sache unterhalten. Schließlich ist dieses Verbrechen in unser aller Beisein verübt worden«, meinte Lilian.

»Das sehe ich durchaus ein«, gestand Alexander zu. »Ich fürchte nur, mir gefällt nicht, *wie* Sie diese Dinge erörtern. Und vor allem gefällt mir Glorias Gesichtsausdruck nicht. Das ist ihr ›Ermittlergesicht‹.« Er schaute sie an und lächelte halbherzig.

Lilian lachte und Gloria fragte: »Ich habe ein Ermittlergesicht?«

»Hast du.«

»Und jetzt?«

»Jetzt ist es ein freundliches Sonntagsgesicht.«

»Dazu würde ein Gespräch über Rosen passen.«

»Ausgezeichnete Wahl.«

»Oder über die neueste Mode, wie sie hier sonntags nachmittags von der feinen Welt vorgeführt wird?«, schlug Lilian belustigt vor. »Oder wie man scheinbar völlig desinteressiert auf der Brücke steht und auf die Boote herunterstarrt?«

Sie hatten nämlich gerade die Brücke erreicht, die an jener Stelle über The Serpentine führte, an der der See in die Kensington Gardens eintrat. Gloria schaute nach oben, wo tatsächlich Leute standen und auf die Boote mit ihren illustren Fahrgästen hinunterschauten. Ein Mann fiel ihr auf, weil er allein stand und irgendwie interessant aussah mit seinem Canotier, der Brille mit den grün getönten Gläsern und einem Notizbuch, das er in der Hand hielt, als skizziere er die Boote auf dem See. Und dann erkannte sie ihn. Sie wollte nicht fluchen, bestimmt nicht, aber *verdammt,* warum schoss ihr jedes Mal bei seinem Anblick das Blut in die Wangen! Dabei war es nicht verwunderlich, ihn hier zu sehen. Die feine Welt erwartete es, morgen in der »Morning Post« nachlesen zu können, dass sie heute Boot auf The Serpentine gefahren war.

Robert und Alexander arrangierten ein geschicktes Wendemanöver und unter beschaulichem Geplauder ruderten sie zurück zum Bootshaus.

Kapitel 9

»Acht Teilnehmerinnen in Französisch, elf in Englisch«, sagte Lilian am Montagabend. »Für den Anfang nicht schlecht.« Sie verstaute die Kursgebühren in der Geldkassette. »Miss Tauwald hatte Mühe, gelassen zu bleiben.«

»Du übertreibst mal wieder. Sie wusste, dass es für Deutsch nur fünf Anmeldungen gab«, entgegnete Gloria.

Es war kurz vor acht Uhr, und Lilian und Gloria saßen am Schreibtisch im Arbeitszimmer des Frauenbildungsvereins. Lilian hakte die Namen der Kursteilnehmerinnen und den von ihnen gezahlten Betrag ab und Gloria bearbeitete die heutigen Mitgliedsanträge.

Heute war der erste reguläre Öffnungs- und Kurstag des Frauenbildungsvereins »Elizabeth«. Die Bureauzeiten waren Montag bis Donnerstag von zehn bis zwölf Uhr am Vormittag. Von halb sieben bis halb zehn am Abend war ebenfalls geöffnet, denn die Kurse begannen um halb acht. Gloria und Lilian waren bereits heute Morgen da gewesen. Wie erwartet, war der Andrang groß gewesen, sie hatten etwas mehr als dreißig Anträge auf Mitgliedschaft und drei Anmeldungen für Lilians Nähkurs entgegengenommen. Noch immer gab es zwar keine Anmeldungen für die Kurse Geographie, Rechnen und Handelskunde, die dienstags stattfinden sollten, aber Gloria und Lilian waren sich sicher, dass es nur eine Frage der Zeit war, bis sich auch dafür Interessentinnen fanden.

Als Lilian und Gloria kurz vor halb sieben im Haus in der New Oxford Street angekommen waren, hatten bereits drei Frauen vor der Tür gewartet. Es waren noch etliche mehr geworden. Publicity. Was der Mord in diesem Haus doch für Zulauf sorgte, eigentlich unfassbar. Andererseits von Vorteil für die Einnahmen des Vereins. Jedes Ding hat seine zwei Seiten, dachte Gloria, als Lilian aufstand, um die Kassette in den Safe zu schließen. Dann spürte sie Lilians Hand auf ihrer Schulter. Sie umfasste sie mit der ihren.

»Ich weiß, was du denkst, Belle. Du überlegst, ob wir auch ohne dieses Verbrechen so viel Zulauf hätten.«

Gloria drückte die Hand ihrer Freundin.

»Hätten wir«, sagte diese. Sie nahm ihre Hand weg und lehnte sich an den Schreibtisch, sodass sie Gloria ansehen konnte. »Die Zeit ist reif, Belle. Und du weißt das. Dass die Dienstagskurse noch nicht belegt sind, heißt gar nichts. Die Mädchen müssen erst einmal Mut fassen. Und manche ihre Eltern überzeugen.«

Gloria lächelte Lilian an. »Ich weiß. Du hast recht.«

Lilian lachte. »Und außerdem haben alle sowieso nur die Hochzeit von Prinzessin Louise im Kopf. So gesehen haben wir diesem Gesprächsthema ganz schön Konkurrenz gemacht.«

»Mit einem Verbrechen.« Gloria lächelte bitter. »Weißt du, als wir gestern im Boot so darüber sprachen … ich meine, Lilian, einer der Gäste könnte ein Mörder sein!«

Lilian nickte, dann klopfte sie mit ihrem Finger gegen die Nasenspitze und sagte nachdenklich: »Was, wenn es ein Dieb war, den Mr von Sachsfeld überraschte? An diese Möglichkeit haben wir gestern gar nicht gedacht.«

Gloria runzelte die Stirn. »Das wäre natürlich denkbar. Aber glaubst du wirklich, bei dem Trubel hätte es jemand gewagt, sich ins Haus zu schleichen? Man hätte ihn doch gesehen. Von der hinteren Veranda gelangt man in den Flur, rechts liegt Studierzimmer zwei, links unser Arbeitszimmer, dazwischen die Treppe. Keine fünf Schritte weiter ist der Eingang zur Großen Halle, überall waren Leute.«

»Diebe verstehen ihr Handwerk. Er könnte sich gut gekleidet und unter die Gäste gemischt haben. Wir kannten nicht alle.«

»Aber gute Güte, was hätte er denn stehlen sollen? Ein Kerzenlicht?«

»Also wirklich, Belle, Geschmeide blitzte an Hälsen und Armen. Für einen Trickdieb eine wahre Fundgrube.«

Gloria stand auf. »Ich kann nur hoffen, die Polizei findet den Mörder. Hast du etwas von Inspector Olive gehört?«

»Nein«, sagte Lilian. »Wieso?«

»Könnte ja sein, dass er den Vorstand in Bezug auf die Ermittlungen auf dem Laufenden hält.«

»Wozu? Wenn sie den Mörder haben, erfahren wir es aus der Presse.«

»Wohin wir ja ebenfalls gute Kontakte haben.«

»Du denkst, dass sich eine unserer Journalistinnen mit dem Thema befasst?«, fragte Lilian.

Gloria zuckte die Schultern. »Ich habe übrigens vor, die Tage Mr Rigby aufzusuchen.«

»Wieso das denn?«, fragte Lilian überrascht. Sie hatte nach ihrer Tasche gegriffen, hielt nun aber in der Bewegung inne.

»Ich möchte sichergehen, dass mit den Einzahlungen und Ausgaben alles in Ordnung ist. Es ist anzunehmen, dass die Polizei dies kontrolliert.«

»Hast du Grund zur Annahme, dass etwas nicht stimmt?«, fragte Lilian etwas pikiert.

»Aber nein, ich will einfach nur die Konten einsehen.«

»Das kann auch ich übernehmen, Belle. Du hast ohnehin so viel um die Ohren. Und solange Lucy noch nicht aus ihren Ferien zurück ist, habe ich Zeit. Aber jetzt lass uns Schluss machen für heute und draußen auf Robert warten.«

»Weißt du, geh du nur, ich denke, ich werde noch diese Anmeldungen zu Ende bearbeiten und abheften.«

»Im Ernst? Und dann zu Fuß gehen?«

»Warum nicht?«

Sie wusste, dass es ein Stückchen Weg war, aber als sie jetzt durch die Endell Street ging, bereute sie doch, sich keine Droschke gesucht zu haben. Zerlumpte, barfüßige Kinder schrien auf der Straße, es stank nach Unrat und Urin und die heiße, verbrauchte Luft hing zwischen Hauswänden, von denen der Verputz heruntergefallen war. Etliche Fenster hatten zerbrochene Scheiben. Im löchrigen Straßenbelag hatten sich matschige Lachen gesammelt. Eine räudige Katze glotzte sie scheel an. Obwohl es noch hell war, schien in diese Straße kein Licht zu dringen. Zwei ölverschmierte Bootsmänner, die von ihrer Arbeit in einem der Lagerhäuser bei der Themse heimkehrten, beäugten sie neugierig. Gloria beschleunigte ihre Schritte. Jenseits von Long Acre lag ein besseres Viertel. Sie suchte sich ihren Weg durch Fuhrwerke hindurch und wich Pferdeäpfeln aus, erreichte schließlich die Bow Street. Sie konnte schon den brackigen Flussgestank riechen, es war nun nicht mehr weit bis zur Wellington Street, dem Ziel ihres abendlichen Ausflugs.

Es war nicht Lilian, die sie auf den Gedanken gebracht hatte. Er war es selbst gewesen. Seit sie ihn gestern auf der Brücke hatte stehen sehen, war er ihr nicht aus dem Kopf gegangen. *Ihn* hatte sie vorhin insgeheim gemeint, als sie von den Kontakten zur Presse gesprochen hatte. Für eine

Morgenzeitung zu arbeiten erforderte lange Stunden im Bureau – und Gloria hoffte, sie würde ihn im Gebäude der »Morning Post« antreffen. Dabei wusste sie gar nicht so genau, was sie eigentlich von ihm wollte. Diffus wie Londons Dunst waren ihre Überlegungen. Sie könnte ihn fragen, ob er etwas über das Verbrechen wusste – immerhin lasen Journalisten die Polizeiberichte. Sie war sich allerdings nicht sicher, ob das ein ausreichender Grund war, ihn aufzusuchen. Als Alternative gäbe es noch die Möglichkeit, ihn ein wenig über das Berufsbild des Journalisten im Allgemeinen auszufragen. Ebenfalls dünnes Eis, im Vorstand des Frauenbildungsvereins saßen inklusive Mrs Wilde fünf Journalistinnen. Aber sie könnte ihn um eine männliche Einschätzung der Lage bitten – etwas in der Art.

Sie erreichte Wellington Street Nummer zwölf und betrat klopfenden Herzens das große Gebäude. Es gab einen Empfangstresen und dort fragte Gloria einen jungen Mann mit rotblondem Haar und Sommersprossen, ob Mr Morris im Hause sei. Es dauerte einen Augenblick, ehe der Angestellte einen Laufburschen fand, der hinaufeilen und nachsehen sollte. Gloria kehrte Tresen und Treppe den Rücken zu und ging in der kleinen Halle auf und ab. Zwei schmale Marmorsäulen flankierten den Eingang. Die Wände waren mit dunklem Holz getäfelt und in den Zwischenräumen zwischen den Türen hingen Titelblätter alter Ausgaben der Zeitung unter Glas. Die Gaslampen brannten und tauchten die Halle in ein weiches, gelbbraunes Licht.

»Lady Wingfield!« In seiner Stimme lag fragendes Erstaunen.

Gloria drehte sich um. Ihr Herzschlag beschleunigte sich. Sie machte einen Schritt auf ihn zu und reichte ihm mit einem freundlichen Lächeln die Hand. Er trug ein helles Sommerhemd, die Ärmel schien er während des Laufens heruntergekrempelt zu haben, sie waren knittrig und am

Handgelenk offen. Auch der Hemdkragen stand offen, keine Krawatte, kein Jackett, nur eine leichte, pulverblaue Seidenweste. Er zog die Augenbrauen hoch und fragte: »Was verschafft mir die Ehre?«

»Es tut mir leid, wenn ich Sie gestört habe, Mr Morris«, begann sie und mühte sich, nicht ins Stottern zu geraten, während seine tiefbraunen Augen sie ernst und fragend ansahen. »Ich dachte mir, es könne nicht schaden, sich mit Ihnen zu unterhalten, es ist nichts von Wichtigkeit, und wenn Sie keine Zeit haben …«

»Keine Sorge«, unterbrach er sie. »Um was geht es denn?« Er wirkte leicht angespannt und seine Miene blieb ausdruckslos. Vermutlich wollte er schnellstmöglich zu seiner Arbeit zurück.

»Nun, um das Verbrechen an Mr von Sachsfeld.« Kurz blitzte in seinem Gesicht Besorgnis auf.

»Als wir uns neulich trafen, sagten Sie, als Journalist bekämen Sie so einiges mit, und da dachte ich, dass Sie womöglich Neues in Erfahrung bringen konnten.«

»Oh«, machte er, und für den Bruchteil einer Sekunde hatte sie den irritierenden Eindruck, er sei erleichtert. Er lächelte und steckte die Hände in die Hosentaschen. »Nein«, sagte er.

»Verstehe.« Sie nickte.

Abwartend stand er da und sah sie an.

»Da wäre noch etwas.«

»Ja?«

»Ich wollte Sie bitten, mir etwas über den Beruf des Journalisten zu erzählen. Aber vielleicht sollten wir dies ein anderes Mal tun. Jetzt ist es wohl ungünstig.«

Da war er wieder, dieser amüsierte Zug um seine Mundwinkel. »Wollen Sie etwa Journalistin werden, Lady Wingfield?«

»Gute Güte, nein.« Sie lächelte schwach. »Sie wissen ja, dass wir einen Kurs im Frauenbildungsverein planen, und da dachte ich, es könnte nicht schaden, sich mit einem Vertreter dieses Fachs zu unterhalten.«

Er grinste. Er begriff, dass dies ein Vorwand war. Und dass sie dies ebenfalls wusste.

Drei Herzschläge lang sahen sie sich lediglich an. Dann fragte er: »Lust auf einen Abendspaziergang?«

»Wie?«

Er hob die Hand. »Gehen Sie nicht weg! Ich bin in fünf Minuten wieder bei Ihnen.«

Sie erreichten The Strand und Mr Morris fasste Gloria am Ellbogen und manövrierte sie über die stark befahrene Straße. Sie ließen das Geratter der zahlreichen Fuhrwerke, Kutschen und Droschken hinter sich und gingen die Wellington Street entlang weiter Richtung Waterloo Bridge. Der Geruch nach Flusswasser verstärkte sich. Außer einigen Bemerkungen über die Hitze sowie den Verkehr hatten sie nichts gesprochen. Sie bogen am Somerset House links ab und spazierten hinunter zum Victoria Embankment. An diesem recht neuen Themse-Kai hatte man vor etwa zehn Jahren die ersten elektrischen Straßenlaternen aufgestellt, die jetzt allerdings noch nicht erleuchtet waren. Gloria und ihr Begleiter waren nicht die Einzigen, die an diesem Abend am Flussufer entlangpromenierten. Eine Gruppe Chinesen stand nah beim Wasser und unterhielt sich lautstark in ihrer eigentümlich klingenden Sprache. Ein Ehepaar flanierte Arm in Arm hinter seinem Sprössling her, der mit einem Reifen spielte; ein Kindermädchen in gestärkter weißer Schürze schob mit eiligen Schritten einen Kinderwagen, ihrem Gesichtsausdruck nach zu urteilen hätte sie mit ihrem Schützling wohl längst zu Hause sein sollen.

»Ich danke Ihnen, dass Sie sich Zeit für mich nehmen«, eröffnete Gloria das Gespräch.

»Ich bitte Sie, Lady Wingfield, einer bezaubernden Lady

zu Diensten zu sein ist ein Vergnügen, für das man sich alle Zeit der Welt nehmen sollte!«

Eine der Etikette und Höflichkeit absolut angemessene Antwort – und doch lag etwas in seinem Ton, das sie erröten ließ.

»Sie wollen also etwas über den Beruf des Journalisten erfahren«, sagte er. »Gewiss, um dieses Geschäft vom männlichen Standpunkt aus zu betrachten?« Die kleine ironische Spitze war nicht zu überhören.

Nun, sie hatte sich bis hierher vorgewagt, also galt es auch, das Spiel zu spielen. Kopf hoch, Schultern gestrafft – und Herz, könntest du *bitte* aufhören, in einem derart wilden Rhythmus zu schlagen?!

»So ist es, Mr Morris.« Nun, das klang doch ganz gut. Gelassen und freundlich interessiert. »Und da Sie mir neulich Ihre Hilfe anboten, hoffte ich, auf Sie zählen zu können.«

»Das können Sie, Lady Wingfield, unbedingt.« Er sah sie an und sie erwiderte seinen Blick, dann sah sie wieder geradeaus. Ein Vergnügungsdampfer kam die Themse heraufgefahren, bunte Lichter blinkten an Bord und das Lachen der Passagiere wehte heran. Auf dem Wasser schaukelten Bojen.

»Was also möchten Sie wissen?«

»Wie kamen *Sie* zum Schreiben?«, hörte sie sich zu ihrer eigenen Verwunderung fragen und schimpfte sich insgeheim eine Närrin. Es bestand ja kaum ein Zweifel daran, dass man sich dazu berufen fühlte, wenn man das Talent in sich spürte, und dass man dann bei einer Zeitung vorstellig wurde.

Mr Morris stutzte kurz, er war wohl ebenso überrascht über diese persönliche Frage wie sie selbst. »Nun, wenn es das ist, was Sie interessiert«, begann er leicht zögerlich. »Wie viele Jungs verbrachte auch ich die meiste Zeit auf der Straße. Ich entdeckte früh, dass ich besser mit Worten kämpfen konnte als mit den Fäusten. Mit der Zeit verfeinerte ich mein Talent, Kontrahenten mit der Sprache in die Flucht zu schlagen. Also dachte ich, es könne nicht verkehrt sein, diese Gabe zum Beruf zu machen. Ich fragte bei einer Zeitung nach, und so fing es an.« Er warf ihr einen Blick zu – belustigt. »Aufschlussreich genug?«

»Ja«, sagte Gloria und lächelte ihn an. »So in etwa habe ich es mir vorgestellt. Bis auf den Teil mit der Straße.«

»Natürlich. Die Jugenderfahrungen einer Lady sind anders.«

»Ja«, stimmte Gloria zu. »Ich denke, neben einer besonderen Begabung, die Dinge in Worte zu fassen, gehört auch das Bedürfnis dazu, die Geschehnisse in der Welt zu schildern oder sich für eine bestimmte Sache einzusetzen, meinen Sie nicht?«

»Sicher.«

»Miss Carpenter ist dafür ein gutes Beispiel. Sie unternahm eine lange Reise durch Australien und berichtete von dort. Außerdem setzt sie sich für die irische Sache ein. Oder Mrs Butler, die erreicht hat, dass das Ehemündigkeitsalter auf sechzehn Jahre heraufgesetzt wurde. Stellen Sie sich die armen Mädchen vor, die man vordem schon mit dreizehn verheiraten konnte. Da sind sie noch Kinder, Mr Morris. Der unermüdliche Kampf dieser Frauen hat einiges in Bewegung gebracht.«

»Welch ein Plädoyer!«, sagte Mr Morris schmunzelnd. »Und zweifelsohne haben Sie recht, die Sache der Frauen müssen auch die Frauen in die Hand nehmen.«

»Sie können ebenso gute Journalisten werden wie Männer.«

»Nun ja, manchmal muss man sich aber in niedere Gefilde begeben«, gab er zu bedenken.

»Oh, auch da scheuen tapfere Frauen nicht vor zurück. Wie ich schon sagte, Mrs Butler tat dies.«

»Dann habe ich weder Bedenken noch Einwände gegen

Ihr Vorhaben, den Frauen zu helfen, diesen Weg zu beschreiten.«

Gloria sah ihn an, um zu erkennen, ob er es ironisch meinte, aber weder sein Tonfall noch sein Gesichtsausdruck ließen darauf schließen.

»Ich danke Ihnen für diese Einschätzung, Mr Morris. Sie sind ein angesehener Journalist, der für renommierte Zeitungen schreibt, und ich achte Ihre Meinung.«

»Deshalb kamen Sie ja auch zu mir.«

Jetzt *war* sein Ton ironisch, wenn auch nur ein kleines bisschen. Sofort beschleunigte sich ihr Herzschlag wieder. »Und auch um eines Rates wegen«, versuchte sie, in eine andere Richtung zu steuern.

»So?«

»Auch wenn es unangenehm ist, möchte ich noch einmal auf Mr von Sachsfeld zu sprechen kommen. Es ist ein Gräuel zu wissen, dass in meinem Haus ein Mann ermordet wurde, vielleicht sogar von jemandem, den ich kenne. Die Polizei tut sicher ihr Bestes, um herauszufinden, wer das getan hat, aber als wir uns neulich trafen, hegten Sie Zweifel daran.«

Mr Morris räusperte sich. »Nun ja, manchmal bleiben Verbrechen eben unaufgeklärt.«

Sie nickte zustimmend. »Was ich sagen will, ist, Sie haben doch sicher Erfahrung im Nachforschen, das müssen Sie doch auch für Ihre Artikel tun. Und Sie sagten, dass … unsere Kreise vielleicht auf die Fragen der Polizei empfindlich reagieren. Wenn aber nun eine ihresgleichen käme, wären sie womöglich aufgeschlossener. Ich meine … gibt es bestimmte Methoden, wie man unverfänglich Dinge in Erfahrung bringen kann?«

»Also darauf wollten Sie hinaus?«, rief Mr Morris und blieb stehen. »Sie sind eine bemerkenswerte Frau, Lady Wingfield.«

Die elektrische Beleuchtung ging mit einem Mal an

und entlang des Embankments erstrahlten punktuell helle Lichter. Ein Mann, der seitlich am Weg aus einem aufgebockten Karren Austern verkaufte, entzündete zwei Öllampen.

»Danke. Ich will, dass die Polizei herausfindet, wer das getan hat. Und wenn ich helfen kann, möchte ich das tun.«

Mr Morris sah sie eindringlich an. »Sie müssen mir aber versprechen, sich nicht in Gefahr zu begeben.«

»Aber natürlich!« Sie lachte.

»Sie sollten Ihre Fragen beiläufig stellen, sodass man nicht merkt, worauf Sie hinauswollen. Polizisten haben meist einen Notizblock, auf dem sie alles notieren. Journalisten ebenfalls. Damit können Sie jedoch schlecht beim Tee sitzen, ohne dass es befremdlich wirkt. Also müssen Sie sich die Antworten sehr genau einprägen. Üben Sie das.«

»Werde ich.« Gloria nickte erfreut.

Er lächelte, ganz leicht belustigt, ein wenig trotzig.

»Darf ich Ihnen einen weiteren Vorschlag machen, Lady Wingfield?«

»Nur zu.«

»Wir sollten diesen Spaziergang wiederholen.« Sein Blick war durchdringend und machte sie schwindlig.

In der Droschke auf der Heimfahrt starrte sie hinaus ins abendliche London und dachte, dass sie seinen Vorschlag vermutlich annehmen würde.

Kapitel 10

Es war schon am Morgen staubig und heiß.

Kaum hatte Gloria Tante Jos Haus am Grosvenor Square verlassen und den von Bäumen beschatteten Platz überquert, spürte sie auch schon, wie sich der Schweiß in ihrem Nacken sammelte. Grässlich. Sie war froh, dass sie nicht weit gehen musste. Sie wollte in den Alexandra Club – ein Club nur für Ladies –, der in der Nähe von Tante Jos Haus in der Grosvenor Street lag. Sie bog links in diese ab. Ein Pferdeomnibus ratterte vorüber, Fuhrwerke folgten ihm auf dem Fuß, die Hufschläge der Pferde hallten auf dem Straßenbelag. Seitlich des Gehwegs bot ein Schuhputzer seine Dienste an, fünf Schritte weiter verkaufte eine Blumenverkäuferin Margeriten und rosa Wildrosen.

Gloria ging an ihnen vorüber. Sie hatte nachgedacht. Bereits im Februar, als sie mit den Vorbereitungen zur Gründung des Frauenbildungsvereins begonnen hatte, war es ihr mehr als angemessen erschienen, den Damen des Alexandra Club ihr Vorhaben bekannt zu machen. Sie hatte damals viel Zustimmung erhalten. Im Mai hatten Lady

Rossmore und Lady Warwick sie zur Aufnahme in den Club vorgeschlagen. Doch bei all den Aufgaben, die zur Vereinsgründung nötig waren, war ihr keine Zeit geblieben, sich mit den Beitrittsformalitäten zu befassen. Das wollte sie heute tun, und sie hatte dabei durchaus Hintergedanken. Immer wieder nämlich waren ihr die Szenen im Hause Lady Virginias durch den Kopf gegangen. Über die verwandtschaftlichen Verhältnisse der Herzogin von Kent wusste sie in etwa Bescheid. Wenig hingegen war ihr bekannt über Mr von Sachsfeld sowie Mr von Löwenstein. Da sie Deutsche waren, würde in der einschlägigen Literatur wenig über sie zu finden sein. Aber die Ladies vom Alexandra Club konnten diesbezüglich sicher mit Informationen dienen, und so hatte sie vor, Lady Rossmore ein wenig auszuhorchen. Denn es konnte nicht verkehrt sein, etwas über Mr von Löwenstein in Erfahrung zu bringen. Er hatte Alfred von Sachsfeld auf dem Ball der Herzogin beschimpft und er hielt wohl nicht sehr viel von einem Frauenbildungsverein – und das, obwohl er wusste, dass seine Cousine und ihr Mann diesen unterstützten. Und dann war da noch dieser schmerzliche Ausdruck in seinem Gesicht, als er Lady Virginia – sein »liebes Herz« – angesehen hatte.

Gloria erreichte den Alexandra Club und war einmal mehr erleichtert, als sie in die kühle Halle trat. Auf der linken und rechten Seite befanden sich Exedren mit den Statuen der Aphrodite und Artemis auf Marmorsockeln. Mittig führte eine breite Holztreppe mit aprikotfarbenem Läufer nach oben. Das Hausmädchen ging ihr zu einem Verwaltungszimmer linker Hand voraus. Hier überreichte sie einer hübschen jungen Frau ihren ausgefüllten Anmeldebogen und erfuhr auf ihre Frage hin, dass Lady Rossmore in der Bibliothek zu finden sei.

Also schritt sie auf dem weichen Teppich nach oben und saß kurz darauf neben Lady Rossmore in einem bequemen, mit roséfarbenem Canvas bezogenen Sessel. Zwischen den Bücherregalen aus hellem Holz hingen Gemälde von berühmten Frauen der Geschichte. Die Wände waren ebenfalls roséfarben gestrichen und oberhalb der Regale rundum mit aus Stuck gearbeiteten mythologischen Frauengestalten geschmückt.

»Wie schön, dass Sie uns endlich angehören, Lady Wingfield«, eröffnete Lady Rossmore das Gespräch, nachdem sie sich begrüßt hatten. Sie war eine Frau Anfang fünfzig, ziemlich groß, mit einem Hühnerhals und trotz des fortgeschrittenen Alters noch immer weizenblond.

Gloria versicherte, die Freude sei ganz ihrerseits. Nachdem sie sich gebührend über die Hitze ausgelassen hatten, kam Lady Rossmore wie zu erwarten auf den Mord zu sprechen. »Der Bericht über die Leichenschau war in der Zeitung. Grässlich! Wer tut nur so etwas, Lady Wingfield?«, fragte sie, schob in der ihr eigenen, unbewussten Weise ihre linke Hand unter die schlichte Perlenkette und ließ sie im Dekolleté liegen. »Ein so hoffnungsvoller junger Mann.« Betrübt schüttelte sie den Kopf.

»Er hätte seiner Familie alle Ehre gemacht. Wissen Sie Näheres über sie?«

»Die von Sachsfeld und Thalburg? Sie entstammen einem winzigen Herzogtum irgendwo im Süden oder Osten Deutschlands«, antwortete Lady Rossmore und nahm die Hand vom Dekolleté, um damit Richtung Deutschland zu wedeln. »Einiges an Klatsch und Tratsch rund um die Herzogsfamilie ist natürlich auch über den Kanal geschwappt. Hauptsächlich durch die Scheidung der Eltern Mr Alfreds. Sein Vater hatte eine Vorliebe für junge Mädchen und zahlreiche Affären. Als seine Ehefrau es ihm nachmachte und sich einen Geliebten nahm, kam es zum Skandal und der Herzog jagte sie aus dem Haus. Sie durfte ihre Söhne – Mr Alfred hat einen älteren Bruder – nicht mehr sehen. Man sagt, sie habe das nie verwunden. Mr

Alfred hat in Deutschland Nationalökonomie studiert, ehe er letztes Jahr im Herbst nach London kam, um hier weiterzustudieren. Britisches Staatsrecht, soweit ich weiß. Er strebte einen Posten im Staatsdienst an, Diplomatie, Sie wissen schon.«

»Er und Lady Virginia sowie Mr von Löwenstein sind Cousins«, sagte Gloria in einem nachdenklichen Tonfall.

Lady Rossmore nickte zustimmend. »Der Vater Mr Alfreds und die Mutter von Löwensteins sind Geschwister der Herzogin von Kent.«

»Was wissen Sie über ihn?«

»Über von Löwenstein? Er tauchte im vergangenen Spätsommer in London auf. Seit Anfang des Jahres ist er der Erzieher und Gesellschafter des Sohnes von Lord Hamilton, unserem Marineminister. Er stammt zwar ebenfalls aus einem Herzogshaus, aber über seinem Leben liegt der Schatten der Unehelichkeit.«

»Ach?«, machte Gloria. »Das sagte man doch eigentlich Mr von Sachsfeld nach.«

»Ja, es gab diese Gerüchte, weil Mr Alfreds Mutter einen Geliebten hatte. Den sie später übrigens heiratete. Aber Mr Alfred ist ehelich geboren, das ist Fakt. Man hat ihn zu Beginn in bestimmten Kreisen nur wenig gemocht und als merkwürdig empfunden, jemand hat ihn also verunglimpft oder sich einen Spaß mit ihm erlaubt.«

»Kein schöner Spaß«, kommentierte Gloria.

»Gewiss nicht. Seltsamerweise sagte man dies dem jungen von Löwenstein nie nach – obwohl es bei ihm stimmt. Seine Mutter wurde mit fünfzehn nach Russland verheiratet, floh aber Jahre später aus dieser anscheinend gewaltvollen Ehe. Ein französischer Kleinadliger, der einen Militär- und Verwaltungsposten in Russland innehatte, verhalf ihr zur Flucht. Er wurde ihr Geliebter, von Löwenstein ist sein Sohn. Als es allerdings ums Heiraten ging, verzog sich der Franzose in sein Heimatland und Mr von

Löwenstein wuchs bei Zieheltern auf.« Lady Rossmore zog die Augenbrauen in einer Weise hoch, die deutlich machte, dass sie von einem Franzosen auch nichts anderes erwartet hatte.

Gloria fragte: »Er ist ja nicht mehr ganz so jung, weiß man etwas über Heiratsabsichten?«

Lady Rossmore schüttelte den Kopf. »Diesbezüglich ist er wie ein unbeschriebenes Blatt. Man hat ihn noch keiner jungen Dame aus der Gesellschaft den Hof machen sehen.«

»Er scheint der Herzogin und Lady Virginia sehr zugetan«, wagte Gloria einen Vorstoß.

»Ja, man sieht ihn oft in deren Gesellschaft.«

»Verstand er sich gut mit Mr von Sachsfeld?«

»Was man so hörte, eher nicht«, erwiderte Lady Rossmore und setzte plötzlich ein freudiges Begrüßungslächeln auf. Gloria folgte ihrem Blick und sah, dass Lady Warwick die Bibliothek betrat. Sie kam heran und setzte sich zu ihnen.

»Lady Wingfield ist seit heute Mitglied im Alexandra Club«, informierte Lady Rossmore die neu Hinzugekommene.

»So haben Sie es getan!«, rief Lady Warwick entzückt. Sie war eine Frau in den Vierzigern mit einer Vorliebe für Lila. Ihre spitzen Sommerschuhe waren lila und der leichte Seidenschal, den sie trotz der Hitze locker um die Schultern trug, ebenfalls. Ganz zu schweigen vom zarten Fliederton ihres Sommerkleides. Lady Warwicks gutmütiges, herzförmiges Gesicht mit der leicht knolligen Nase blickte Gloria erfreut an.

»Es wurde Zeit«, gab Gloria zurück.

Lady Warwicks Miene wurde ernst. »Wie geht es Ihnen, meine Liebe?«, fragte sie. »Das alles ist so schrecklich!« Sie schüttelte betrübt den Kopf.

»Wir sprachen gerade davon«, sagte Gloria.

»Der arme Mr von Sachsfeld!«, sagte Lady Warwick bedauernd.

»Und die arme Lady Virginia«, fügte Gloria an.

»Das arme Ding«, bestätigte Lady Warwick und Lady Rossmore machte ein Gesicht, als sei ihr eben erst ein Gedanke gekommen. »Was hatten Sie im Sinn, als Sie mich fragten, ob Mr von Sachsfeld und Mr von Löwenstein sich gut verstanden?«

»Oh, die beiden verstanden sich überhaupt nicht!«, warf Lady Warwick ein, bevor Gloria antworten konnte. Sie sah erst Gloria, dann Lady Rossmore an. »Nicht wahr, Gladys?«

»Das sagte ich auch«, bestätigte Lady Rossmore und wandte sich wieder an Gloria. »Sie denken doch nicht, Mr von Löwenstein könnte Mr von Sachsfeld erstochen haben?«

»Guter Gott, wieso sollte sie das denken, Gladys!« Auch Lady Warwick sah Gloria nun aus weit geöffneten Augen an.

»Ich habe keinen Grund, das zu denken«, log Gloria. »Es ist nur so, dass auf unserem Fest ein Mord verübt wurde. Und ich frage mich, ob Sie vielleicht etwas bemerkt haben, das uns einen Hinweis geben könnte.«

»Uns?«, fragte Lady Rossmore verdutzt.

»Einen Hinweis?«, fragte Mrs Warwick verwundert.

»Sehen Sie, Mr von Sachsfeld war einer unserer Sponsoren und daher fühle ich mich verpflichtet, ihm Gerechtigkeit widerfahren zu lassen.«

»Sorgt dafür nicht die Polizei?«, fragte Lady Rossmore.

»Dieser Inspector schien mir doch recht tüchtig«, meinte Lady Warwick.

»Sicher«, pflichtete Gloria bei. »Und wenn wir ihn unterstützen können, sollten wir es tun.«

»Gewiss.« Lady Warwick nickte eifrig.

Lady Rossmore schaute Gloria nachdenklich an, dann sagte sie: »Ein junger Mann, der neu in der Gesellschaft auftaucht, wird immer beäugt. Mütter haben schließlich unverheiratete Töchter. Als Mr von Löwenstein letztes Jahr zum Ende der Saison in London erschien – der Neffe der Herzogin von Kent! –, wurde er unter die Lupe genommen. Er blieb zurückhaltend, was so manchen für ihn einnahm. Man sah ihn mit seiner Tante und Cousine – und nicht wenige munkelten, dass er Lady Virginia wohl umwerben würde. Doch dann wurde es September und Mr von Sachsfeld kam in die Stadt, und alle, die nach der Saison noch hier waren, konnten sehen: Um Lady Virginia war es geschehen. Wenn es also stimmt, dass Mr von Löwenstein Absichten bei Lady Virginia hatte und dabei zuschauen musste, wie Mr von Sachsfeld sie ihm im Handumdrehen vor der Nase wegschnappte, dann könnte ein Groll in ihm sein, der Ihre Suche nach Hinweisen nützlich erscheinen lässt, Lady Wingfield.«

Am Nachmittag machte Gloria sich noch einmal auf den Weg zu Lady Virginia. Der junge Butler öffnete die Tür und führte Gloria sofort in den Salon. Da er dies tat, rechnete Gloria mit Kondolenzbesuchern, stellte aber beim Eintreten fest, dass lediglich Baronin Lauritz zugegen war. Sie saß neben Lady Virginia auf dem Sofa und hielt ihre Hand. Beide Frauen sahen auf, als Gloria eintrat. Lady Virginia sah noch immer sehr mitgenommen aus. »Danke, dass Sie noch einmal nach mir schauen«, sagte sie, nachdem sie sich begrüßt hatten.

»Ich bitte Sie, meine Liebe«, erwiderte Gloria. »Es ist das Mindeste, was ich für Sie tun kann.«

»Setzen Sie sich«, bat Lady Virginia und deutete zu dem Ungetüm von Stuhl, auf dem sie bei Glorias erstem Besuch gesessen hatte.

Gloria tat es, fühlte sich aber sogleich unbehaglich, denn der Stuhl stand nicht nur in einigen Schritten Entfernung zum Sofa, sondern war zudem halb auf das Nebenzimmer ausgerichtet, sodass sie sich ausgeschlossen vorkam. Lady

Virginia schien es nicht zu bemerken, aber Gloria hatte das deutliche Gefühl, dass die Baronin sich dieses Umstandes sehr wohl bewusst war. Ein ganz leichtes, triumphierendes Lächeln umspielte ihre Lippen, als sie zu Gloria herübersah.

»Meine gute Lauritz hier weicht mir nicht von der Seite«, sagte Lady Virginia mit einem dankbaren Unterton, woraufhin die Baronin ihrem ehemaligen Schützling ein selig-selbstloses Lächeln schenkte und deren Hand an ihr Herz presste.

Die Geste hatte etwas subtil Selbstgefälliges. Seht her, schien sie zu sagen, ich allein bin imstande, meinem lieben Kind den Trost zu geben, den es in dieser schweren Stunde braucht.

Gloria spürte Abneigung aufflammen. Sie wusste nicht, was sie sagen sollte, merkte nur, dass sie das Lob, das man üblicherweise auf eine solche Äußerung hin aussprach, nicht über die Lippen brachte. Auf andere – einschließlich Lady Virginia – mochte die Baronin aufopferungsvoll wirken, sie selbst empfand sie als dünkelhaft. Sie kannte die Baronin nicht, aber schon bei ihrer ersten Begegnung auf dem Ball der Herzogin hatte sie eine Art trotzigen Stolz an ihr wahrgenommen. So als habe nur sie allein ein Anrecht auf Lady Virginias Gunst. Einmal mehr fragte sie sich, ob die Baronin imstande wäre, Mr von Sachsfeld ein Messer in den Leib zu stoßen, nur um Lady Virginia wieder für sich allein zu haben. Oder – und dieser Gedanke schoss ihr mit Macht durch den Kopf – was, wenn sie zusammen mit Mr von Löwenstein …

»Die Polizei war da«, sagte Lady Virginia leise, sah zu Gloria herüber und unterbrach damit ihre Gedanken. »Alfred ist nun nicht mehr im Leichenschauhaus. Welch entsetzliches Wort – Leichenschauhaus!«

Baronin Lauritz drückte mitfühlend Lady Virginias Hand.

»Außerdem hat dieser grässliche Inspector grässliche Fragen gestellt. Wie Alfred und Bedwin – also Mr Sands – zueinander standen und ob ich von einem Streit oder einer Misshelligkeit zwischen den beiden wüsste.«

»Und? Wussten Sie?«

»Nein.« Lady Virginia schüttelte den Kopf. »Alfred hat sich manchmal lustig gemacht über Bedwin, weil der es so mit der Ästhetik hat und Mr Wilde verehrt und sich ein bisschen exzentrisch kleidet. Er wisse auch nicht, warum er diesen Teufelskerl möge, sagte er einmal. Aber von einem Streit weiß ich nichts.«

»Hat der Inspector gesagt, ob er Mr Sands ausfindig gemacht hat?«

»Nein. Vermutlich schippert er jetzt über den Atlantik.« Tränen traten ihr in die Augen und sie neigte den Kopf, tupfte sich mit dem Taschentuchzipfel die Augenwinkel.

Baronin Lauritz umfasste Lady Virginias andere Hand nun mit beiden Händen. »Mein armes Kind«, sagte sie. »Vielleicht sollten wir ebenfalls eine Reise machen. Wir wollten doch immer schon nach Deutschland.«

Lady Virginias Kopf ruckte in die Höhe, sie blickte die Baronin fassungslos an. »Eine Reise? Aber was ist nur in dich gefahren? Ich trauere um meinen Ehemann!«

»Es könnte dir guttun. Irgendwann musst du wieder nach vorne blicken.«

Lady Virginia entzog der Baronin ihre Hand. »Du redest wie Mutter«, sagte sie eisig. »Seid ihr denn alle herzlos?«

Die Baronin erstarrte. »Das ist ein grausamer Vorwurf«, betonte sie mit kummervollem Unterton.

»Lady Wingfield«, wandte sich Lady Virginia an Gloria und gab sich Mühe, gefasst zu wirken. »Denken Sie auch, dass ich nach vorne blicken muss?« Sie betonte »nach vorne blicken« und es sollte ablehnend klingen, aber ein wenig Unsicherheit war ihrer Stimme dennoch anzuhören.

»*Irgendwann*, ja. Wann immer das sein wird, entscheiden

Sie ganz allein. Und Sie werden wissen, wann es so weit ist.«

Ein Lächeln erschien auf Lady Virginias Gesicht. »Danke«, sagte sie leise.

Gloria lächelte zurück. »Jetzt ist die Zeit der Trauer«, sagte sie. »Es wird auch eine Zeit der Wut geben. Eine Wut auf jenen, der Ihnen Alfred genommen hat.« Sie hielt inne, um zu sehen, wie Lady Virginia das aufnahm.

Diese sah Gloria mit großen Augen an und nickte schließlich. »Sie haben recht. Das empfinde ich manchmal jetzt schon.« Sie nahm den Blick nicht von Gloria, wirkte nachdenklich. Dann sagte sie: »Sie haben gesagt, auch Sie hätten den Mann verloren, den Sie über alles geliebt haben.«

»Ja.«

»Darf ich … darf ich Sie fragen, wie er ums Leben kam?«

»Er wurde bei einem Duell getötet.«

»Aber … Duelle gibt es in England doch gar nicht mehr.«

»Es sollte auch nur so aussehen wie eines. Damit der Täter straffrei ausgeht.«

»Mein Gott!«, hauchte Lady Virginia. »Ging er straffrei aus?«

Gloria nickte.

»Und Sie … Sie kennen ihn?«

»Nur vom Namen und Aussehen.«

»Sie müssen ihn hassen.«

»Ich ging durch die Hölle. Und ich hasste ihn, ja. Vermutlich tue ich das noch immer. Dabei lehrt uns die Bibel, dass wir unseren Feinden vergeben sollen. Vielleicht kann ich es eines Tages.«

»Wie lange ist es her?«

»Zwei Jahre.« Gloria, ein wenig verunsichert über die unerwartet persönliche Richtung, die dieses Gespräch nahm, warf einen raschen Blick auf Baronin Lauritz und bemerkte, dass diese der Unterhaltung mit zusammengepressten Lippen folgte.

»Zwei Jahre«, wiederholte Lady Virginia und ihrem Ton war nicht anzumerken, ob sie das für eine lange oder kurze Zeitspanne hielt.

Gloria senkte kurz den Blick, um sich zu sammeln. Was hatte Alexander gesagt? Dass sie immer in irgendwelche Unannehmlichkeiten mit Todesfällen verwickelt würde? Hier saß sie einer jungen Frau gegenüber, die ihren Ehemann durch ein Verbrechen verloren hatte – genau wie sie selbst. Erneut ahnte sie, dass es ihren eigenen Schmerz linderte, wenn sie anderen half. Sie hatte dieser jungen Frau in Italien geholfen – und sie war entschlossen, Lady Virginia zu helfen. Was bedeutete, dass sie entschlossen war, Mr von Sachsfelds Mörder zu finden. Wie immer, wenn man plötzlich etwas mit Klarheit weiß, erfüllte sie diese Erkenntnis mit Befriedigung. Sie schaute auf und in Lady Virginias Gesicht, das rücksichtsvolles Abwarten ausdrückte.

»Vielleicht haben Sie einen Gedanken, wer Ihren Alfred so gehasst haben könnte, dass er ihn umbrachte?«, fragte sie freiheraus und ohne darüber nachzudenken, ob das pietätvoll war. »Ich bin überzeugt davon, dass wir der Polizei nach bestem Vermögen helfen sollten. Wenn wir Hinweise haben, die wir dem Inspector mitteilen können, sollten wir das tun.«

Lady Virginias Mund stand ein wenig offen. »Ich … nein«, stotterte sie und warf einen verunsicherten Blick auf die Baronin.

Diese schien etwas sagen zu wollen, tat es aber nicht. Lady Virginia schüttelte nachdenklich den Kopf. Sie knüllte ihr Taschentuch mit beiden Händen, sah Gloria schließlich an und sagte: »Da war natürlich Mutter, die anfangs nicht begeistert war von Alfred. Dabei dachte ich, sie müsse es doch sein, denn immerhin hat er Geld, und ums Geld ging es ihr immer. Dann begriff ich, dass das Geld genau das war, warum sie ihn ablehnte. Denn mit meiner Heirat ging mein Vermögen an Alfred über, er hatte ab sofort die Verfügungsgewalt – und ich war der ihren entzogen. Vielmehr der von Sir John.«

Das war Lady Virginias altes Thema, und vielleicht war hier wirklich die Ursache für den Mord an Mr von Sachsfeld zu suchen. »Gab es denn irgendwelche finanziellen Transaktionen? Hatten Sir John und Alfred eine Unterredung deswegen?«

Lady Virginia schüttelte den Kopf. »Ich weiß von nichts. Ich meine, wir waren auf *Hochzeitsreise*! Mutter ließ sich nur darüber aus, was diese verschlungen haben musste, aber ich verbat ihr, weiter darauf herumzureiten.«

»Sicher«, sagte Gloria und überlegte, dass es keinen Sinn hatte, Lady Virginia diesbezüglich weitere Fragen zu stellen. Die Einzigen, die über irgendwelche Geldgeschichten Bescheid wüssten, waren Sir John und die Herzogin selbst. Es war selbstverständlich vollkommen ausgeschlossen, dass Gloria der Herzogin einen Besuch abstattete und danach fragte. Sie hoffte, der Inspector würde einer solchen Spur nachgehen. Sie notierte sich diesen Punkt auf ihrem geistigen Notizzettel, wie Mr Morris es vorgeschlagen hatte.

»Ich verstehe, worauf Sie hinauswollen, Lady Wingfield«, begann Lady Virginia. »Mutter ist grauenvoll und Sir John ein Monster, aber Alfred töten …« Ihr brach die Stimme und sie schaute auf ihre Hände, die in ihrem Schoß lagen und noch immer das Taschentuch knüllten.

Gloria verkniff sich die Bemerkung, dass Geld schon seit Jahrhunderten ein Mordmotiv war. Geld und Eifersucht. Behutsam fragte sie daher: »Und Mr von Löwenstein? Wie war sein Verhältnis zu Alfred?«

»Es bestand eine Art Rivalität zwischen ihnen.«

»So?«

»Nun, Sie müssen wissen, Eduard ist nicht … ehelich geboren.«

Gloria verschwieg, dass sie dies bereits wusste.

»Alfred hatte es auch nicht leicht, ich erzählte Ihnen ja, dass er ohne Mutter aufwuchs. Trotzdem scheint Eduard das Gefühl zu haben, Alfred sei der Begünstigtere.«

»Auch weil Sie ihn wählten, womöglich?«

Erst jetzt schien Lady Virginia dies zu erfassen. Sie sah Gloria ungläubig an. »Aber Sie denken doch nicht, dass er Alfred meinetwegen getötet haben könnte?«

»Wir wollten lediglich überlegen, wer Alfred nicht wohlgesonnen war, erinnern Sie sich?«, sagte Gloria, und dabei kam ihr ein neuer Gedanke: Was, wenn Eduard von Löwenstein derjenige war, der die Gerüchte um Alfreds uneheliche Geburt an die Presse gegeben hatte? Vielleicht hatte Alfred dies herausgefunden und ihn zur Rede gestellt. Aber nein, das ergab keinen Sinn. Wer im Glashaus sitzt, sollte nicht mit Steinen werfen. Mit Sicherheit schämte sich Mr von Löwenstein dieses Makels, er würde nichts tun, was Aufmerksamkeit darauf lenken könnte.

»Ich möchte keinesfalls anmaßend erscheinen, Lady Wingfield«, ergriff die Baronin das Wort und setzte ein schmales Lächeln auf. »Aber ich denke, es wäre besser, dieses Thema nicht weiter zu vertiefen. Lady Virginia ist nicht in dem Zustand, sich solcherlei Gedanken zu machen. Außerdem«, fügte sie in leicht säuerlichem und maßregelndem Ton an, »ist das Sache der Polizei.« Ihr Lächeln bat um Vergebung für diese Belehrung, aber ihre selbstzufriedene Haltung drückte die Gewissheit aus, sich im Recht zu befinden.

Gloria war das zutiefst unsympathisch und sie vermochte beim besten Willen auch diesmal nichts zu erwidern. Sie neigte nur leicht den Kopf zum Zeichen dafür, dass sie die Worte der Baronin zur Kenntnis nahm.

»Ist schon gut, Lauritz«, sagte Lady Virginia und lächelte

schwach. »Über Alfred zu reden, ist mir ein Bedürfnis, und Lady Wingfield … versteht das und ist bereit dazu.«

»Trotzdem will ich Sie nicht über Gebühr beanspruchen«, erwiderte Gloria und erhob sich. Sie reichte Lady Virginia die Hand. »Wann immer Sie mich sehen wollen, zögern Sie nicht, nach mir zu schicken.«

»Danke«, hauchte Lady Virginia und Tränen sammelten sich in ihren Augen. »Lauritz, sei so gut und klingle nach Carl.«

Da es unhöflich gewesen wäre, es nicht zu tun, gab Gloria der Baronin zum Abschied die Hand. Deren triumphierendes Lächeln begleitete sie noch im Hinausgehen und sie dachte, dass die Herzogin es womöglich auf das Geld ihrer Tochter abgesehen hatte, aber die Baronin mit Sicherheit auf deren Zuneigung und Zeit.

Kapitel 11

Am nächsten Vormittag saß Gloria mit Mrs Fenwick Miller gegen halb elf im Arbeitszimmer des Frauenbildungsvereins.

Mrs Florence Fenwick Miller war eine beachtenswerte Frau von vierunddreißig Jahren, die sich bereits mit siebzehn Jahren einer Kampagne angeschlossen hatte, die dafür kämpfte, Frauen an Englands Medizinschulen zuzulassen. Sie studierte Medizin am Ladies' Medical College und promovierte mit kaum zwanzig Jahren, vervollständigte danach ihre klinische Ausbildung in Geburtshilfe und begann, privat zu praktizieren, indem sie Patientinnen vom Haus ihrer Mutter aus besuchte. Die Medizinerin und unabhängige Denkerin setzte sich für das Recht der Frauen ein, sich über Geburtenkontrolle zu informieren, engagierte sich in Fragen der Frauenbildung und des Frauenwahlrechts, und sie schrieb nicht nur Fortsetzungsgeschichten, sondern auch wöchentliche Kolumnen für die »Illustrated London News« und andere Zeitungen. Sie hatte Bücher über Physiologie und Hygiene veröffentlicht, und zu all diesen Themen hielt sie auch Vorträge. Mit ihrem breiten, vollen Gesicht mit der Knubbelnase, dem Doppelkinn und den kleinen Augen war Mrs Fenwick Miller keine hübsche Frau. Aber sie hatte eine Entschlossenheit und Tatkraft an sich, die Gloria vom ersten Augenblick an, da sie sie getroffen hatte, imponiert hatte. Gloria hatte Mrs Fenwick Miller im Februar einen Brief geschrieben, in dem sie das Konzept des Frauenbildungsvereins erläuterte, und angefragt, ob sie bereit wäre, dem Vorstand beizutreten. Mrs Miller war mehr als bereit dazu, was Gloria freute.

Heute Morgen nun saßen sie zusammen, um zwei Presseberichte zu verfassen. Der erste galt Mrs Millers Vortrag am kommenden Freitag, der zweite Miss Edwards' Vortrag über Kleopatra am Samstag. Anzeigen hatten sie längst schon geschaltet, jetzt wollten sie detaillierter umreißen, was die Zuhörerinnen in den beiden Vorträgen erwartete.

»Ich werde mich auf das Thema ›Die Möglichkeiten der Frauenbildung‹ sowie das Frauenwahlrecht beschränken«, meinte Mrs Miller, schaute auf ihre Notizen und fächelte sich mit einem Blatt Papier Luft zu.

Gloria bemerkte die Schweißperlchen auf Mrs Millers Oberlippe und fragte sich, warum ihre Mitstreiterin bei dieser Hitze ein hochgeschlossenes Kleid aus Popeline d'été mit Puffärmeln trug. »Ich denke, diese beiden Themen ergänzen sich hervorragend und lassen sich daher bestens miteinander verbinden«, bestätigte sie.

Mrs Miller schürzte die Lippen und wandte sich ihren Aufzeichnungen zu. Gloria ihrerseits beschäftigte sich mit den Auskünften, die ihnen Miss Edwards zu ihrem Vortrag mitgeteilt hatte, um sie zu einem Artikel zusammenzufassen.

Amelia Edwards war eine bedeutende Schriftstellerin und Ägypten-Kennerin. Sie hatte vor einigen Jahren den »Egypt Exploration Fund« gegründet, der professionelle

Grabungen in Ägypten ermöglichen und den Erhalt der Denkmäler fördern sollte. Miss Edwards beklagte öffentlich die anhaltende Zerstörung der Fundstätten. Gloria hätte auch Miss Edwards gerne im Vorstand des Frauenbildungsvereins gehabt, aber die vielbeschäftigte Dame hatte abgelehnt, sich allerdings zu einem Vortrag bereit erklärt. Gloria hatte angeregt, dass Miss Edwards ihren Vortrag über den Stand der Ausgrabungen um eine Darstellung Königin Kleopatras ergänzte, denn es war ihr wichtig, Frauen der Geschichte ins Blickfeld zu rücken. Es gab schließlich einige Beispiele dafür, dass Männer nicht allein die Welt regierten.

Eine Weile arbeiteten sie schweigend, dann hob Mrs Miller den Kopf, als denke sie über eine Formulierung nach. Ihre hohe Stirn lag in Falten, sie lehnte sich ein wenig zurück und sagte schließlich: »Vermutlich bräuchten wir uns gar keine solche Mühe mit den Artikeln zu machen, sie werden uns auch dieses Mal die Tür einrennen.«

Gloria sah zu ihr hin. »Vermutlich«, bestätigte sie.

Mrs Miller schüttelte den Kopf. »Unser Haus scheint *der Platz* der Saison geworden zu sein.«

Es sah tatsächlich ganz danach aus. Mrs Miller hatte gestern Vormittag die Bureaustunden abgehalten und ihr vorhin erzählt, dass sie Anmeldungen für Geographie sowie Malen und Zeichnen angenommen hatte. Wenn es so weiterging, würden sie diese Kurse im August starten können.

»Fehlt nur noch, dass sie an die Tür klopfen und um eine Führung zum Schauplatz bitten.«

Gloria musste schmunzeln und sagte: »Ich war gestern Nachmittag noch einmal bei Lady Virginia. Sie sagte mir, Mr von Sachsfelds Leiche sei freigegeben. Ich fürchte, der Trubel um die Beerdigung wird für einen weiteren Schwung Publicity sorgen.«

In diesem Augenblick klopfte es an die Tür. Es war Sally,

sie meldete Mr Dickson. Gloria und Mrs Miller wechselten einen überraschten Blick. Nicht weil es ein Mann war, der sie zu sprechen wünschte – es konnte ja schließlich vorkommen, dass ein Vater seine Tochter für einen Kurs anmelden wollte, und das war zu den Bureaustunden selbstverständlich erlaubt –, sondern weil sie sich fragten, was Mr Dickson wollen könnte.

Mr Dickson, sichtlich erhitzt, wünschte einen Guten Morgen, und die beiden Damen baten den Geschäftsmann, Platz zu nehmen. Der Afrikaner setzte sich, zog ein Taschentuch aus der Jackentasche und rieb sich Stirn und Schläfen.

»Was führt Sie denn zu uns?«, fragte Gloria.

»Ich will offen zu Ihnen sein, verehrte Damen. All diese Unannehmlichkeiten wegen dieses scheußlichen Verbrechens …« Mr Dickson unterbrach sich selbst und fuhr sich mit dem Tuch über den Nacken.

Gloria warf Mrs Miller einen raschen Blick zu: Sehen sie, es gibt Menschen, die diese Sache nicht als Sensation ansehen.

»Ich wünschte, ich hätte dieses Geschenk nie gemacht!«, sagte Mr Dickson bitter.

»Das dürfen Sie nicht sagen, Mr Dickson«, entgegnete Mrs Miller.

»Es war eine freundliche und Unterstützung symbolisierende Geste, die wir alle sehr zu schätzen wissen«, pflichtete Gloria bei, obwohl niemand mehr diese Messer künftig als dekoratives afrikanisches Artefakt betrachten würde. Es war unvorstellbar, sie nun noch an der Wand gut sichtbar für die Besucherinnen des Hauses anzubringen. Die beiden Frauenmesser waren im Safe eingeschlossen, das Männermesser – die Mordwaffe – noch immer bei der Polizei.

»Ich freue mich, dass Sie so denken, Lady Wingfield.« Mr Dickson schüttelte betrübt den Kopf. »Doch ich fürchte, die

Polizei sieht das anders. Ich wurde strengstens befragt. Ob ich in der Nähe dieses Zimmers gewesen sei. Und dergleichen kompromittierende Fragen mehr.«

»Wir wurden alle befragt, Mr Dickson«, erwiderte Gloria.

»Frau oder Mann, ganz gleich«, bestätigte Mrs Miller.

»Sicher«, erwiderte Mr Dickson. »Dennoch habe ich die Befürchtung, dass die Herkunft der Messer in Zusammenhang mit meiner Hautfarbe der Ansicht Vorschub leistet, ich sei zu dieser Tat imstande gewesen.«

»Aber das kann nicht Ihr Ernst sein!«, rief Gloria.

»Hat man Sie schlecht behandelt?«, fragte Mrs Miller.

Mr Dickson hob abwehrend die Hand. »Nein, es ist nur so, dass diese Sache zusammen mit der Berichterstattung in der Presse kein gutes Licht auf mich und meine Geschäfte wirft, Sie verstehen?«

Gloria, die den Artikel in der »Illustrated London News« ja gelesen hatte, erinnerte sich an den Satz *»Was hatte dieser Menschenfreund mit seinem Geschenk im Sinn?«*. Das war unverschämt, und sie pflichtete Mr Dickson insgeheim natürlich bei. Trotzdem versuchte sie, ihn zu trösten, indem sie erwiderte: »Gegen derlei Schreibe ist leider nichts zu machen, Mr Dickson. Sensationsjournalismus ist die Krux unserer Zeit.«

»Bitte nehmen Sie sich das nicht so sehr zu Herzen«, riet Mrs Miller.

»Ich verstehe, dass Sie mir zusprechen wollen, und danke Ihnen sehr dafür. Dennoch steht mein Entschluss fest.«

Gloria und Mrs Miller wechselten einen erstaunten Blick. »Ihr Entschluss?«, fragte Gloria.

»Ich bin hier, um Ihnen mitzuteilen, dass die musikalische Soiree mit Mrs Dickson leider ausfallen muss. Bitte sehen Sie von der Vereinbarung ab.«

»Aber Mr Dickson«, erwiderte Gloria verwundert, »die Soiree wird erst am zehnten August stattfinden. Bis dahin haben sich die Wogen längst geglättet.« Sie spürte einen Stich und fühlte sich verraten. Alle Welt mochte es spannend finden, in einem Haus zu verkehren, in dem ein Verbrechen geschehen war. Aber jemand, den sie schätzte, wandte sich aus diesem Grund von ihr – und ihrer Idee – ab. Obwohl sie versuchte, sich ihre Enttäuschung nicht anmerken zu lassen, schien Mr Dickson sie doch zu erahnen. »Bitte verstehen Sie mich nicht falsch«, sagte er und hob einmal mehr die Hand. »Das ist keinesfalls gegen Sie oder diese fabelhafte Einrichtung gerichtet. Trotzdem sollten Mrs Dickson und ich noch im Juli nach Sierra Leone aufbrechen statt Ende August, wie ursprünglich geplant.«

»Wir bedauern, dies zu hören«, sagte Mrs Miller.

Mr Dickson machte eine entschuldigende Geste. »Das Klima hier – im doppelten Wortsinn – lässt dies ratsam erscheinen.« Er schien etwas unsicher. »Der ungesunde Dunst über dieser Stadt ist nicht gut für meine Frau. Verstehen Sie, es ist … nicht förderlich.«

»Aber Mrs Dickson ist doch nicht krank?«, fragte Mrs Miller.

»Nein, nein …«, wehrte Mr Dickson ab. Jetzt wirkte er verlegen, und so fragte Mrs Miller nicht weiter nach und auch Gloria unterließ es, weiter in ihn zu dringen.

»Es ist natürlich Ihre Entscheidung«, erwiderte sie gefasst. »Wir alle hatten uns auf die Soiree gefreut.«

»An meinen finanziellen Zuwendungen ändert dies selbstverständlich nichts. Meiner Bank erteile ich entsprechende Anweisungen.« Mit diesen Worten erhob sich Mr Dickson.

Auch Gloria und Mrs Miller standen auf.

»Es tut uns leid«, sagte Mrs Miller.

Sie reichten einander die Hand, kurz darauf war Mr Dickson gegangen.

Gloria ließ sich zurück auf ihren Stuhl fallen und starrte

auf die geschlossene Bureautür. Sie fühlte sich überrumpelt.

»Ich kann verstehen, wie Ihnen zumute ist«, hörte sie Mrs Miller sagen und sah sie an. »Aber vielleicht hilft es, sich vorzustellen, wie er sich in seiner Haut fühlen muss.«

Gloria schüttelte den Kopf. »Ich kann es nicht. Er lebt seit Jahren hier. Er ist geachtet. Und jetzt benimmt er sich wie ein Snob und lässt uns fallen.«

»Er lässt uns nicht fallen, er wird weiterhin Geld geben«, erinnerte Mrs Miller.

»Sie wissen, wie ich das meine«, erwiderte Gloria.

»Ja«, sagte Mrs Miller.

»Wir mussten alle zur Polizei. Unsere Gäste wurden in der Zeitung namentlich genannt und mussten sich die Frage ›Was hat die bessere Gesellschaft zu verbergen?‹ gefallen lassen. Warum denkt Mr Dickson, es habe ihn schlimmer getroffen als alle anderen?«

Mrs Miller sah auf ihre halb beschriebenen Blätter hinunter, dann sah sie Gloria wieder an und zuckte die Schultern.

Kapitel 12

Alexander saß in einem ledernen Armsessel in der Bibliothek des Travellers Club und las die »Pall Mall Gazette«, während er darauf wartete, dass es Zeit wäre, zum Dinner hinüber ins Speisezimmer zu gehen.

Er hätte den Abend genauso gut im Boodle's Club zubringen können, dem er schon seit mehr als zehn Jahren angehörte und in dem hauptsächlich Gentlemen vom Land wie er Mitglieder waren. Aber er musste sich eingestehen, dass er das Essen im Travellers interessanter fand. Sie hatten einen indischen Koch hier, dessen Kreationen Alexander beeindruckten. Außerdem erinnerten ihn die Speisen an seinen Bruder Raymond, der in Indien lebte und dort eine Teeplantage betrieb.

Im Travellers war er erst seit letztem Oktober Mitglied. Zwei Bekannte hatten ihn zur Aufnahme vorgeschlagen, da er als Jugendlicher eine kurze Zeit in Deutschland gelebt und zu Beginn des vergangenen Jahres eine Tour durch Frankreich, die Schweiz und Italien unternommen hatte. Er war erfreut darüber gewesen, in Bezug auf seine Reise nach

Ägypten sogar sehr erfreut. Denn er hatte sich vorab etwas informieren wollen und die ausgezeichnet bestückte Bibliothek des Travellers wurde nicht nur als einer der bezauberndsten Räume Londons angesehen, sie hatte zudem einen sehr guten Ruf. Natürlich hätte er auch zu Hatchards am Piccadilly gehen können, aber diese Buchhandlung glich eher einem Taubenschlag. Gott und die Welt ging dort ein und aus, und in Anbetracht dessen, dass er seinerzeit lediglich zwei geheimnisvolle Telegramme von seinem Freund aus Alexandria erhalten hatte, die ihn veranlassten, dorthin zu reisen, hatte er nicht in die Verlegenheit kommen wollen, jemandem von seinem Unterfangen zu erzählen. Da war er im Travellers Club besser aufgehoben gewesen, denn viele Mitglieder kannte er damals naturgemäß noch nicht, und wenn man sich lesend zurückzog, störte einen niemand.

Das war auch heute so. Fast jedenfalls. Zwei Sessel weiter saß Mr Dickson und blätterte missmutig in der »Times«. Dass er missmutig war, erkannte Alexander daran, dass Mr Dickson die Seiten in rascher Folge und mit einer gewissen Lautstärke umblätterte und dabei hin und wieder unwirsch Luft ausstieß. Der weit gereiste Geschäftsmann hatte natürlich allen Grund, Mitglied im Travellers Club zu sein; welchen Grund er jedoch für sein Unbehagen hatte, wusste Alexander selbstverständlich nicht. Er hoffte, es lag nicht daran, dass er, Alexander, die Abendzeitung »Pall Mall Gazette« in Beschlag nahm, sodass Mr Dickson gezwungen war, auf die vergleichsweise alten Nachrichten der Tageszeitung zurückzugreifen. Schließlich, nachdem er Mr Dicksons Geraschel eine Weile gelauscht hatte, entschloss sich Alexander, ihn anzusprechen.

»Verzeihen Sie, wenn ich Sie störe, Mr Dickson«, begann er und faltete die Zeitung zusammen. »Bitte nehmen Sie es mir nicht übel, aber wären Sie so gut, mich von der »Pall Mall Gazette« zu erlösen?« Er reichte seinem Sitznachbarn die Zeitung über einen großen Globus hinweg, der zwischen ihnen auf einem niederen Mahagonitisch stand. »Seitenweise nur die bevorstehende königliche Hochzeit. Wer geladen ist und warum, wer mit wem verwandt ist und warum, wer wo sitzen wird, wer aller Voraussicht nach am besten gekleidet sein wird und dergleichen unentbehrliche Informationen mehr.« Er schmunzelte. Hatte er gehofft, Mr Dickson würde auf dieses der Konvention entsprechende und leicht humorvolle Manöver hin freundlich lächelnd aufstehen und ihm die Zeitung mit einem entsprechenden Kommentar abnehmen, sah er sich eines Besseren belehrt.

Mr Dickson machte keine Anstalten aufzustehen, und freundlich lächeln tat er auch nicht. Ganz im Gegenteil, mürrisch schürzte er die vollen Lippen und schlug die »Times« mit einer gewissen Vehemenz zu. »Ich hoffe, Sie verstehen, wenn ich Ihnen nicht zustimme«, sagte er mit einer leichten Schärfe im Ton. »Über eine Hochzeit zu berichten ist allemal fröhlicher als über all die Verbrechen und Verleumdungen, über die man täglich lesen kann.«

Alexander war überrascht von diesem emotionalen Ausbruch, zeigte es aber selbstverständlich nicht. Er ließ die »Pall Mall Gazette« auf seinen Schoß sinken und sagte: »So gesehen haben Sie natürlich recht.« Dann fiel ihm ein, dass Mr Dickson womöglich zusammen mit seiner Frau zur Hochzeit eingeladen war, denn Mrs Dickson war die Patentochter der Königin. »Bitte entschuldigen Sie«, fügte er daher an.

Mr Dickson hob die Hand. »Nein, ich bin es, der um Verzeihung bitten muss. Ich hätte nicht derart aufbrausend sein dürfen. Doch bitte, sehen Sie es mir nach, denn gerade las ich die kurze Notiz, dass Lord Fairfax einen Journalisten wegen Verleumdung verklagte, weil der geschrieben hatte, der Lord plane, sich von seiner Frau scheiden zu lassen, weil sie ihm untreu gewesen sei, was beides nicht stimmt.

Das erinnerte mich an den Artikel, der am vergangenen Samstag in der ›Illustrated London News‹ in impertinenter Weise die Frage aufwarf, was ich mit der Gabe der Messer wohl beabsichtigte. Dazu der ausführliche Bericht über die Leichenschau Mr von Sachsfelds, der ebenfalls deutlich auf die Messer einging. Dass ich in irgendeiner Form mit dem Verbrechen zu tun haben könnte, das sich beim Eröffnungsfest des Frauenbildungsvereins ereignete, wirft ein schlechtes Licht auf mich und meine Geschäfte.«

»Ich habe selbstverständlich beides gelesen und verstehe Ihren Ärger, Mr Dickson«, erwiderte Alexander. »Doch gestatten Sie mir die Bemerkung, dass manche Artikel ein schlechtes Licht auf *alle* Anwesenden warfen.«

»Es ist die Art und Weise, wie die Presse Gerüchte schürt, die mich zutiefst empört.«

»Man sollte auf das dumme Geschreibsel nichts geben.«

»Ich sollte die ›Illustrated London News‹ ebenfalls verklagen. Allerdings sehe ich die Anwälte schon jetzt, wie sie die Vorwürfe in der Luft zerreißen. Schließlich wurde ich nicht konkret verleumdet. Der Schreiber formulierte geschickt vage, sodass er nicht zu belangen sein wird.«

»Es wäre der Mühe nicht wert, Mr Dickson«, räumte Alexander ein.

»Aber gab es nicht vor geraumer Zeit einen ähnlichen Fall, wo ein Journalist zu zwei Jahren Gefängnis verurteilt wurde, weil er einer angesehenen Lady eine Liebschaft nachsagte?«

»Ich glaube, ich erinnere mich, ja.«

»Die beiden jungen Männer haben seinerzeit hier im Club darüber geredet, Mr von Sachsfeld und sein Freund, dieser … Dandy«, sagte Mr Dickson und wedelte mit der Hand durch die Luft, weil ihm der Name gerade nicht einfiel.

»So?«

»Irgendwann im zeitigen Frühjahr, als die Verlobung zwischen Mr von Sachsfeld und Lady Virginia bekannt gegeben wurde, waren Artikel erschienen, die Mr von Sachsfeld die eheliche Geburt absprachen. Er empörte sich enorm darüber. Sein Freund meinte damals, er solle den Schreiberling verklagen, wie das unlängst in jenem anderen Fall geschehen war.«

»Kannten Sie Mr von Sachsfeld gut?«, fragte Alexander. »Er trat dem Club wie ich im vergangenen Herbst bei, wenn ich mich recht erinnere.«

Alexander war bereits kurz darauf nach Ägypten gereist. Bei seiner Rückkehr im Januar hatte er einen Abend im Travellers verbracht, weil ihm sein Stadthaus nach all der Wärme und Geselligkeit der Wochen zuvor leer und kalt erschienen war. An jenem Abend hatten die beiden jungen Männer, Mr von Sachsfeld und Mr Sands, im Speisezimmer zusammengesessen, getuschelt und gelacht und Champagner getrunken. Da er sie nur dem Namen nach und vom Sehen kannte, hatte er lediglich grüßend zum Nachbartisch hinübergenickt. Aber irgendwie hatte der junge Sands erfahren, dass Alexander just aus Ägypten kam, und sich ihm in der unbefangenen Art junger Leute selbst vorgestellt, woraufhin man später bei einem Glas zusammensaß und über die Reiseerfahrungen plauderte. Mr Sands liebte das Reisen im Allgemeinen und den Orient im Speziellen. Munter sprach er von der Grand Tour, die er mit siebzehn zusammen mit seinem Onkel unternommen und die ihn über Italien und Griechenland bis nach Konstantinopel geführt hatte. Dort hatte er sich nach eigener Aussage in alles Orientalische verliebt. Ägypten stand daher ganz oben auf seiner Reisewunschliste. Freimütig hatte er bekannt, dass er nur halbherzig studiere (Alfred von Sachsfeld war sein Kommilitone) und letztlich nicht wisse, was er anfangen solle. Keinesfalls wolle er Jurist werden wie sein Vater, der diese Laufbahn ehrgeizig für ihn voraussähe. Alexander erinnerte sich an das Schmunzeln im Gesicht des jungen Mannes, als er verkündete: »Ich würde ja Archäologe werden, aber dabei macht man sich so schrecklich schmutzig.« Sich schmutzig zu machen schien in der Tat äußerst indiskutabel für Mr Sands, der sich erlesen und etwas extravagant kleidete und sein rotblondes Haar auffallend ähnlich wie Mr Oscar Wilde frisierte. Mit einer leicht affektiert wirkenden Geste hatte er angefügt: »Ich kann für nichts Rechtes Interesse aufbringen. Ich wünschte, ich wäre reich geboren, dann bräuchte ich mir um meinen Lebensunterhalt keine Gedanken zu machen.«

Alexander hatte dies unverhohlene Bekenntnis leicht konsterniert, wie ihn überhaupt die nonchalante Gespreiztheit des jungen Mannes auf Dauer ermüdet hatte, was allerdings auch daher gerührt haben mochte, dass er eine lange Reise hinter sich hatte. Dennoch war der Eindruck geblieben, dass Mr Sands sich gerne modern, lässig und vor allem *ästhetisch* gab. Sein Freund Alfred hingegen hatte an jenem Abend kaum etwas zur Unterhaltung beigetragen. Wohl wegen des vielen Champagners war er immer tiefer in den braunen Ledersessel gesunken und hatte nur mit Mühe die Augen offen halten können. Erst später hatte Alexander den Namen von Sachsfeld wiedergehört, gelesen vielmehr, denn Gloria hatte in einem ihrer Briefe freudig davon berichtet, dass er zusammen mit seiner jungen Ehefrau Geldgeber des Frauenbildungsvereins geworden war. Wiedergesehen hatte er ihn dann vor einer Woche beim Ball der Herzogin von Kent.

»Wir pflegten einen freundschaftlichen Umgang, wenn ich das so sagen darf«, antwortete Mr Dickson. »Wir kamen hin und wieder hier im Club ins Gespräch. Mr von Sachsfeld war ein eher zurückhaltender junger Mann von hoher Moral und pragmatischem Geist, der seine Studien mit Disziplin und Pflichtgefühl betrieb. Er hätte es weit bringen können.« Betrübt schüttelte Mr Dickson den Kopf.

»Er strebte einen Posten im diplomatischen Dienst an?«, fragte Alexander.

Mr Dickson nickte. »Er wollte in den Staatsdienst, und da wäre er auch gut aufgehoben gewesen.«

»Wie bedauerlich«, kommentierte Alexander.

»Das ist es«, sagte Mr Dickson.

»Heute ist die Todesanzeige in der Zeitung. Übermorgen ist die Beerdigung«, bemerkte Alexander.

Mr Dickson veränderte seine Sitzposition so, dass er Alexander ganz im Blick hatte. »Wissen Sie«, begann er, »Mr von Sachsfeld hatte in Deutschland Geschichte, Philosophie, Ökonomie und Jurisprudenz studiert. Ich hatte eine wirtschaftliche Unternehmung ins Auge gefasst, zukunftsträchtig, wie ich meine. England ist auf Importe angewiesen, und ich wollte meine Geschäfte auf den Handel mit Getreide aus dem Ostseeraum ausweiten. Außerdem wollte ich in Staatsanleihen investieren. Darüber unterhielt ich mich mit Mr von Sachsfeld, und da er aus Deutschland stammte, bat ich ihn um seine Einschätzung und entsprechende Informationen. Natürlich habe ich meine Erfahrungen und einen Anwalt obendrein, aber Verbindungen spielen zu lassen ist in unserer Branche stets vielversprechend.«

Alexander nickte zur Bestätigung.

»Und Mr von Sachsfeld mit seinen Kenntnissen der Rechtsgrundlagen sowie seinen Kontakten in Deutschland schien mir eine ausgezeichnete Verbindung. Aber seine Auskünfte waren letztlich enttäuschend für mich. Ich musste erkennen, dass es mit der Wertschätzung wirtschaftlicher Leistung nicht weit her ist. Weder in diesem Land und erst recht nicht in Deutschland.«

»Verstehe«, warf Alexander ein.

»Sehen Sie, ich wollte etwas Nützliches leisten. Aber in diesem Bereich gibt es damit kein Weiterkommen. Also werde ich nach Sierra Leone zurückkehren und den Anbau von Kakao weiter vorantreiben.«

»Sicher ein ebenso aussichtsreiches Unternehmen«, sagte Alexander höflich. Kurz schoss ihm der Gedanke durch den Kopf, ob Mr Dickson womöglich wegen seiner Hautfarbe gescheitert war. Aber das konnte er sich eigentlich nicht vorstellen, denn England pflegte eine offene Gesellschaft, was die wirtschaftlichen Entfaltungsmöglichkeiten anging, Mr Dickson wäre sonst kaum, was er war. Andererseits genügte bereits ein einziger einflussreicher Neider oder Konkurrent für den Misserfolg. Doch was – überrascht stellte Alexander fest, dass er nicht verhindern konnte, dies zu denken –, wenn Mr von Sachsfeld im Hintergrund entsprechende Fäden gezogen hatte, die Mr Dicksons Investitionen verhinderten? Wäre Mr Dickson dahintergekommen, hätte er sich zu Recht verraten gefühlt. *Das* wäre durchaus ein Motiv für einen Mord im Affekt!

»Meine Frau und ich werden bereits Ende des Monats aufbrechen«, sagte Mr Dickson.

»Oh«, erwiderte Alexander überrascht. »War nicht noch eine Soiree mit Mrs Dickson im Frauenbildungsverein geplant?«

»Das halten wir inzwischen für undurchführbar.«

Alexander war einigermaßen verwundert über den sachlich-schroffen Ton, in dem Mr Dickson dies sagte, und entgegnete: »Wie bedauerlich.«

Mr Dickson schien bemerkt zu haben, dass er etwas ruppig gewesen war, und suchte offenbar nach einer Erklärung. Schweiß stand ihm auf der hohen, schwarzen Stirn und er fuhr sich mit zwei Fingern unter dem Hemdkragen lang. »Verstehen Sie mich nicht falsch«, begann er. »Es sollte keinesfalls der Eindruck entstehen, ich reagierte mimosenhaft auf einen geschäftlichen Misserfolg und suchte daher fluchtartig das Weite. Es ist eher so, dass jeder spätere Zeitpunkt sich … nun … negativ auf die Gesundheit … könnte meiner Frau in ihrem Zustand …« Mr Dickson beließ es dabei und schaute angelegentlich auf eines der Bücherregale – und Alexander begriff.

Über derlei sprach man nicht öffentlich, von Mann zu Mann schon gar nicht, daher sagte er lediglich: »Verstehe. Das ist ja nur allzu berechtigt.«

Mr Dickson nickte mehrmals hintereinander, und nun war es Alexander, der mit Hingabe das Bücherregal betrachtete. Schließlich erhob er sich mit einem leisen Ächzen, murmelte: »Zeit für das Dinner«, und wünschte Mr Dickson noch einen schönen Abend.

Kapitel 13

»Sollte mich nicht wundern, wenn es Londons längster Trauerzug seit Prinz Alberts Tod werden wird«, sagte Tante Jo. »Die Hälfte der Peerage wird kondolieren.« Sie sah Gloria an, und als sie deren hochgezogene Brauen bemerkte, fügte sie an: »Stand in der ›Morning Post‹.«

»Trotzdem übertreibst du, Tante Jo«, erwiderte Gloria. »Mr von Sachsfeld war Deutscher.«

»Und der Schwiegersohn der Herzogin von Kent. Auch die Hälfte dieses deutschen Herzogtums reist an. Mr Alfreds Vater, sein Bruder et cetera. Stand ebenfalls in der ›Morning Post‹.«

Gloria nahm eine Gabel Salat. Sie saß mit ihrer Tante bei einem leichten Lunch und fragte sich mit einem Mal, wann Tante Jo eigentlich so silbergrau geworden war.

»Der Trauerwagen des Frauenbildungsvereins wurde ebenfalls erwähnt.«

»Ich habe es gelesen, Tante Jo.« Einen Wagen zu schicken war eine Selbstverständlichkeit, das sahen auch die Damen des Vorstandes so. Also hatte Gloria neben all den anderen Dingen, die in der vergangenen Woche zu tun gewesen waren, bei Jay's of Regent Street, der allerersten Londoner Adresse im Trauerfall, eine Kutsche samt Kutscher bestellt. Diese würde bei der heutigen Beerdigung leer im Trauerzug mitfahren und auf diese Weise das Beileid des Vereins bekunden. Die Kutsche mit dem Sarg Mr von Sachsfelds würde den Zug anführen, gefolgt von einer Kutsche mit den engsten Angehörigen sowie weiteren Wagen mit Verwandten und Freunden. Dann folgten all die leeren schwarzen Gefährte jener Menschen, die damit ihre Anteilnahme ausdrückten. An der Beisetzung nahmen nur die Familie und die engsten Freunde des Verstorbenen teil.

»Nun tragen sie ihn also zu Grabe. Ein schwerer Tag für Lady Virginia«, meinte Tante Jo und tupfte sich mit der Serviette den Mund.

»Das war ja vorauszusehen«, erwiderte Gloria. Sie waren inzwischen bei einer leichten Gemüsesuppe mit Rindfleisch angelangt.

»Weißt du, dass es Gerüchte gibt?«, fragte Tante Jo nebenhin.

»Ich kann mir nicht vorstellen, dass es jemals keine gibt«, erwiderte Gloria und nahm einen Löffel Suppe.

»Nun tu nicht so geistreich«, befand Tante Jo. »Es könnte nämlich etwas mit unserem toten Mr Alfred zu tun haben.«

Gloria hielt inne und sah ihre Tante an. »Wie das?«

»Nun bist du doch interessiert, nicht wahr!«, triumphierte Tante Jo.

»Willst du es mir nun sagen oder nicht?«

»Es gibt Gerüchte, dass Sir John Geld der Herzogin veruntreut hat.«

»Das würde mich nicht wundern.«

»Was, wenn Mr Alfred das herausfand und ihn zur Rede stellte?«

»Ausgerechnet auf unserem Fest?«

»Vielleicht hat er es erst kurz vorher erfahren? Dann

fordert er eine Erklärung von Sir John, und dieser nimmt das Messer und ersticht ihn.«

»Aber was gingen Mr von Sachsfeld die Finanzen der Herzogin an? Warum hätte er deshalb mit Sir John disputieren sollen?«

Tante Jo schwieg einen Moment verdutzt, dann sagte sie: »Als Gentleman wäre es seine Pflicht, auch für seine Schwiegermutter einzutreten.«

»Ich stimme dir aus einem Grund zu: Es geht um Geld, und das war immer *das* große Thema bei Lady Virginia, wenn es um ihre Mutter und deren Finanzberater ging. Da könnte durchaus ein Motiv liegen. Dennoch: Ich bleibe dabei, dass Mr von Löwenstein am ehesten als Täter in Frage kommt.«

»Nur weil du hoffnungslos romantisch bist. Liebe, Eifersucht, Drama et cetera.«

»Ich bin nicht hoffnungslos romantisch! Ich bin nicht einmal romantisch.«

»Mag sein«, räumte Tante Jo ein. »Sonst hättest du vielleicht längst schon …« Tante Jo sprach nicht zu Ende, sondern winkte ab.

»Hätte ich was längst schon?«, fragte Gloria.

»Nichts.«

»Komm mir nicht mit ›nichts‹. Du spielst auf Alexander an, habe ich recht?«

»Was wäre verkehrt daran? Ich finde ihn großartig, das habe ich dir schon zwanzig Mal gesagt.«

»Mindestens.«

»Mein liebes Kind, Frauen hier, Bildung da, Frauenwahlrecht und bessere Scheidungsgesetze – alles recht schön und gut. Aber es schlägt auch noch ein Herz in deiner Brust.«

»Ganz richtig, und es schlägt für die Sache, der ich mich verschrieben habe.« Kaum hatte sie dies ausgesprochen, stand ihr das Bild von Mr Morris vor Augen, wie er da auf der Brücke gestanden hatte, ein Mann mit einer ziemlichen Ausstrahlung, wenn man ehrlich war. Ihr Herz schlug also durchaus noch für anderes.

»Es ist hoffnungslos, mich mit dir darüber zu unterhalten. Du hörst ja doch nicht auf mich«, tat Tante Jo beleidigt.

»Ich höre sehr wohl auf dich. Manchmal.«

»Du hast Lord Alexander diese Woche noch kein einziges Mal gesehen! Warum geht ihr nicht ins Theater oder in die Oper?«

»Wir sehen uns morgen, Tante Jo.«

Ihre Tante gab einen Brummton von sich und widmete sich wieder dem Essen.

»Zudem hat er, ebenso wie ich, einiges zu tun. Er erledigt all die Dinge, die er nur in der Stadt tun kann. Und er trifft sich mit Bekannten. Und ab und an eben auch mit mir.«

»Lade ihn für August nach Whitewater House ein.«

»Was?«

»Hörst du schlecht? Lade ihn für August nach Whitewater House ein.«

»Aber die Saison ist Ende Juli vorbei, er wird nach Leicestershire zurückkehren.«

»Hat er das gesagt?«

»Nein.«

»Hat er überhaupt je mit dir darüber gesprochen, wie lange er in der Stadt bleiben will?«

»Meine Güte, Tante Jo, du weißt sehr wohl, Saison heißt Saison, und wenn einer sagt, er kommt über die Saison in die Stadt, dann heißt das bis Juli.«

»Frage ihn doch einfach.«

»Aber …«

»Es wäre doch nett, wenn er dein Zuhause sähe, meinst du nicht?«

»Ich weiß genau, was du denkst!«

»Was denke ich denn?«, fragte Tante Jo unschuldig.

»Du denkst, dass eine Einladung natürlich erwidert

werden muss, also wird er mich höchstwahrscheinlich im Herbst nach Loughborough House einladen.«

Tante Jo sagte nichts.

»Habe ich recht?«

Tante Jo schwieg.

»Ich seh's dir an der Nasenspitze an, dass ich recht habe.«

»Würdest du sein Gut nicht gerne sehen?«

»Ich sehe schon, *du* bist erpicht darauf, denn natürlich würde er dich mit einladen, und natürlich würdest du mich begleiten.«

»Selbstverständlich nur, wenn er darauf bestünde. Es wäre auch nett, seine Mutter wiederzusehen.«

»Du bist ein solcher Schelm, Tante Jo!«, sagte Gloria. Sie lachte, es war ein herzliches Lachen, in das ihre Tante einstimmte, und sie vergaßen, mit welch traurigem Thema ihr Tischgespräch begonnen hatte.

Kapitel 14

Ein Kellner führte Alexander und Gloria am Abend des darauffolgenden Tages zu ihrem reservierten Tisch im oberen Stock (nur dort waren Damen zugelassen) des Simpson's-in-the-Strand. Formgewandt zog er für Gloria den Stuhl zurück und sie setzte sich. Nachdem auch Alexander Platz genommen hatte, reichte der Kellner ihnen mit einer leichten Verbeugung die Speisekarten und entfernte sich.

Das Mobiliar im Simpson's war dunkel, die Wände holzverkleidet und es gab abgeteilte Nischen, in denen man ungestört dinieren konnte. Auch Gloria und Alexander saßen sich in einer solchen Nische gegenüber und studierten die Karte.

»Was willst du essen?«, fragte Alexander ohne aufzusehen.

»Ich weiß nicht so recht«, gab Gloria – ebenfalls ohne aufzusehen – zurück. »Der Hammelrücken ist hier ausgezeichnet, aber ich denke, der ist mir bei dieser Hitze zu schwer.«

Alexander murmelte etwas Zustimmendes.

»Ich denke, ich nehme die Nierchen«, sagte Gloria.

»Und ich das Roastbeef mit Meerrettichsauce und Röstkartoffeln.« Alexander klappte die Karte zu und blickte lächelnd auf.

»Wie war deine Woche?«, fragte er.

»Anstrengend«, gab Gloria zurück. »Die Presseberichte zu den Vorträgen waren vorzubereiten, Briefe zu schreiben, Anmeldungen zu bearbeiten. Dann musste ich mich mit allen Vorstandsmitgliedern wegen des Trauerwagens absprechen und einen solchen schließlich bei Jay's bestellen.«

Der Kellner kam und fragte, was er ihnen zu trinken bringen dürfe.

»Ich denke, ich nehme ein Bier«, sagte Alexander.

»Sehr wohl, Sir«, antwortete der Kellner und schickte sich an, eine weitere Frage nach der Sorte zu stellen, aber Alexander unterbrach ihn. »Ein helles Bitter, kein Ale.«

»Sehr wohl, Sir.«

Gloria entschied sich für einen leichten, kühlen Weißwein, und nachdem sie auch das Essen bestellt hatten, entfernte sich der Kellner wieder.

»Und die Vorträge?«, fragte Alexander.

»Mrs Millers Vortrag am Freitag war ein voller Erfolg und bis auf den letzten Platz besetzt. Nach Veranstaltungsende standen die Frauen in Grüppchen beieinander und diskutierten über das Frauenwahlrecht. Es besteht ein enormer Bedarf an Information, weißt du. Es zeigt mir, dass wir mit unserem Engagement auf dem richtigen Weg sind.«

»Ich muss gestehen, ich habe mir nie sonderlich Gedanken darüber gemacht, aber nun, warum sollten Frauen nicht wählen?«, meinte Alexander.

»Eben!«, erwiderte Gloria. »Auch der Vortrag gestern über die Ausgrabungen in Ägypten und Kleopatra war gut besucht. Miss Edwards ist übrigens eine äußerst charmante Frau, es hat mich gefreut, sie persönlich kennenzulernen. Und es war, wie soll ich sagen, noch mal so interessant, ihr zuzuhören, wenn man schon einmal in Ägypten war und weiß, wie es dort aussieht und wovon sie spricht.«

»Das kann ich mir sehr gut vorstellen«, sagte er lächelnd und Gloria lächelte zurück.

Ihre Getränke kamen. Sie prosteten sich zu und nahmen jeweils den ersten Schluck. Gloria stellte ihr Glas ab und sagte: »Ach ja, und ich war noch einmal bei Lady Virginia.«

»Es ist wohl überflüssig zu fragen, wie es ihr geht.«

Gloria nickte.

»Der ›Observer‹ brachte heute einen ausführlichen Bericht über die Beerdigung«, erzählte Alexander. »Gramgebeugt sei die junge Witwe der Kutsche entstiegen, gestützt von ihrer Mutter, der Herzogin, auf deren Beistand und Trost sie sich in dieser schweren Stunde verlassen könne.«

»So wird es auch morgen in der ›Morning Post‹ und allen anderen Zeitungen stehen.«

»Höre ich da einen kritischen Unterton?«

»Du hast selbst mitbekommen, dass Lady Virginia und ihre Mutter nicht sonderlich gut miteinander auskommen.«

»Aber so etwas wird man kaum in der Zeitung lesen.«

»Es sei denn, es gäbe einen Skandal.«

»Einen Skandal?«, fragte er und runzelte die Stirn.

»Tante Jo hat mir erzählt, es gäbe Gerüchte, dass Sir John Geld der Herzogin veruntreut habe.«

»Tatsächlich?«

»Er wäre nicht der erste Finanzverwalter, der sich beim Verwalten der Finanzen seiner Schutzbefohlenen verzählt.« Sie betonte »Verwalten« und »Finanzen« und machte eine entsprechende Geste mit der Hand. »Tante Jo mutmaßt, dass Mr von Sachsfeld den Betrug entdeckte und Sir John darüber außer sich geriet und ihn erstach.«

»Sollte dem so sein, wird die Polizei das herausfinden«, bemerkte Alexander.

Gloria beugte sich ein wenig vor und fragte: »Hast du eigentlich einen Hauptverdächtigen? Du kanntest Mr von Sachsfeld doch vom Travellers Club. Könnte er dort einen Feind gehabt haben?«

Alexander zog die Augenbrauen hoch – eine Geste, die durchaus leichte Missbilligung ausdrückte.

»Oje, sag nicht schon wieder, ich hätte ein Ermittlergesicht!«

»So ist es aber.«

»Nun, dann schau in mein Ermittlergesicht und beantworte meine Frage.«

Alexander tat dies mitnichten, sah sie lediglich an und nahm dann einen Schluck Bier. Weil er nicht sprach, fühlte sie sich ein wenig unbehaglich, und so wischte sie mit der Hand durch die Luft und sagte: »Nun denn, lass uns von etwas anderem sprechen. Wie war *deine* Woche? Wie war das Dinner bei Lord Chesterfield? Und deine Verabredung mit den Carsons?«

»Wir waren im Theater«, antwortete er, offensichtlich ein wenig verdutzt über den abrupten Themenwechsel.

»Und? Mein Gott, *welches* Theater, was habt ihr gesehen?«

»Wir waren im Lyceum. Hamlet«, antwortete er folgsam.

Das erinnerte sie nun dummerweise an Mr Morris, denn das Lyceum Theater lag an The Strand, Ecke Wellington Street, und in der Wellington Street war sie unlängst gewesen, und an Mr Morris wollte sie bei diesem Dinner nun eigentlich eher nicht denken.

»Interessant«, sagte sie daher, ein bisschen gezwungen, wie sie meinte, aber gleichwie, da kam das Essen, Gott sei Dank. Ihre Nierchen vom Lamm sahen köstlich aus, in einer dunklen Soße, hübsch mit Petersilie bestreut und mit in schmale Streifchen geschnittenem Toast serviert.

»Zu deiner Frage«, sagte Alexander, nachdem sie zu

essen begonnen hatten. Er sah sie an und in seinem Blick lag leise Verwunderung. »Deine Erwähnung des Clubs rief mir in Erinnerung, dass ich dieser Tage dort Mr Dickson getroffen habe.«

Gloria ließ die Gabel sinken, beugte sich etwas vor und machte große Augen. »Oh mein Gott – *er* ist dein Hauptverdächtiger?«

»Wie?« Die leise Verwunderung in Alexanders Blick wich einer offensichtlichen. »Aber nein«, erwiderte er, setzte sich aber dann mit einem Mal sehr aufrecht hin und sah Gloria an, als blicke er durch sie hindurch.

»Was ist?«, wollte sie wissen.

»Nun, um ehrlich zu sein, kam mir kurz ein solcher Gedanke, aber natürlich ist das Unsinn.«

»Der Gedanke, dass Mr Dickson Mr von Sachsfeld getötet haben könnte?«, hakte sie nach, um zu erfahren, ob sie überhaupt von der gleichen Sache sprachen, denn seine Äußerungen wirkten etwas geistesabwesend.

»Wenn du so willst, ja.«

»Und weshalb kam dir dieser Gedanke?«

»Mr Dickson wollte geschäftlich expandieren und fragte Mr von Sachsfeld um Rat. Dieser konnte ihm jedoch nicht weiterhelfen und Mr Dicksons Pläne gingen den Bach runter, um es salopp zu sagen. Da hatte ich kurz die Idee, dass Mr Dickson vielleicht aus Rache zum Messer gegriffen haben könnte. Aber wie gesagt, das ist völliger Unsinn. Nimm es nicht ernst.«

»Es ist aber durchaus ein interessanter Aspekt.«

»Zumal es mir so vorkam, als sei Mr Dickson leicht aus der Fassung zu bringen. Er regte sich furchtbar über die Berichterstattung in der Presse auf und fühlte seinen guten Namen in den Schmutz gezogen.«

»Er hat sich auch mir gegenüber in der Art geäußert. Vielleicht ist er aufgrund seiner Hautfarbe einfach ein wenig empfindlicher«, mutmaßte Gloria.

»Aber er lebt in England, er müsste den Tenor der Presse doch gewohnt sein.«

»Mr Dickson ist ein strenggläubiger Mann, der außerdem an das Gute im Menschen glaubt.«

Sie schwiegen kurz, um sich wieder ihrem Essen zuzuwenden. Dann sagte Gloria, dass sie als Frau ja nicht wüsste, welcher Art die geschäftlichen Verbindungen der Männer seien, und ob Alexander denn aufgrund seines Einblicks in jene von Mr Dickson diesen nun im Verdacht habe oder nicht.

»Ich sagte doch, das ist Unsinn. Es schoss mir lediglich durch den Kopf. Daran siehst du, dass dieses Verbrechen auch mich beschäftigt.«

Sie nickte verstehend.

»Ich glaube vielmehr, Mr Dicksons Verhalten hat einen anderen Grund. Wusstest du, dass er bald aus London abreisen will?«

»Ja.«

»Das klingt ungehalten.« Er hob abwehrend die Hand, als er ihren Blick sah. »Was ich natürlich verstehen kann, keine Frage. Die Soiree mit Mrs Dickson wird ausfallen. Aber …«

»Aber?«, wiederholte Gloria, da er nicht weitersprach.

»Hat … Mrs Dickson mit dir gesprochen?«

»Nein. Mr Dickson.«

»Aha.«

»Aha?«

»Nun, also, es ist so, dass … dass er andeutete … dass … die frühere Abreise hauptsächlich einem besonderen Umstand geschuldet ist.«

»Ein besonderer Umstand?«

»Ach je, Gloria, nun sei doch nicht so …«

»Ah! Weiß die Polizei, dass er früher abreisen will? Ist das überhaupt erlaubt? Macht er sich dadurch nicht doch verdächtig?«

»Nun höre mir doch einmal zu!«

»Aber das tue ich doch. Siehst du nicht, zu welchen Gedankengängen du mich inspirierst?«

»Aber du bist ja völlig auf dem Holzweg.«

»Sagt der Mann des Forstes.« Sie lachte über ihren eigenen Witz, was Alexander dazu brachte, eine unwirsche Bewegung zu machen und mit den Augen zu rollen. »Es geht um etwas völlig anderes!«, sagte er.

»Dann sage, um was.«

»Es hat mit dem zu tun, was Frauen … nun, in Anbetracht einer Verehelichung … also … gewissermaßen eine natürliche Folge einer ehelichen Verbindung …«

»Oh!« Gloria legte die Gabel nieder, starrte ihn an, schlug dann die Augen nieder und murmelte: »Ich verstehe.« Schweigen senkte sich zwischen sie wie eine Wolke, Gloria hörte das Blut in ihren Ohren rauschen, sie sah nicht, wie er nun dreinsah oder was er tat, aber das brauchte sie auch nicht, sie spürte auch so mehr als deutlich die Aura von Peinlichkeit, die ihn umgab.

Aber wieso schwieg man eigentlich so peinlich berührt, das war doch eine natürliche Sache, wie er selbst gesagt hatte. Da setzte sie sich für die Belange der Frauen ein, hieß gut, dass Mrs Miller über das Thema Geburtenkontrolle informierte, und da saß sie nun und ließ sich von den Konventionen auf ihren gewonnenen Einsichten herumtrampeln. Sie knüllte die Serviette zusammen und sah auf.

»Verzeih, ich war wohl etwas schwer von Begriff«, sagte sie zu Alexander. »Und ich danke dir, dass du so offen gesprochen hast, denn genau genommen hat Mr Dickson mir gegenüber ebenfalls eine Andeutung gemacht und ich habe sie nicht verstanden. Zu meiner Verteidigung kann ich allerdings anmerken, dass ich wohl in dem Augenblick einfach zu getroffen war von seiner Ankündigung, die Soiree abzusagen.«

Alexander räusperte sich und murmelte: »Sicher, natürlich.«

Sie sah ihn an, und da wallte plötzlich etwas hoch, ihr Herz, es öffnete sich wie eine Blüte, sie sah es regelrecht vor ihrem inneren Auge, und so folgte sie dem Impuls, den es aussandte, und fasste über den Tisch hinweg nach seiner Hand, eine vertrauliche Geste, eine Geste jenseits der konventionell erlaubten Berührungen wie das Auflegen ihrer Hand auf seinen Arm, wenn er sie zu Tisch oder zum Tanz führte. Sie sah ihm in die Augen und las Erstaunen darin.

»Warum sollten wir uns nicht über solche Dinge unterhalten?«, fragte sie. »Natürlich täte man es nicht unter Wildfremden oder inmitten einer Gesellschaft. Aber wir sitzen hier allein beim Dinner in einer hübschen Nische und ich finde, wir haben schon zu viel gemeinsam erlebt, als dass wir uns nun derart genieren müssten.« Sie wusste nicht, woher diese Worte kamen, noch, woher sie den Mut hatte, sie ihm gegenüber auszusprechen, sie wusste aber, sie waren wahr. Und sie sah, wie die Verlegenheit langsam aus seinem Gesicht wich, wie es wieder dieses leise Erstaunen ausdrückte und sich dann mit einem warmen Lächeln überzog.

»Sie sind wahrlich eine bemerkenswerte Frau, Lady Gloria«, sagte er leise und hauchte einen Kuss auf ihre Hand.

Sie atmete einmal tief durch, lächelte und nahm ihre Hand wieder zu sich. Ein wenig verlegen war sie schon, aber auch stolz auf sich. Es tat gut, offen und ehrlich zu sprechen. Sie nippte an ihrem Wein und war glücklich. Der Kellner kam, räumte die leeren Teller ab und fragte nach dem Dessert.

»Übergrillte Grapefruit für mich«, sagte Gloria stramm und mit dem Gefühl, mit sich und der Welt im Einklang zu sein.

»Ich kann mich nicht entscheiden«, sagte Alexander. »Apple Pie oder Mandelpudding?«

»Was magst du denn lieber?«

»Ich mag beides. Deswegen kann ich mich ja nicht entscheiden.«

»Soll ich für dich wählen?«

»Warum nicht?«, sagte er mit einem überraschten Lächeln.

»Mandelpudding.«

»Sie haben gehört, was Ihre Ladyschaft bestellte«, sagte er zu dem Kellner.

»Sehr wohl, Sir.« Er verneigte sich und ging.

»Ich bin stolz auf dich, Lord Alexander.«

Er zog die Augenbrauen hoch.

»Du hast meine Wahl ohne mit der Wimper zu zucken akzeptiert. Ohne Wenn und Aber.«

»Hast du erwartet, dass ich widerspreche?«

»Ein bisschen schon.«

»Wahrscheinlich hättest *du* widersprochen.«

»Ich hätte mich *entschieden*!«

»Nun sag das nicht so, als wäre es der Makel schlechthin, sich nicht zwischen zwei Desserts entscheiden zu können. Da habe ich einmal kurz Schwäche gezeigt, schon gibst du die Überlegene.«

»Klang das so?«

»Durchaus.«

»Es tut mir leid.«

»Das sollte es.«

»Genug davon! Denkst du daran, dass du am kommenden Freitag bei den Ashburtons eingeladen bist?«

»Hältst du mich jetzt auch noch für vergesslich?«

»Ich möchte dir lediglich schmeicheln, denn diese Einladung hast du Tante Jo zu verdanken, die nicht müde wird, dich bei ihren Nachbarn anzupreisen, sodass sie dich endlich kennenlernen wollen.«

»Ist das so?«

Gloria setzte ein süßes Lächeln auf und erwiderte: »Es ist so, mein Herr.«

»Die kommende Woche wird es hoch hergehen«, sagte Alexander und runzelte die Stirn. »Alle Welt meint, anlässlich von Prinzessin Louises Hochzeit einen Ball, ein Dinner und eine Teegesellschaft geben zu müssen. Ich wünschte, ich wäre bereits mit den Carsons zurück nach Leicestershire gefahren.«

Obwohl er das im Spaß gesagt hatte, versetzte es Gloria einen Stich. Seine Freunde, die Carsons, hielten nicht viel vom Trubel der Saison und reduzierten ihre jährliche Anwesenheit in London stets auf ein Minimum, wusste sie von Alexander. Er selbst hatte es bisweilen ebenso gehalten, und die Vorstellung, er könne plötzlich nicht mehr hier sein, gefiel ihr augenblicklich nicht – wie sie zu ihrem eigenen Erstaunen feststellte. Darüber war sie etwas verwirrt, und dann fiel ihr auch noch ein, was Tante Jo gestern zu ihr gesagt hatte. Dass sie ihn nach Kent einladen sollte. Die Nachspeise kam und sie löffelten zunächst schweigend.

»Eine gute Wahl, Lady Gloria!«, lobte Alexander schließlich und deutete auf seinen Pudding.

»Das freut mich.«

Sie lächelten sich zu.

Dann senkte Gloria den Blick auf ihre Grapefruit und sagte in bewusst beiläufigem Ton: »Da du es erwähntest – wie lange bleibst du eigentlich in London?«

»Schätze, bis Ende Juli. Und du?«

»Ich wollte eigentlich am elften August abreisen, nach der musikalischen Soiree mit Mrs Dickson.«

»Aber da diese nun ausfällt, fährst du früher?«

»Ja, ich denke, am vierten. Am zweiten ist Mona Cairds Vortrag und am Abend danach die Diskussionsrunde der Rational Dress Society. Bei beiden will ich anwesend sein.«

»Verständlich, du hast viel Arbeit investiert, damit diese Veranstaltungen stattfinden können.«

»Ja.«

»Sicher wirst du nicht lange in Kent bleiben, was?«, fragte er im Konversationston. »Der Verein wird auch im Winter deiner organisatorischen Hand bedürfen.«

»Ich weiß es noch nicht. Korrespondenzen kann ich ja auch von dort aus erledigen. Und Mr Brooks kann zu mir kommen, für Abrechnungen und dergleichen muss ich nicht zwingend in London sein.«

»Aber dir werden deine Frauen fehlen«, sagte er und schmunzelte. »Sicher hältst du es nicht lange aus auf dem Land. Ach, da fällt mir ein, wolltest du nicht ein Velo kaufen?«

Ja, wollte sie, aber die Vorkommnisse und der Trubel und auch die Hitze hatten sie bisher davon abgehalten. »Durch die Ereignisse ist das in den Hintergrund geraten«, antwortete sie. »Würdest du noch mitkommen?«

»Ich habe es dir versprochen.«

»Die kommende Woche irgendwann?«

»Wenn dieser Hochzeitstrubel es zulässt.«

»Oder Anfang übernächster Woche.«

»Wann immer du möchtest. Noch bin ich in der Stadt.«

»Nun ja, und was, wenn du … ein wenig länger bliebest?«

»Länger als Juli, meinst du? Wegen deines Fahrrades?«

»Ich hatte überlegt, ob es nicht nett wäre … also, nun ja … bis vierten August vielleicht? Das wären nur ein paar Tage nach Ende Juli.«

»Vier, genau genommen.«

Zum Kuckuck, das konnte doch nicht so schwer sein! Es war nur eine Einladung! »Ich möchte dich nach Kent einladen«, sagte sie also forsch und zügig. »Ich dachte mir, es wäre nett, wenn du Whitewater House kennenlernen würdest. Falls du Zeit hast. Falls deine Pläne es erlauben.«

»Oh!«, machte er überrascht. »Danke sehr. Ach deshalb

der vierte August. Du meinst, wir könnten zusammen aufbrechen?«

»Ja, und danach könntest du von Kent aus direkt nach Leicestershire reisen.«

Alexander schmunzelte. »Der Weg würde trotzdem über London führen.«

»Ja, aber ich dachte, bevor du von London aus in die Midlands fährst, dann wieder herunter nach Kent und dann wieder hinauf … das ist doch ganz schön viel Weg.«

Er sah sie an und sagte: »Den ich für Sie in Kauf nehmen würde, Lady Gloria.«

Kapitel 15

Am nächsten Vormittag saß Gloria am Schreibtisch im Haus des Frauenbildungsvereins und versuchte, sich auf ihren Brief an Miss Cobbe zu konzentrieren.

Frances Power Cobbe hatte sich in der Vergangenheit nicht nur für das Frauenwahlrecht sowie für günstigere Scheidungsgesetze für Frauen starkgemacht, sie setzte sich auch vehement gegen Tierversuche ein. Außerdem hatte sie im vergangenen Jahr in der ersten Ausgabe der neuen, nur von Frauen geleiteten Zeitung »Women's Penny Paper« einen Artikel mit dem Titel »Journalismus als Beruf für Frauen« veröffentlicht, und Gloria hatte sie bereits im Mai angeschrieben und gefragt, ob sie bereit wäre, einen Vortrag zu diesem Thema im Frauenbildungsverein zu halten. Miss Cobbe, die die sechzig weit überschritten hatte und seit einigen Jahren in Wales lebte, hatte zugesagt. Unklar war nur noch, welcher Tag im August es nun werden sollte, und es wurde allerhöchste Zeit, sich auf ein Datum zu einigen.

Gloria wurde bewusst, dass sie ihren Stift gegen die

Lippen stippte, wie Mr Morris das getan hatte. Sie ließ den Stift sinken und starrte durch die offene Zimmertür hinaus auf die Holzverkleidung der Treppe. Irgendwie war sie nicht bei der Sache, die Worte flossen nur zäh, obwohl an diesem Schreiben nichts Poetisches war, das bedachtsam ausformuliert werden wollte. Aber ihre Gedanken wanderten immer wieder zurück zum gestrigen Abend mit Alexander. Vor einem Jahr in Italien, da hatte sie ihn nicht gemocht, sich über ihn geärgert und ihn zum Schluss respektiert. In Ägypten hatte sie begonnen, ihn besser zu verstehen, sie hatte sich um ihn gesorgt und schließlich Freundschaft mit ihm geschlossen. Ja, er gefiel ihr, aber nie hatte sie eine … nun, intimere Beziehung zu ihm in Betracht gezogen. Vielleicht auch aus Trotz Tante Jo gegenüber, die immer wieder spitzfindige Bemerkungen zu diesem Sujet machte. Aber seit ihrer Unterhaltung gestern Abend schien etwas verändert. Sie hatte es zuerst gemerkt, als er so nebenhin gesagt hatte, er wünschte, er hätte London bereits verlassen. Ein Gefühl von Leere war bei der Vorstellung in ihr aufgekommen, ihn nicht mehr in der Stadt zu wissen. Sie mochte das Zusammensein mit ihm. Etwas Vertrautes, Verlässliches war zwischen ihnen gewachsen, es war ihr eigentlich erst heute Morgen bewusst geworden, als ihr einfiel, dass sie gestern Abend zu ihm gesagt hatte, sie hätten einiges zusammen durchgemacht.

War dies der Grundstock für eine solide Freundschaft, wie sie bisher geglaubt hatte, oder etwa für mehr? War so auch sein Satz zu deuten, er würde ihr zuliebe Umwege in Kauf nehmen? Er hatte es mit einem charmanten, humorvollen Blitzen in den Augen gesagt. Aber seine Narbe hatte gezuckt. Seit Nicks Tod hatte sie geglaubt, sie sei nicht mehr imstande zu gewissen Empfindungen und auf dem besten Weg, eine alte Jungfer zu werden. Bis zu jenem Blick aus …

Gloria zuckte zusammen, als Sally an den Türrahmen klopfte.

»Eine Nachricht, Mylady.« Sally kam zum Schreibtisch. »Ein Laufbursche hat sie gebracht. Er sagt, er soll auf Antwort warten.«

Gloria nahm das Brieflein entgegen und öffnete es.

Lust auf Eiscreme bei Gatti's? (Dem in Strand)
Heute Nachmittag?
17 Uhr?
Morris

Der kurze Text wirkte wie eingerahmt, denn rundum am Zettelrand lief in Wiederholung:

Anfrage an Lady Wingfield ... Anfrage an Lady Wingfield ...

Das unerhört Unkonventionelle dieser Notiz sowie deren Ton widersprach jeder Etikette und war eigentlich schockierend. Dennoch spürte Gloria ihr Herz aufgeregt klopfen und sie schmunzelte.

Sie nahm ein Blatt Papier, schrieb

Ja
G.W.

und übergab es Sally.

Diese machte einen Knicks und ging.

Gloria starrte auf den angefangenen Brief vor sich auf dem Schreibtisch, ohne ihn wirklich wahrzunehmen.

... Bis zu jenem Blick aus havannabraunen Augen, der bewirkt hatte, dass etwas sich in ihr regte, als erwache es aus dem Winterschlaf.

Zum Kuckuck mit dem Brief! Sie würde ohnehin keinen vernünftigen Satz mehr zustande bringen.

Er stand vor dem Café und wartete auf sie. Heller Sommeranzug, Canotier, grün getönte Brille, die Weste in einem schillernden Käfergrün passte hervorragend dazu.

Gloria lächelte ihm zu. Sie schloss ihren Sonnenschirm und reichte ihm die Hand. »Guten Tag, Mr Morris«, sagte sie.

Er nahm die Brille ab und steckte sie in die Westentasche. »Wie schön, Sie wiederzusehen, Lady Wingfield!«, erwiderte er. »Wollen wir?« Er hielt ihr die Tür auf. Als sie an ihm vorbeiging, nahm sie wieder seinen Duft wahr, ein frisches, würziges Aroma, das sie an weichen, moosbedeckten Waldboden denken ließ. Zum Kuckuck aber auch!

Das Gatti's war ein großes französisches Café und sehr gut besucht. Gloria steuerte einen freien Tisch im linken hinteren Bereich an. Noch bevor sie sich niederließen, wuselte ein Kellner herbei, wischte flugs die Krümel der Vorgänger vom Tisch und nahm die leeren Glasschalen weg. Kaum saßen sie, kam er schon wieder und fragte, was er ihnen bringen dürfe. Sie bestellten Eiscreme und Mokka in kleinen Tassen.

»Also, wie läuft es mit Ihren Nachforschungen?«, fragte er und schmunzelte.

Sie lachte – auch um ihre Nervosität zu verbergen. »Um ehrlich zu sein, gibt es noch keine großen Ergebnisse.«

»Haben Sie denn jemanden befragt?«, wollte er wissen.

»Ich war bei Lady Virginia.«

Er zog eine Grimasse, die besagte: Schwierig, zugegeben.

»Es ist in den meisten Fällen doch so, dass die Täter aus dem familiären Umkreis kommen«, sagte sie.

»Ach?« Er lehnte sich im Stuhl zurück. »Sie haben jemanden aus Lady Virginias Umfeld im Verdacht?«

»Dort liegen die stärksten Motive.«

»Und die wären?«, fragte er und beugte sich wieder vor.

»Geldnöte und Eifersucht.«

»Das ist ja höchst interessant. Wer kommt wegen der Geldnöte infrage? Oh – doch nicht etwa die Herzogin und ihr Finanzverwalter?«

»Vielleicht.«

»Hm«, machte er. »Warum nicht. Was haben Sie über ihn?«

»Er war am Festabend längere Zeit verschwunden, und schon einen Tag nach Mr von Sachsfelds Tod wollte er, dass Lady Virginia ein Dokument unterschreibt, das ihn zu ihrem Sekretär macht.«

Mr Morris ließ ein leises, anerkennendes Pfeifen hören.

Der Kellner kam und brachte das Eis und den Kaffee. Als er sich entfernte, sagte Mr Morris, indem er seinen Löffel in die Eiscreme tauchte: »Und die Eifersucht?«

»Mr von Löwenstein. Offenbar hatte er sich Chancen bei Lady Virginia ausgerechnet, ehe Mr von Sachsfeld in die Stadt kam und sie sich in ihn verliebte.«

Mr Morris nickte.

Gloria ließ einen halben Löffel Eiscreme im Mund schmelzen und schloss dabei kurz die Augen.

»Das sind interessante Ansätze, Lady Wingfield«, sagte Mr Morris und sie öffnete die Augen und sah ihn an. »Hätten Sie gerne, dass ich mich ein wenig umhöre?«

»Das wäre … nett, ja. Vielleicht könnten Sie herausfinden, wie weit die Polizei mit ihren Ermittlungen ist?«

»Ich kann es versuchen«, räumte er ein. »Allerdings bin ich in dieser Woche mit all den gesellschaftlichen Ereignissen rund um die königliche Hochzeit beschäftigt.«

»Natürlich«, sagte Gloria und fühlte sich unbegreiflicherweise kurz zurückgewiesen.

»Das bedeutet einige Nachtschichten.«

»Verstehe«, erwiderte Gloria und fragte sich, was nur in sie gefahren war. Es gab keinen Grund, sich zurückgewiesen zu fühlen, da war ja nichts, auch wenn sie Herzklopfen bekam, mein Gott, er war ein attraktiver Mann.

»So viel Wirbel um diesen schottischen Emporkömmling«, sagte Mr Morris grimmig und stellte seine Mokkatasse mit einem kleinen Knall zurück auf die Untertasse. »Oh, verzeihen Sie, Lady Wingfield«, sagte er, als er sie ansah. »Ich hoffe, ich habe Sie nicht beleidigt, indem ich das über den Earl of Fife sagte. Ich weiß, man hält ihn allgemein für einen anständigen und noblen Gentleman.«

»Nun, ich kenne den Earl nicht und kann daher nichts über ihn sagen«, bemerkte sie leicht indigniert. »Was man so über ihn liest, klingt nach einem passenden Ehemann für die Prinzessin.«

»Sie sind doch eingeschnappt, ich höre es an Ihrer Stimme. Sehen Sie es mir nach, ich habe viel in diesen Kreisen zu schaffen, und manchmal ist nicht alles Gold, was glänzt, verstehen Sie?«

»Es ist wie mit der Wahrheit, Mr Morris«, erwiderte sie und spielte damit auf das an, was sie ihm bei ihrer Begegnung im St. James's Park vor eineinhalb Wochen gesagt hatte. »Dass nicht alles Gold ist, was glänzt, ist klassenunabhängig.«

»Ich bitte noch einmal um Entschuldigung«, sagte er und setzte ein entsprechendes Lächeln auf.

»Verzeihen Sie meine Offenheit, aber mir scheint, Sie sind ein wenig voreingenommen, was die … nun, die vornehme Welt betrifft. Es verwundert mich. Wenn es Ihnen so missfällt, warum sind Sie dann nicht Sportreporter geworden?«

Lag es am schummrigen Licht im Café oder verfinsterte sich sein Gesicht einen Lidschlag lang? War sie ihm zu nahe getreten? Aber schon lächelte er wieder sein belustigtes Lächeln und sagte: »Sie sind wirklich eine bemerkenswerte Frau, Lady Wingfield.«

Eine Lady hätte auf ein solches Kompliment hin die Augen niederschlagen und sich freundlich lächelnd bedanken sollen. Gloria aber sah ihn offen an und fragte: »Inwiefern?«

»Sie interessieren sich für Ihre Mitmenschen. Auf eine aufrichtige, unverstellte Art. Das ist selten.«

»Ich hoffe, das söhnt Sie ein wenig mit *meiner Klasse* aus«, sagte sie und gestattete sich einen leicht ironischen Unterton.

»Ich denke schon«, erwiderte er und sah ihr dabei tief in die Augen.

Kapitel 16

Am nächsten Morgen saß Gloria mit Tante Jo beim Frühstück, als Twentyman mit hochgezogenen Augenbrauen einen Besucher meldete.

Es war Inspector Olive.

Tante Jo sah keinen Grund, das Frühstück zu unterbrechen, um den Inspector im Gesellschaftszimmer zu empfangen, und bat Twentyman, ihn hereinzuführen.

Inspector Olive entschuldigte sich dafür, dass er zu dieser frühen Stunde störte. Tante Jo jedoch meinte, das sei nicht der Rede wert, forderte ihn auf, sich zu setzen, und bot ihm eine Tasse Tee an.

Gloria fühlte sich seltsam ertappt. Sie war ihrer Tante gegenüber bisher recht wortkarg gewesen, was daran lag, dass sie an das Treffen mit Mr Morris dachte, weswegen sie im Übrigen schlecht geschlafen und sich von einer Seite auf die andere gewälzt hatte. Immer wieder war ihr das Gespräch mit ihm durch den Kopf gegangen und sie hatte – wie töricht! – überlegt, wie sie ihre »Ermittlungen« vorantreiben könnte, nur um mit ihm weiterhin darüber reden zu können. Und nun saß hier die *wirkliche* Polizei, und sie fühlte sich wie ein Kind, das geglaubt hatte, den Erwachsenen ebenbürtig zu sein, nur weil es die Schuhe der Mutter angezogen hatte.

Der Inspector nahm das Angebot an, und Twentyman stellte eine dampfende Tasse vor ihn hin. Der Inspector bedankte sich höflich.

»Nun, was führt Sie zu uns, Inspector?«, fragte Tante Jo, während sie eine Scheibe Toast mit Butter bestrich. »Kommen Sie etwa, um uns zu sagen, dass Sie den schändlichen Mörder gefasst haben?«

»Bedauerlicherweise nein, Lady Blythe. Obwohl wir mit unseren Ermittlungen inzwischen so weit sind, dass wir die ein oder andere Person als Täter ausschließen können.«

»Tatsächlich? Wen?«, fragte Tante Jo und ließ Honig auf ihren gebutterten Toast tröpfeln.

An Gloria gewandt sagte der Inspector: »Wir haben Ihre Gästeliste systematisch abgearbeitet.« Er bezog auch Tante Jo mit ein, indem er kurz zu ihr hinsah, und ergänzte: »Wir konnten noch nicht alle befragen, aber auf jeden Fall jene im engsten Umfeld des Opfers.«

»Haben Sie meine Hinweise berücksichtigt?«, fragte Tante Jo interessiert.

»Nun, durchaus, Lady Blythe«, versicherte der Inspector mit einem sanften Lächeln. »Sir John mag Mr von Sachsfeld tatsächlich nicht viel Sympathie entgegengebracht haben, getötet aber hat er ihn nicht. Das ist zweifelsfrei bewiesen.«

Das war nun wirklich eine überraschende Mitteilung und Tante Jo entfuhr ein entsprechender Laut. Gloria, die Hand mit der Tasse in der Luft, schaute den Inspector erwartungsvoll an.

»Es ist etwas pikant, meine Damen.«

»Gute Güte, nun reden Sie schon!«, befahl Tante Jo.

Der Inspector schmunzelte und sagte: »Sir John war ein Missgeschick passiert. Er stand zusammen mit der Herzogin von Kent auf der hinteren Veranda, als er an einer der Kübelpflanzen hängen blieb und seine Hose zerriss. Aus dieser überaus peinlichen Lage befreite ihn Ihr Butler, Lady Wingfield, Mr Pratt.«

»Pratt?«, sagte Gloria erstaunt.

Der Inspector nickte. »Er erledigte das mit der nötigen Diskretion. Er bat Sir John ins Studierzimmer neben der Veranda, nahm die Hose und ging in die Küche, um sie zu nähen. Alle Bediensteten bezeugten dies, wie Sie sich vorstellen können, denn selbstverständlich lachten sie darüber.«

Tante Jo lachte nun auch.

Der Inspector quittierte es mit einem Schmunzeln. »Der entscheidende Punkt dabei ist jedoch, dass Mr Pratt mit der Hose eben die Küche betreten wollte, als es an der Eingangstür klopfte. Er legte die Hose rasch beiseite und ging öffnen. Wie wir alle wissen, war es Mr Sands, der Mr von Sachsfeld sprechen wollte. Mr Pratt schickte sich an, ihn zu holen, da kam Mr von Sachsfeld wie gerufen aus der Halle und steuerte auf das gegenüberliegende Badezimmer zu. Mr Pratt gab ihm Bescheid, Mr von Sachsfeld ging zur Tür und stand dort mit seinem Besucher im Eingangserker, während Ihr Butler sich um die Hose kümmerte. Als er damit fertig war, verließ er die Küche durch die seitliche Tür, spähte aber kurz über die Schulter zum Eingangsbereich. Mr von Sachsfeld und sein Besucher standen nicht mehr dort. Im gesamten Flur hielt sich zu diesem Zeitpunkt niemand auf. Mr Pratt brachte die Hose ihrem rechtmäßigen Besitzer, vergewisserte sich, dass in der Halle und am Buffet alles in Ordnung war, und ging zurück in die Küche.«

»Du meine Güte«, kommentierte Tante Jo diese Enthüllung.

»Dies ist nun auch der Grund für meinen Besuch.« Er wandte sich wieder an Gloria. »Es ist Mr Sands, auf den wir uns augenscheinlich konzentrieren müssen. Sie haben ausgesagt, ihn am Abend vor Ihrer Feier erst das zweite Mal gesehen zu haben.«

»Das ist richtig, auf dem Ball der Herzogin von Kent.«

»Lord Lyndon schilderte uns diese Begegnung ebenfalls. Er meinte, sie beide hätten bemerkt, dass Mr Sands etwas durcheinander wirkte.«

»Ja. Er suchte Mr von Sachsfeld. Wenig später sah ich die beiden im Garten stehen und miteinander reden. Wissen Sie, ich hatte das nicht erwähnt, es fast wieder vergessen, aber ich hatte mich gefragt, ob sie wohl stritten, denn Mr Sands redete eindringlich auf Mr von Sachsfeld ein. Und irgendwie … nun, man redet natürlich über die Geschehnisse, und als Mr und Mrs Fielding, Lord Lyndon und ich neulich zusammen unterwegs waren, sprachen wir darüber.« Gloria erinnerte sich daran, wie Robert, während er sich ins Ruder legte, gesagt hatte: »Er kommt, streitet mit seinem Freund und ersticht ihn. Man muss nur herausfinden, weswegen die beiden Streit hatten.« Gloria wiederholte den Satz für den Inspector und fügte an: »Du meine Güte, aber jetzt erst begreife ich, dass dies die falsche Frage war. Es muss nicht heißen: ›Weswegen stritten die beiden?‹, sondern: ›Warum ist Mr Sands überhaupt aufgetaucht?‹«

In der Miene des Inspectors las sie Zustimmung. Er nickte und sagte: »Genau das ist es, was die Polizei sich ebenfalls fragt. Sämtliche Aussagen stimmen darin überein, dass Mr Sands sich recht kurzfristig entschloss, der Einladung zu dieser Reise zu folgen. Er war auf dem Sprung nach Brighton am Abend Ihres Festes. Warum kam er und verlangte Mr von Sachsfeld zu sprechen? Aus welchem Grund?«

»Ich nehme an, Sie fragen mich jetzt nach einem, aber ich habe nicht die leiseste Ahnung. Kann denn Lady Virginia darüber keine Auskunft geben?«

»Nein. Weder sie noch Mr Sands' Kommilitonen noch seine Eltern.«

»Eins ist sicher«, verkündete Tante Jo und stellte ihre Tasse ab. »Es muss ein sehr triftiger Grund gewesen sein, nicht wahr, Inspector?«

»Etwas, das nicht warten konnte, bis er von seiner Reise zurückkehrt«, murmelte Gloria.

»Mr von Sachsfeld hat nicht zufällig irgendetwas gesagt, das Aufschluss geben könnte?«, fragte der Inspector Gloria. »Am Vormittag vor dem Ball waren er und Lady Virginia bei Ihnen, nicht wahr? Erinnern Sie sich an irgendetwas, das uns weiterhelfen könnte?«

Gloria schüttelte langsam den Kopf. »Sie erzählten ein wenig von ihrer Hochzeitsreise, dann sprachen wir kurz über den bevorstehenden Ball«, antwortete sie nachdenklich. »Oh, und ja, die Rede kam auch auf Mr Sands. Es war Lady Virginia, die mir mitteilte, dass er nicht zur Eröffnungsfeier kommen könne, weil er verreise. Offenbar hatten sie also schon mit ihm gesprochen. Oder per Brief kommuniziert. Sie waren ja erst am Abend zuvor zurückgekehrt.«

Der Inspector nickte bestätigend. »Mr Sands schickte eine kurze Notiz.« Er hob die Tasse samt Unterteller auf Brusthöhe und nahm einen Schluck Tee.

»Was gedenken Sie nun zu tun, Inspector?«, fragte Tante Jo. »Wollen Sie ihm hinterherschwimmen?«

Der Inspector schmunzelte. »Etwas in der Art hatten wir tatsächlich überlegt«, erwiderte er und Gloria gefiel, dass er auf Tante Jos humorvolle Äußerung einging. »Aber Mr Sands befindet sich irgendwo auf dem Atlantik, und das war mir dann doch zu weit und vor allem zu unsicher.«

Sie lachten.

»Was wir tun können, haben wir getan. Die Polizeistationen sowie die Hafenämter von Portsmouth bis Hastings sind informiert. Mr Sands' Freund stammt aus Brighton, von dort segelten die beiden los. Falls sie zurückkommen, werden wir das erfahren.«

»Glauben Sie etwa, er kommt nicht wieder?«, fragte Gloria.

»Falls er der Mörder ist, könnte das gut möglich sein.«

»Was ist eigentlich mit dem jungen von Löwenstein?«, warf Tante Jo ein. »Ist er aus dem Rennen?«

»Höchstwahrscheinlich«, antwortete der Inspector. »Er hatte sich mit einer Flasche Wein in den ersten Stock in ein Zimmer zurückgezogen. Sowohl der Butler als auch die beiden Kellner bestätigten seinen enormen Alkoholkonsum. Auch einige der Gäste. Er muss dort oben eingeschlafen sein. Als er wieder zu sich kam, war das Verbrechen bereits geschehen.«

Gloria, die den Grund für Mr von Löwensteins Rückzug zu wissen glaubte, fragte: »Aber ob es tatsächlich so war, ist nicht erwiesen?«

»Da niemand bei ihm war, haben wir nur seine Aussage«, antwortete der Inspector.

»Er könnte also durchaus der Täter sein«, bemerkte Tante Jo. »Und sich *nach* seiner Tat oben aufgehalten haben.«

»Etwas spricht dagegen«, sagte Inspector Olive und erhob sich. »Es waren keine Blutspuren an Mr von Löwensteins Kleidung. Auch an Sir Johns oder an eines anderen Kleidung im Übrigen nicht. Und wir gehen nicht davon aus, dass jemand auf dem Fest ein Ersatzhemd dabeihatte, falls er das seine mit Blut besudelt, wenn Sie verstehen, was ich meine.«

»Sie meinen, all das spricht für Mr Sands, der verschwand, vermutlich mit blutbesudelter Kleidung«, bemerkte Tante Jo.

Der Inspector lächelte und nickte. »Danke, dass Sie mich empfangen haben«, sagte er. »Falls Ihnen noch irgendetwas einfällt, was von Belang sein könnte, lassen Sie es mich wissen.«

Tante Jo läutete nach Twentyman.

Der Inspector bedankte sich noch einmal für den Tee und ließ sich von Twentyman hinausführen.

Kapitel 17

Gloria hatte noch nie so viele Vehikel auf einem Fleck gesehen. Die Auswahl bei Simmon's war überwältigend. Das Geschäft hatte sich vollkommen auf den neuen Sport eingerichtet und bot Fahrräder sowie Zubehör aller Art an. Im hinteren Teil der Ausstellungshalle standen sogar noch zwei Hochräder, obwohl die immer mehr aus der Mode kamen. Sie mussten hübscheren – und funktionaleren – Zweirädern weichen, die offenkundig auch leichter zu handhaben waren. Doch ein solches Rad kam für sie selbstredend nicht in Frage. Das einzige Gefährt, das für eine Lady schicklich war, war ein Tricycle, ein Dreirad.

Der Verkäufer, ein drahtiger Mann von untersetzter Statur und mit strammen Waden – er trug Knickerbocker, damit man sie auch gebührend bewundern konnte, nahm Gloria an –, steuerte mit einem breiten Lächeln auf sie und Alexander zu und fragte nach ihren Wünschen.

»Die Lady hier hätte gerne ein Dreirad«, sagte Alexander. Er trug ein helles Sakko in legerer Weite mit zwei Knopfreihen, um, wie Gloria vermutete, ein wenig sportlich zu erscheinen. Dass er, laut eigener Aussage, nichts von Fahrrädern verstand, ließ diese Aufmachung jedenfalls nicht erkennen. Sie fand es entzückend, dass er sich ihr zuliebe sportlich gekleidet hatte.

Der Verkäufer streckte den Arm zu den ausgestellten Modellen und bat sie, ihm zu folgen. »Ist die Dame schon einmal auf einem Rad gefahren?«, wollte er von Alexander wissen, der neben ihm ging.

»Nein«, antwortete Gloria und der Kopf des Mannes ruckte zu ihr herum. Sie lächelte ihn an. »Ich nehme an, man kann eine Probefahrt machen?«

»Selbstverständlich«, erwiderte der Verkäufer. »Das ist sogar unerlässlich, damit Sie ein Gefühl für das Velociped bekommen und sich mit seinen Funktionen vertraut machen.« Er wandte sich wieder Alexander zu und erläuterte: »Bislang war das Radfahren ja ausschließlich als Sport für Männer angesehen. Aber heutzutage widmen sich Frauen fast jeder Klasse dem neuen Zeitvertreib. Die jungen Prinzessinnen sind ergebene Radfahrerinnen!«

»So?«, entgegnete Alexander.

»Oh ja«, sagte der Verkäufer im Ton dessen, der bestens informiert ist. »Es ist ungemein gesundheitsfördernd. Erwiesenermaßen verschwinden Kopfweh, Rheumatismus sowie Nervenschmerzen und tausend andere kleine Kümmernisse wie durch Zauberhand. Das wird Ihnen jeder Arzt bestätigen.«

»Ist das so?«, kommentierte Alexander, während sie bei den diversen Modellen stehen blieben.

»Oh ja!«, bestätigte der Verkäufer mit ernster Miene und fügte an: »Zweifelsohne wird das Radfahren von vielen Leuten noch immer mit Skepsis betrachtet. Nicht wenige ziehen missbilligend die Augenbrauen hoch, wenn nur die Rede auf ein Fahrrad – insbesondere eine Dame auf einem Fahrrad – kommt. Aber ich versichere Ihnen, täglich wächst die Popularität dieser Art der Fortbewegung. Auch dank der Königin, die sich, wie wir alle wissen, vor einigen Jahren ein Dreirad gekauft hat.« Der Verkäufer sprach in einer Art und Weise, als müsse er Alexander erst noch davon überzeugen, seiner Ehefrau ein Fahrrad zu kaufen. Dass Gloria weder seine Frau war, noch ihn überreden musste, dem Kauf zuzustimmen, bemerkte er in seinem Eifer offenbar nicht. Und Alexander, tadellos höflich, nickte lediglich zu den Ausführungen des Mannes, was Gloria innerlich schmunzeln ließ. Sie war froh, dass er mitgekommen war, auch wenn es sie ärgerte, dass der Verkäufer sich fast ausschließlich an ihn wandte. Aber da das zu erwarten gewesen war, ließ sie sich nicht weiter davon stören und betrachtete stattdessen die Auswahl der Räder.

Neben den gängigen Zweirädern für Herren, die im mittleren und hinteren Teil der Halle standen, gab es zahlreiche Dreiräder, die man nahe der kleinen Fensterfront ausgestellt hatte, damit man sie von draußen bewundern konnte. Denn der Verkäufer hatte ihnen ja bereits erklärt, dass immer mehr Damen, egal aus welcher Klasse, zum Vergnügen radelten oder aus gesundheitlichen Gründen. Oder sie sahen es als Hilfe bei ihrer täglichen Arbeit. Entsprechend variantenreich waren die Modelle. Es gab welche mit zwei großen Vorderrädern und einem kleinen Hinterrad, eines hatte ein großes Rad auf der einen und zwei kleine Räder auf der anderen Seite, und ein weiteres war laut Auskunftsschild ein »Sociable«, ein Zweisitzer, bei dem zwei Fahrerinnen nebeneinander sitzen konnten.

»Dies hier ist unser beliebtestes Modell«, sagte der Verkäufer mit unverkennbarem Stolz in der Stimme. »Das ›Royal Salvo‹. Königin Victoria besitzt es ebenfalls.«

Gloria fiel ein, dass sie seinerzeit in dem Artikel über das Radfahren in »Woman's World« diverse Markennamen gelesen hatte, erinnerte sich aber jetzt natürlich an keinen einzigen mehr.

»Hier haben wir ein ›Premier‹, und dies hier ist ein ›Royal

Crescent‹. Beides ebenfalls ausgezeichnete Marken«, erläuterte der Verkäufer, während er auf die jeweiligen Modelle zeigte. Es vergingen einige Minuten, in denen der Mann beflissen auf Ähnlichkeiten und Unterschiede hinwies, Vorzüge benannte, Funktionsweisen erklärte. Gloria trat zum »Royal Salvo« und sagte: »Mir gefällt dieses.« Der Sitz war aus Leder, er war zwischen zwei großen Hinterrädern aufgehängt und sah bequem aus. Vorne hatte es ein kleineres Rad.

»Ausgezeichnete Wahl, meine Dame. Wie schon gesagt, ist dies auch das Rad, das die Königin erwarb. Dies hier ist bereits mit den modernen Luftreifen ausgestattet.«

»Ich möchte es fahren«, verkündete Gloria.

»Selbstverständlich«, erwiderte der Verkäufer. Er winkte einen Burschen herbei, der das Rad hinaus auf den Hof führen sollte.

»Erlauben Sie mir, Ihnen einige Hinweise zu geben«, sagte der Verkäufer. »Es ist denkbar einfach, in die Pedale zu treten, und das Steuern ist letztlich reine Übungssache. In einer halben Stunde haben Sie das gelernt. Am Anfang sollten Sie entsprechend vorsichtig sein. Versuchen Sie nicht, schnell zu fahren. Die Geschwindigkeit später dann nur langsam steigern.« Die weiteren Ratschläge richtete er an Alexander. »Man sollte zu Beginn selbstverständlich immer auf bekannten Straßen fahren und mit Touren von etwa einer halben Meile beginnen. Das kann man dann nach Belieben ausweiten. Niemals sollte man nach einem schweren Essen starten. Auch sollte man sich nicht zum Essen niederlassen, wenn eine lange und ermüdende Fahrt noch nicht beendet ist. Übermüdung sollte man ohnehin vermeiden und sich nach starker Erhitzung ausruhen. Außerdem versteht sich von selbst, dass man vorsichtig fahren und nie vergessen sollte, dass Karambolagen mit Kutschen, anderen Gefährten und Fußgängern möglich sein können.« Er lächelte, und weil Alexanders Miene ausdruckslos blieb, fügte er an: »Sie müssen wissen, ich erkläre das stets routinemäßig. Sicher sind Ihnen sowohl Vorzüge als auch Gefahren bewusst.«

»Gewiss«, erwiderte Alexander.

Schließlich standen sie im sonnenheißen, staubigen Hof des Anwesens neben dem Velo. »Als Letztes sei noch gesagt«, wandte sich der Verkäufer nun endlich wieder an Gloria, »dass das Thema Kleidung bedacht werden muss. Man sollte sich so leicht wie möglich anziehen, dennoch warm, und stets auf Wetterumschwünge gefasst sein.«

Er lächelte ein serviles Lächeln und sagte zu Alexander: »Für eine Lady ist es möglich, im Sattel eines Velocipeds ebenso würdevoll und elegant auszusehen wie in jeder anderen Position in ihrem Leben auch.«

Alexander nickte lediglich leicht.

»Schauen Sie, meine Dame, hiermit lenken Sie, dies hier ist die Bremse und dies sind die beiden Lichtgehäuse, schließlich wollen Sie gesehen werden, nicht wahr! Oh, und hier, auf dieser kleinen Plattform, lassen sich Koffer und Taschen unterbringen, falls Sie einmal eine längere Tour unternehmen wollen. Nun dann, bereit?«

Gloria nickte, nahm Alexanders Arm zu Hilfe und bestieg das Rad. Sie fühlte sich sofort wohl. Vorsichtig trat sie in die Pedale – und das Velo setzte sich in Bewegung. Der Verkäufer lief auf der einen Seite, der Bursche auf der anderen nebenher. »Das machen Sie sehr gut«, rief der Verkäufer enthusiastisch.

Und so fuhr sie dahin, übte das Bremsen, lernte das Wenden, trat etwas fester in die Pedale, genoss den Luftzug beim Fahren und die Bewegung an sich. Nach zwanzig Minuten stieg sie herunter und strahlte über das ganze Gesicht. Dass es einen solchen Spaß machte! Sie fasste sich mit beiden Handrücken an die erhitzten Wangen, als sie zu Alexander trat. Sein Lächeln zeigte ihr, dass er sich für sie freute.

»Willst du dir nicht auch eins kaufen?«, flüsterte sie ihm zu.

»Ganz ausgezeichnet!«, jubelte der Verkäufer und klatschte einmal in die Hände, als er zu ihnen trat.

»Ich nehme es«, sagte Gloria.

Kapitel 18

Glücklicherweise hatte Lady Greville am nächsten Vormittag Zeit und war entzückt, Gloria zu ihrer Schneiderin zu begleiten. »Nichts ist so wichtig wie die Frage des Kostüms«, erklärte Lady Greville, als sie Mrs Heathcoats Atelier betraten.

Die Schneiderin war eine zierliche Person mit rotbraunem Haar, das sie ähnlich hoch aufgesteckt wie Lady Greville trug. Ihr grünes Tageskleid war die reinste Werbung für ihr Metier: sommerlich leicht, mit kleiner Tournüre, zweckmäßig und repräsentativ und dabei höchst adrett.

Gloria und Lady Greville nahmen auf einem gemütlichen, mit weinrotem Chintz bezogenen Sofa Platz. Mrs Heathcoats Gehilfin brachte eine Erfrischung, die die Damen gerne annahmen.

»Einfachheit und Zweckmäßigkeit des Radlerkostüms müssen im Vordergrund stehen«, erläuterte Lady Greville, nachdem sie einen Schluck Limonade genommen und das Glas abgestellt hatte. »Die praktische Erfahrung hat gezeigt, dass Tweed oder Flanell in dunklen Farben am besten geeignet sind. Gewöhnliche Lauflänge und Weite reichen vollkommen. Allerdings sollte der Rock so beschaffen sein, dass er nicht in die Räder gelangt. Ein leichtes, tailliertes Jäckchen für den Sommer, eine einfache Norfolkjacke für kaltes Wetter – voilà, schon haben Sie den Grundstock für Ihre Velo-Garderobe gelegt.« Lady Greville lächelte zufrieden.

»Ich darf wohl anmerken, dass ich bereits das Vergnügen hatte, einigen Damen Velokostüme zu schneidern«, bemerkte Mrs Heathcoat mit samtweicher Stimme. Sie lächelte Lady Greville an. »Insofern kann ich Ihnen aus vollstem Herzen beipflichten. Keine schreienden Farben, keine flatternden Enden, auch keine Blumen, Bänder oder Federn.«

Lady Greville nickte zustimmend.

»Das leuchtet ein«, sagte Gloria.

»Da wäre noch ein Punkt von äußerster Wichtigkeit«, sagte Lady Greville, neigte sich ein wenig zu Gloria hin und hob die Hand, um ihre Aussage zu unterstreichen. »Auf keinen Fall ein Korsett! Es ist von Nachteil, unbequem und lästig.«

»Es gibt jede Menge modernen Ersatz dafür«, bestätigte Mrs Heathcoat. »Wir werden das Richtige für Sie finden, Lady Wingfield.« Und sie schnippte lächelnd mit dem Finger und bedeutete ihrer Gehilfin, den mit Stoffballen beladenen kleinen Rollwagen herzubringen.

Die nächste Stunde verbrachten die Damen damit, Stoffe auszuwählen, die richtige Unterwäsche zu erörtern (Dr Jaeger's schien die beste) und leinene Hemdkragen zu sichten. Mrs Heathcoat empfahl noch ein Schultercape aus Fell, um für die zweifelsfrei kommenden kühleren Tage gerüstet zu sein. Als alles so weit besprochen war, lehnte sich Gloria zufrieden zurück und lächelte in die Runde. »Ich danke Ihnen sehr, meine Damen!«

»Das Sommerkostüm sollte in einer Woche fertig sein, Lady Wingfield«, sagte Mrs Heathcoat.

»Sie haben nicht zufällig vor, sich selbst ein Velo zuzulegen?«, fragte Gloria ihre Schneiderin. Von Lady Greville wusste sie, dass diese einen Dreiradkauf nicht in Erwägung zog.

»Oh nein, ich denke nicht.«

»Sie sind doch nicht etwa ängstlich? Selbst die Prinzessinnen fahren Velo.«

»Es ist ja auch ein angenehmer Zeitvertreib für Prinzessinnen«, bemerkte Mrs Heathcoat mit einem Lächeln und in einem Tonfall, die verdeutlichten, dass sie für derlei Vergnügungen keine Zeit hatte.

»Wenn sie nicht gerade heiraten«, steuerte Lady Greville belustigt bei und sie lachten. »Nur warum es ausgerechnet ein schottischer Emporkömmling sein muss?«, meinte Lady Greville und zuckte die hübschen schmalen Schultern.

Ach, dachte Gloria, vor Kurzem hatte schon einmal jemand den Earl so bezeichnet.

Am Nachmittag traf sie sich mit Lilian bei Hatchards. Wenn sie sich schon ein Velo zulegte, wollte sie auch gleich richtig vorgehen und sich nicht nur mit entsprechender Kleidung, sondern auch mit Literatur versorgen.

Draußen vor der Buchhandlung standen Bänke, auf denen Dienstboten saßen und, in der Sonne schmorend, auf ihre Herrschaften warteten, die drinnen herumstöberten.

Kaum hatten Gloria und Lilian das Geschäft betreten, stieß Lilian Gloria sanft an und deutete mit den Augen und einem leichten Kopfnicken nach links. »Mr Wilde«, flüsterte sie.

Tatsächlich stand Oscar Wilde, in ein Buch blickend, in einer Ecke vor dem Durchgang zum hinteren Teil der Buchhandlung, wo sich ein gemütlicher Salon befand, in dem

Stammkunden plaudern und vor dem Kamin die Zeitung lesen konnten.

»Bestimmt überprüft er, ob sie sein Machwerk auch tatsächlich haben«, raunte Lilian leicht gehässig, während sie auf ihn zugingen.

Gerade hatte Mr Wilde »Das Portrait von Mr W. H.« veröffentlicht, eine verworrene Geschichte um Shakespeares vermeintliche Vorliebe für Jünglinge. Gloria hatte sie nicht gelesen, sie war noch nicht dazu gekommen.

»Guten Tag, Mr Wilde«, grüßte sie, als sie bei ihm ankamen.

»Lady Wingfield! Wie schön, Sie zu sehen!«, betonte Mr Wilde und verbeugte sich. »Mrs Fielding«, begrüßte er auch Lilian.

»Haben Sie vor zu verreisen?«, fragte Gloria, als sie bemerkte, dass Mr Wilde keineswegs sein eigenes Werk in Händen hielt, wie Lilian vermutet hatte, sondern einen Reiseführer.

»Die Chancen stehen gut, dass ich nach Deutschland reise«, antwortete Mr Wilde mit einem selbstzufriedenen Lächeln. »Sagt Ihnen der Name Barrett etwas?«

»Flüchtig«, bekannte Gloria.

»Ein amerikanischer Schauspieler und Regisseur«, erläuterte Mr Wilde und fügte, nicht ohne Stolz, an: »Er hat mir geschrieben, dass er meine ›Herzogin von Padua‹ auf die Bühne bringen möchte.«

»Oh, gratuliere!«, erwiderte Gloria.

»Danke sehr«, sagte Mr Wilde.

»Und deshalb müssen Sie nach Deutschland reisen?«, fragte Lilian.

»Er hält sich derzeit in irgendeinem deutschen Kurort auf und bat mich zu kommen, damit wir alles besprechen können.«

»Wie interessant«, kommentierte Lilian.

»Daher der Reiseführer«, sagte Gloria.

»Man möchte ja nicht gänzlich unvorbereitet sein.« Er lächelte. »Ich finde, es ist eine ausgezeichnete Okkasion, die Sprache zu verlernen.«

»Sprechen Sie denn Deutsch?«, fragte Lilian.

»Mein Französisch ist besser«, erwiderte Mr Wilde mit einem Schmunzeln.

»Und wann soll es losgehen?«, fragte Gloria.

»In einigen Tagen«, antwortete Mr Wilde.

»Dann wird Ihnen der triumphale Erfolg Ihrer Gemahlin bei unserer Diskussionsrunde Anfang August entgehen«, sagte Gloria scherzhaft. »Die Zeitungen werden voll der Lobeshymnen sein.«

Mr Wilde lachte auf. »Sie wird die Artikel für mich aufheben, das dürfen Sie mir glauben!«

Gloria und Lilian stimmten in sein Lachen ein.

»Aber – verzeihen Sie, wenn ich das so unverblümt sage – dürfen Sie denn verreisen?«, fragte Gloria.

»Sie meinen, mein Eheweib könnte es mir untersagen?«, konterte Mr Wilde in gespieltem Ernst und Gloria und Lilian lachten noch einmal.

»Nein, ich meine wegen der Polizei.«

»Oh«, machte Mr Wilde verstehend und nickte. »Ich habe ihnen gesagt, ich war es nicht, also kann ich los.«

Gloria musste schmunzeln. »Der Inspector suchte mich vorgestern noch einmal auf«, sagte sie, nun wieder ernst.

»Das hast du mir gar nicht erzählt«, warf Lilian erstaunt ein.

Gloria, überrascht von Lilians verschnupftem Ton, erwiderte: »Dazu war noch keine Gelegenheit.«

»Gibt es denn Neuigkeiten?«, fragte Lilian.

»Die Polizei fahndet nach Mr von Sachsfelds Freund.« Sie verkniff sich die Bemerkung, dass dieser Freund ein Verehrer Mr Wildes war.

»Ja, man muss sich seine Freunde gut aussuchen«, kommentierte dieser Glorias Auskunft.

»Wie auch immer, wir wollen Sie nicht länger stören, Mr Wilde«, sagte Gloria. »Ich wünsche Ihnen eine angenehme Reise und viel Erfolg bei Ihren Verhandlungen. Vielleicht hat man den Täter ja bereits gefasst, wenn Sie zurückkommen.«

»Das will ich doch sehr hoffen! Es macht London schrecklich ungemütlich, wenn man sogar auf einer zivilisierten Veranstaltung gemeuchelt werden kann.«

Sie verabschiedeten sich von dem Dichter und steuerten das Regal mit den Sportbüchern an.

»Guter Gott, er wirkt immer so gekünstelt auf mich«, flüsterte Lilian, als sie sich entfernten.

»Was ist nur in dich gefahren?«, fragte Gloria leise. »Du hast mich in Verlegenheit gebracht.«

Lilian blieb stehen und sah sie verdutzt an. »Ich? Weshalb denn das?«

»Dein Tonfall war tadelnd wie der einer Mutter, die ihr Kind wegen einer Ungezogenheit rügt.«

»Gute Güte, ich bitte dich!«, schnaubte Lilian leise. »Das ist doch nicht dein Ernst!«

»Wenn es nicht mein Ernst wäre, würde ich es nicht sagen«, flüsterte Gloria zurück.

»Das ist lächerlich, Belle, mimosenhaft.«

Zwei Damen, denen sie im Weg standen, zwängten sich mit interessierten Blicken an ihnen vorbei.

Gloria zog Lilian beiseite und raunte: »Du hast dich angehört, als wäre ich dir über jede einzelne Minute des Tages Rechenschaft schuldig!«

»Die Ermittlungen der Polizei betreffen uns alle! Ich bin ebenfalls im Vorstand und sollte über gewisse Dinge informiert sein, meinst du nicht?«

»Hast du mich denn schon darüber informiert, wie dein Besuch bei Mr Rigby war?«, giftete Gloria.

»Ich war noch nicht dort«, sagte Lilian indigniert.

»Du bist beleidigt, weil ich es Mr Wilde erzählte, bevor

ich es dir erzählte, nicht wahr? Das kann ich kaum glauben, Lilian!«

»Natürlich bin ich nicht beleidigt, hör auf, mir das zu unterstellen.« Lilian funkelte sie an.

»Gut, dann bist du nicht beleidigt.« Gloria starrte aufgewühlt auf das Buchregal vor sich.

»Wenn es dir so viel bedeutet, entschuldige ich mich selbstverständlich für mein Verhalten«, sagte Lilian im Ton derjenigen, die sich im Recht wähnt und der Person im Unrecht gegenüber Großmut zeigt.

»Mir bedeutet?«, zischte Gloria wütend. »Ich fand es einfach unpassend, dass du mich gerügt hast wie ein kleines Kind. Und jetzt lass uns dieses Thema beenden!«

Lilian sah sich verhalten um, weil auch andere Kunden zu ihnen hersahen. »Natürlich«, erwiderte sie steif. »Ich warte hinten im Salon auf dich, bis du dir deine Lektüre ausgesucht hast.« Damit rauschte sie mit einem festgefrorenen Lächeln davon.

Gloria fühlte sich zutiefst erschüttert durch diesen Streit. Sie kannte Lilian seit Jahren, sie hatten zusammen debütiert, hatten romantische Liebesschwärmereien ebenso geteilt wie später ihre Erlebnisse als junge Ehefrauen. Lilian war die Erste, der sie damals von Nick erzählt hatte. Und ihr, Gloria, hatte Lilian seinerzeit als Erster anvertraut, dass Robert ihr einen Antrag gemacht hatte. Sie hatten sich noch nie gestritten. Wieso jetzt? Weil wir uns noch nie so oft und regelmäßig sahen wie in den vergangenen Monaten, folgte die Antwort auf dem Fuße. Die Treffen mit der Freundin waren aufgrund der Entfernung selten gewesen und daher kostbar und voller Freude und Gemeinsamkeiten; die Briefe erzählten von ihrem Leben und der Sehnsucht, sich bald wieder zu sehen. Da blieb kein Platz fürs Streiten. Ganz anders dagegen die letzten Monate voller Arbeit und Schwierigkeiten, die besprochen und gemeistert, Verhandlungen, die geführt und Vereinbarungen, die getroffen werden mussten. Und dann zum Schluss ein Verbrechen! Gute Güte, kein Wunder, dass ihre Nerven blank lagen. Einmal mehr spürte sie den Zorn auf den Täter und wünschte, sie könnte irgendetwas tun, um ihn zu fassen. Sie atmete tief durch und nahm nun endlich Notiz von den Büchern vor sich. Kricket, Reiten, Fischen … hier: Radfahren. Sie griff nach einem Buch mit dem Titel »Modernes Radfahren«, dessen Untertitel »mit praktischen Illustrationen« verkündete, und ging damit in den Salon.

Lilian saß in einem tiefen Sessel und las in der »Fortnightly Review«, einem Magazin, das monatlich erschien und neben Themen wie akademische Reformen, Frauenemanzipation und Berichten über Arbeitsplätze auch Literarisches sowie Buchrezensionen veröffentlichte.

Gloria setzte sich in den Sessel daneben.

Lilian ließ das Heft sinken und sah Gloria an. »Es tut mir leid«, sagte sie.

»Ich weiß. Mir auch«, erwiderte Gloria und lächelte. Sie teilte Lilian ihre Überlegung mit, dass ihre Unstimmigkeit wohl daher rührte, dass sie sich in den letzten Monaten oft gesehen und viel gearbeitet hatten. »Und dann noch dieser Mord«, schloss sie. »Es ist kein Wunder, dass wir reizbar sind.«

»Da magst du wohl recht haben«, meinte Lilian nachdenklich.

»Alles wieder gut also?«, fragte Gloria.

Lilian sah auf das Magazin in ihrem Schoß, fasste Glorias Hand und drückte sie. »Alles wieder gut«, raunte sie und schmunzelte.

»Fein, dann lass uns einen Blick in dieses Buch werfen.« Auf der Titelseite von Mr Spencers »Modernes Radfahren« sah man einen bärtigen Mann mit roter Kappe auf einem Hochrad fahren. Ihm folgte ein Reiter und beide Männer sahen hinunter auf einen Hasen, der tot am Wegrand lag.

»Oh Gott«, sagte Lilian und deutete auf das Tier. »Der wird ihn doch nicht überfahren haben?«

»Ob er dann nicht vom Rad gestürzt wäre?«, fragte Gloria halblaut.

»So könnten jedenfalls die Gefahren aussehen, denen du künftig ausgesetzt sein wirst, wenn du mit deinem Velo durch die Gegend braust.«

Sie lachten leise.

»Komm«, sagte Gloria schließlich, »lass uns gehen und bei Lockhart's den Tee nehmen.«

Gloria bezahlte das Buch und sie verließen das Geschäft. Lilian spannte ihren Sonnenschirm auf. Dabei neigte sie sich ein wenig zur Seite, um niemanden zu behindern. Gloria folgte ihrer Bewegung mit den Augen – und stockte.

Er sah sie im selben Augenblick, raunte dem neben ihm sitzenden Dienstmädchen mit den hübschen roten Apfelwangen etwas zu, erhob sich und kam auf sie zu.

»Welch ein freudiger Zufall, Myladies!«

»Guten Tag, Mr Morris«, grüßte Gloria und auch Lilian wünschte einen Guten Tag.

»Es scheint Schicksal, dass wir uns immer wieder begegnen«, sagte Mr Morris mit einem galanten Lächeln.

Gloria entging nicht, dass sich das rotwangige Dienstmädchen, das neugierig hergesehen hatte, eingeschnappt abwandte und in die andere Richtung sah.

»Was führt Sie hierher, Mr Morris?«, überging sie etwas spitz seine Bemerkung. »Wollen Sie ein Buch kaufen?« Danach hat es ganz und gar nicht ausgesehen, dachte sie bei sich mit leichtem Missfallen.

Er beugte sich zu ihr vor und legte die Handkante seitlich an die Lippen, als wolle er eine vertrauliche Mitteilung machen. »Recherchen.«

»So?«, sagte sie in betont desinteressiertem Ton.

»Jede gesellschaftliche Begebenheit, über die man im Zuge der Hochzeit berichten kann, wird begierig aufgesogen. Selbst etwas so Unspektakuläres wie ein Buchkauf ist es wert, dass man es im Mindesten in einer Notiz erwähnt. Wie Sie wissen, kommen sogar Angehörige des Königshauses zu Hatchards. Der Herzog von Wellington bezeichnete sie als seine Lieblingsbuchhandlung. Gladstone und Disraeli wurden hier gesehen.« Mr Morris' Züge nahmen wieder diesen belustigten Zug an. »Wenn Sie also morgen lesen: ›Der Herzog von Pumpernickel ist angesichts der königlichen Hochzeit in der Stadt und wurde bei einem Besuch der Buchhandlung Hatchards gesehen‹, wissen Sie, unter welchen Mühen der Journalist an diese Information kam.«

»Mühen?«, fragte Gloria, zog die Augenbrauen hoch und ließ den Blick in Sekundenschnelle zu dem rotwangigen Mädchen zucken.

Mr Morris setzte eine gespielt ernst-bekümmerte Miene auf und entgegnete: »Ja, denken Sie denn, es ist einfach, diesen dienstbaren Geistern Informationen zu entlocken? Wenn Sie das glauben, machen Sie nur einmal einen Tag lang meine Arbeit!«

Sie musste unwillkürlich lächeln.

»Doch genug von mir! Sie haben offenkundig ein Buch gekauft?«, fragte er.

»Ich habe ein Velo gekauft«, verkündete Gloria. »Und nun entsprechende Literatur.«

»Ein Velo! Wie todesmutig! Ich sagte es ja, Sie sind eine beachtenswerte Frau, Lady Wingfield!«

Ohne hinzusehen wusste Gloria, dass es diesmal Lilian war, die die Augenbrauen in die Höhe zog.

»Wohin wird Ihr erster Ausflug Sie führen?«

Diese Frage hatte Gloria nicht erwartet, und daher zögerte sie einen Augenblick, ehe sie sagte: »Nun, ich weiß es noch nicht.«

»Ich könnte Ihnen einige schöne Strecken zeigen«, schlug Mr Morris vor.

»Besitzen Sie denn ebenfalls ein Velo?«, fragte Gloria überrascht.

»Nein.«

»Aber …«

»Erwähnte ich bereits, dass ich Journalist bin?«, fragte Mr Morris mit einem Augenzwinkern. »Es gehört zu meinem Beruf, bestens informiert zu sein.«

»Nun …« Gloria warf einen raschen Seitenblick auf Lilian.

»Selbstverständlich kann Mrs Fielding mitkommen. Haben Sie sich ebenfalls ein Velo gekauft, Mrs Fielding?«

»Nein«, antwortete Lilian trocken.

»Verstehe«, sagte Mr Morris aufgeräumt und machte einen Diener. Dann lächelte er sein belustigtes Lächeln und breitete die Arme aus. »Wie auch immer, ich möchte Sie nicht weiter aufhalten, verehrte Ladies. Zu Ihren Diensten, Lady Wingfield, jederzeit, das wissen Sie.« Ein tiefer Blick in ihre Augen, eine neuerliche Verbeugung, und er trat zur Seite, damit sie weitergehen konnten.

»Schicksal, soso«, sagte Lilian sarkastisch, als sie sich ein Stück entfernt hatten.

Gloria spürte, wie ihr Hitze in die Wangen stieg. Sie sah Lilian nicht an, hörte aber das Grinsen in deren Stimme, als sie ergänzte: »Der reinste Don Juan, unser Mr Morris.«

Kapitel 19

Lord und Lady Ashburton waren beide in ihren Siebzigern und legten, wie Gloria von Tante Jo wusste, keinen großen Wert mehr auf all den »gesellschaftlichen Rummel«. Aber ein, zwei Mal im Jahr luden sie den ein oder anderen alten Bekannten sowie ihre langjährige Nachbarin Lady Blythe zum Dinner ein.

In diesem Sommer erhöhten sie anlässlich der königlichen Hochzeit nicht nur die Zahl ihrer Abend- oder Teegesellschaften, sondern auch die der Gäste. Daher waren Gloria, Tante Jo und Alexander an diesem Freitag nicht die einzigen Anwesenden. Während Lord und Lady Ashburton am jeweiligen Kopfende des Tisches thronten, saß Gloria zwischen Lord und Lady Hastings. Alexander hatte man ihr gegenüber zwischen Tante Jo und Baron Fitzherbert platziert, einem alten Freund Lord Ashburtons, der schwerhörig und etwas tatterig war.

Alexander dürfte unterdessen selbst gemerkt haben, dass stimmte, was Gloria ihm am vergangenen Sonntag gesagt hatte: Tante Jo behandelte ihn wie ihren ausgemachten

Favoriten, und die Ashburtons reagierten mit entsprechend liebenswürdiger Herzlichkeit, die über Wohlerzogenheit hinausging. Es war offensichtlich, dass die beiden älteren Herrschaften von Alexander angetan waren. Gloria hatte nicht nur das erfreute Blitzen in Lady Ashburtons Augen gesehen, als sie Alexander begrüßt hatte, sondern auch den kurzen Blick, den sie Tante Jo zuwarf und der besagte: Sie hatten recht, meine Liebe, ein imponierender Gentleman, er gefällt mir.

Alexander nahm es mit höflicher Gelassenheit. Lächelnd beantwortete er Fragen nach seinem Gut in Leicestershire und plauderte mit Lord Hastings über Ökonomie.

Lady Ashburton lenkte das Gespräch hin zu allgemeineren Themen und zu guter Letzt langte man bei der bevorstehenden königlichen Hochzeit an. Sowohl Lady Ashburton als auch Lady Hastings teilten die gängige Ansicht, dass Prinzessin Louise keine ausgemachte Schönheit sei.

»Nun, ihr Verlobter aber auch nicht«, erwiderte Gloria kühn. Ihr tat die Prinzessin ein wenig leid, die den achtzehn Jahre älteren Mann und Freund ihres Vaters heiraten würde.

»Oh, aber der Earl gilt als ansehnlich und stattlich«, meinte Lady Hastings.

»Die ›Pall Mall Gazette‹ nannte ihn einen schottischen Emporkömmling«, warf ihr Ehemann ein.

Schon wieder diese Bezeichnung, dachte Gloria.

»Einen Offizier der königlichen Leibwache!«, schnaubte Baron Fitzherbert.

»Aber diesen Dienst tut er doch schon Jahre nicht mehr, Wertester!«, erklärte Lord Ashburton.

»Wie?«, machte der Baron.

»Ich sagte, diesen Dienst versieht er seit Jahren schon nicht mehr«, wiederholte Lord Ashburton lauter.

»Er ist in der Diplomatie tätig«, bestätigte Lord Hastings.

»So?«, sagte der Baron und schaute von Lord Hastings zu Lord Ashburton.

»Dieser Mr Twitter stiftet immer nur Unfrieden«, steuerte Lady Hastings bei.

»Er schrieb den Artikel?«, fragte Lady Ashburton.

»Das tat er doch, mein Guter?«, fragte Lady Hastings ihren Ehemann. Dazu beugte sie sich etwas vor und sprach an Gloria vorbei, sodass diese sich automatisch etwas zurücklehnte und Lord Hastings den Kopf zudrehte.

Lord Hastings bestätigte es.

»Wenn Sie mich fragen, gibt es keinen Respekt mehr heutzutage«, wandte sich Baron Fitzherbert an Alexander, indem er ihm die Hand auf den Unterarm legte.

Alexander, der im Begriff gewesen war, den Löffel zum Mund zu führen, konnte dies nun nicht tun und ließ den Löffel sinken. Gloria schmunzelte ihn über den silbernen Tafelaufsatz hinweg an. Alexander drehte unmerklich die Augen zum Himmel.

Geplauder, Belanglosigkeiten, laut gesprochene Wiederholungen für Baron Fitzherbert – so ging es über den Salat bis hin zum Lamm in Pfefferminzsoße, weshalb Gloria bisweilen gar nicht mehr zuhörte und stattdessen die hübschen Glaskaraffen und die beiden Streuer für Salz und Pfeffer in der Menage betrachtete und ihren Gedanken nachhing.

»Meine Großnichte hat sich ein Velo gekauft, es wurde heute geliefert«, hörte sie Tante Jo mit einem Mal verkünden. »Lord Lyndon hat sie begleitet und beraten«, fügte sie mit stolzgeschwellter Stimme an und Gloria sah, dass Alexander leicht die Augenbrauen hochzog.

»Ein Velo!«, rief Lady Ashburton erstaunt.

»Soho?«, fragte Baron Fitzherbert verwirrt.

»Ein Velo!«, erklärte Lady Ashburton laut.

»Ist das nicht gefährlich?«, fragte Lady Hastings.

»Man muss natürlich vorsichtig fahren«, erklärte Gloria,

der dieser Themenwechsel unangenehm war. Ältere Herrschaften wie die Ashburtons und die Hastings' hatten in der Regel nichts übrig für Neuerungen dieser Art. Schon gar nicht, wenn Frauen darauf fuhren. Aber auch aus einem anderen Grund hätte sie dieses Thema lieber vermieden. Sie wollte es vor Alexander nicht ausbreiten, weil …

»… und die richtigen Strecken kennen«, betonte Tante Jo. »Mr Morris wird sie ihr zeigen.«

… weil Mr Morris ihr geeignete Strecken zeigen würde.

Alexander, der gerade sein Glas zum Mund führen wollte, hielt in seiner Bewegung inne.

»*Der* Mr Morris?«, fragte Lady Hastings mit einem leicht bewundernden Unterton.

»Lady Wingfield kennt ihn, seit er sie interviewte«, steuerte Lady Ashburton mit Kennermiene bei. »Nicht wahr, meine Liebe?«, wandte sie sich an Gloria.

»Nun, kennen ist zu viel gesagt«, wiegelte Gloria ab und setzte ein dünnes Lächeln auf.

»Er schreibt wunderbare Artikel!«, erklärte Lady Hastings.

»Wo immer es über ein gesellschaftliches Ereignis zu berichten gilt, ist er vor Ort«, sagte Lady Ashburton.

»Man kann mit Fug und Recht sagen, er ist *der* Reporter unserer Klasse«, pflichtete Lady Hastings bei.

»Er versteht sich auf die Gepflogenheiten«, erläuterte Tante Jo und lächelte charmant. »Er sandte meiner Nichte ein Billett.«

»Guter Gott, ein Stilett?«, sagte Baron Fitzherbert mit besorgter Miene. »Was soll man denn davon halten?«

»Nein, ein Billett, Baron«, berichtigte Alexander mit ausgesuchter Höflichkeit und wandte sich seinem Sitznachbarn zu. »Er sandte ein Billett.«

»Wer?«, fragte der Baron.

»Ein Reporter«, erklärte Alexander und sein Tonfall bedeutete: Es ist nicht so wichtig, Baron.

»Aber Sie berieten Lady Wingfield doch beim Kauf des Velos, Lord Lyndon«, sagte Lady Ashburton mit leicht gerunzelter Stirn. »Wäre es da nicht vorteilhaft, ihr auch die besten Routen zu zeigen?«

Alexander sah zu Lady Ashburton, lächelte verhalten und erklärte: »Leider bin ich kein Spezialist für Londons Straßen. Dazu bin ich zu selten in der Stadt.«

»So?«, sagte Lady Ashburton und Alexander wandte sich wieder seinem Lamm zu.

Gloria sah rasch zu ihm hinüber, aber er war angelegentlich mit dem Essen beschäftigt und sah nicht auf. Sie fühlte sich unbehaglich. Außerdem war sie verärgert über Tante Jo, die ausgesprochen hatte, was sie selbst am liebsten für sich behalten hätte. Ja, Mr Morris hatte heute Morgen ein Billett geschickt und sie für den Sonntag eingeladen. Ja, sie hatte geantwortet, dass sie sein freundliches Angebot gerne annehmen würde. Gute Güte, was war falsch daran? Warum fühlte sie sich trotzdem schrecklich, als würde sie etwas *verheimlichen*? Es gab nicht den geringsten Grund dazu!

»Gibt es eigentlich schon Neuigkeiten bezüglich des abscheulichen Verbrechens, Lady Wingfield?«, fragte Lord Ashburton.

»Oh, … also ich glaube, die Polizei verdächtigt einen Freund Mr von Sachsfelds, der außer Landes ist«, erwiderte Gloria, leicht verwirrt über den Themenwechsel, der sie aus ihren Gedanken riss. Sie bemerkte, dass Alexander auf- und zu ihr herübersah. Seine Miene drückte neutrales Interesse aus, was sie seltsamerweise mehr berührte, als funkelte er sie zornig an. Aber was dachte sie da, es gab keinen Grund, zornig zu sein. Und selbst wenn er es wäre, war er zu sehr ein Gentleman, um es zu zeigen.

War er zornig?

Höflich sah er sie an, wartete, ob sie noch etwas anmerken wollte.

»Mehr weiß ich auch nicht«, sagte sie.

Alexander senkte den Blick auf sein Essen.

»Die Polizei war neulich noch einmal bei uns«, verkündete Tante Jo. »Der Inspector sagte, man fahnde nach diesem jungen Mann.«

»Wenn er es getan hat, wird er auf und davon sein«, meinte Lord Hastings und schüttelte missbilligend den Kopf.

Vornehmlich die Herren ergingen sich nun in Spekulationen über das Verbrechen, wobei sich Baron Fitzherberts Beitrag darauf beschränkte, darauf hinzuweisen, dass es heutzutage keinen Respekt mehr gäbe. Die Damen begnügten sich mit Beipflichten, denn inzwischen war die Johannisbeertorte serviert worden und diese Köstlichkeit erforderte besondere Aufmerksamkeit, ja Zuwendung.

Später begleitete Alexander Gloria und Tante Jo die paar Schritte bis zu Tante Jos Haustür. Er verabschiedete sich mit formvollendeter Höflichkeit, der eine Distanziertheit innewohnte, die Gloria ins Herz schnitt.

Kapitel 20

Es war ein strahlend schöner Julitag, ein Sonntagnachmittag wie geschaffen für vergnügliche Stunden im Freien. Mr Morris hatte Gloria in einem leichten Zweisitzer mit hübschen roten Rädern abgeholt. Sie hatten Mayfair in südlicher Richtung verlassen und fuhren nun auf der wenig attraktiven Commercial Road auf die Themse zu. Gloria sagte, was sie schon zuvor in der Buckingham Palace Road und in Grosvenor Place gesagt hatte: »Hier könnte man überall gut Velo fahren.«

»Sie müssen nur bedenken, dass am heutigen Sonntag weniger Verkehr ist als an den Wochentagen.«

»Weshalb Sie für unseren Ausflug Straßen wählen, in denen es kaum Geschäfte, Banken und Kanzleien gibt, vor denen sich der Verkehr in der Regel staut.«

Statt einer Antwort schenkte Mr Morris ihr lediglich einen seiner belustigten Schmunzelblicke, denn sie hatte nur wiederholt, was er ihr gleich zu Beginn der Fahrt gesagt hatte. Gloria spielte mit ihrem Sonnenschirm, denn dieser Blick verunsicherte sie noch immer. Amüsierte er sich über sie oder war es einfach seine Art, die Dinge zu betrachten?

»Was denken Sie?«, fragte er.

»Was ich …?« Überrascht sah sie ihn an.

Er schaute sie ebenfalls an, schmunzelnd, wandte den Blick dann wieder nach vorn auf die Straße und bog in die Chelsea Bridge Road ein.

»Dies und das«, antwortete sie und drehte ihren Schirm. »Wie hübsch die Bäume dort drüben aussehen, zum Beispiel, oder wie sehr der Fluss nach Sommer riecht.«

»Poetisches also«, kommentierte er.

»Wenn Sie so wollen, ja.«

Er nickte, als hieße er ihre Gedanken gut.

Sie erreichten die Kreuzung und er zügelte den Falben. Als der Weg frei war, schnalzte Mr Morris mit der Zunge, schwang den Zügel einmal auf und ab und das Pferd trottete weiter. Sie überquerten die Grosvenor Street und erreichten die Victoria Bridge. Gloria sah hinunter auf den Fluss, sah die Albert Bridge in einer halben Meile Entfernung, betrachtete das wohltuende Grün am Südufer der Themse, das die Nordseite des Battersea Park markierte.

»Ich nehme an, Ihr Weg führt Sie nicht oft südlich der Themse«, sagte Mr Morris.

»Nein, das tut er in der Tat nicht«, antwortete Gloria, während sie die Umgebung zu ihrer Linken betrachtete, die Eisenbahnbrücke, die parallel zur Victoria Bridge verlief und deren Schienenstränge in einen Wust aus Schienen entlang der Filterbecken der Wasserwerke mündete, die schmucklosen Maschinentürme und Schlote und die rußgeschwärzten Mauern der Häuser.

»Wie Sie schon sagten, können Sie überall in der Stadt mit Ihrem Velo herumfahren«, sagte Mr Morris, während sie die Victoria Road entlangklapperten. »Aber zum Üben auf relativ ruhigen Wegen eignen sich die Straßen rund um den Battersea Park. Im Prinzip können Sie gut einmal um den Park herumfahren.« Er streckte den Arm aus und deutete nach vorne. »Die Prince of Wales Road, die Albert Road und über die Albert Bridge zurück. Wir werden schauen, wie es mit den Wegen *im* Park bestellt ist.«

»Gerne«, sagte Gloria und lächelte.

Er lächelte zurück. Nicht belustigt. Einfach freundlich.

Gott, er war so unerhört attraktiv!

Sie folgten der Rechtskurve und gelangten in die Prince of Wales Road, die an der Südseite des Parks entlangführte. Links lag der Albert Palace, und die Häuser, die sich daran anschlossen, wurden wieder ansehnlicher. Nach einer Viertelmeile bog Mr Morris rechts auf einen Weg ab, der in den Park führte. »Wie gesagt, Sie können hier auch geradeaus weiterfahren«, sagte er.

»Aber wir wollen ja schauen, wie die Wege innerhalb des Parks beschaffen sind«, erwiderte Gloria – und gestattete es sich, belustigt zu schmunzeln.

»Wiederhole ich mich etwa?«, fragte Mr Morris. »Wie unverzeihlich!«

Sie gelangten an den »South Drive« genannten Weg, überquerten ihn, und schließlich hielt Mr Morris im Schatten eines kleinen Hains an, sprang vom Wagen und band den Falben an einem Baum fest. Dann half er Gloria, auszusteigen. Zu guter Letzt lupfte er eine Decke über einem Blechbehälter, den er am Wagenende befestigt hatte, öffnete den Behälter und zum Vorschein kamen zwei Flaschen Bier auf zerstoßenem und halb geschmolzenem Eis.

»Wohlan«, sagte er und reichte Gloria galant seinen Arm. »Setzen wir uns ein wenig ans Wasser.«

Sie ließen sich auf der Decke im Schatten nieder. Auf dem kleinen See fuhren Boote. Mr Morris öffnete die Bierflaschen und hielt Gloria eine hin. »Ich hoffe, es macht Ihnen nichts aus, aus der Flasche zu trinken?«

»Nein«, sagte sie. Sie hatte noch nie Bier getrunken, schon gar nicht aus einer Flasche, aber das sagte sie ihm nicht.

Stattdessen folgte sie seiner Aufforderung, hob die Flasche an und stieß sie gegen seine. Es machte *Klong*.

Gloria nahm einen Schluck und war überrascht, wie bitter es schmeckte. »Trinken Sie oft Bier?«, fragte sie.

»Es schmeckt Ihnen nicht«, sagte er.

»Doch«, behauptete sie. »Es schmeckt mir schon deshalb, weil Sie daran gedacht haben, es mitzunehmen.«

Mr Morris zog die Knie an und legte seine Arme darum; die Flasche behielt er in der Hand. Er drehte den Kopf und sah Gloria an. »Werden Sie hier mit Ihrem Velo fahren?«

»Ich denke schon«, antwortete sie. Und plötzlich musste sie lachen.

»Was?«, sagte Mr Morris.

»Wissen Sie, selbst wenn ich hier spazieren fahre, muss ich immer noch zuerst durch die halbe Stadt, um zum Park zu gelangen.«

»Natürlich«, erwiderte er und schmunzelte amüsiert, und dabei hielten seine dunklen Augen die ihren fest.

Da wurde ihr klar, dass es nie auch nur im Mindesten darum gegangen war, ihr eine hübsche Fahrradstrecke zu zeigen. Selbst wenn sie sich das noch so vehement eingeredet hatte, wusste sie doch, dass sie aus einem anderen Grund hier waren.

Ihr Herz pochte, Hitze stieg ihr in die Wangen und sie sah weg. Nicht unweit von ihnen saß ein Grüppchen junger Leute ebenfalls im Schatten, und auch sie hatten Flaschen dabei sowie einen Picknickkorb.

»Wie weit sind Sie mit Ihren Ermittlungen?«, fragte Mr Morris. Er streckte die Beine aus, lehnte sich seitlich auf den Ellbogen und sah sie an.

»Oh! Nun ja, ich bin in einer Sackgasse.«

»Warum?«

»Mein Hauptverdächtiger scheint unschuldig. Sir John übrigens ebenfalls. Die Polizei hat Mr von Sachsfelds Freund im Verdacht und lässt nach ihm fahnden.«

Mr Morris zog fragend die Augenbrauen hoch.

»Er wurde gesehen, wie er am Festabend kam und nach Mr von Sachsfeld fragte. Mr von Sachsfeld sprach offenbar mit ihm. Dann war er tot und sein Freund fort.«

»Wer ist der Freund?«

»Er heißt Sands. Kennen Sie ihn?«

Mr Morris schürzte die Lippen und schüttelte den Kopf. »Nein.«

»Ein etwas exzentrischer junger Mann.«

»Und er ist untergetaucht?«, fragte Mr Morris.

»Eigentlich brach er zu einer Segelpartie auf und schippert jetzt wohl irgendwo auf dem Atlantik herum. Wenn allerdings stimmt, was die Polizei vermutet und er der Täter ist, ist er womöglich tatsächlich untergetaucht. Haben Sie sich eigentlich noch ein wenig umgehört?«

»Ich habe es versucht, aber bei der Polizei war nichts in Erfahrung zu bringen. Und dann hatte ich keine Zeit mehr, Sie wissen ja, der Hochzeitstrubel.«

»Der ja nun vorbei ist. Ich bin gespannt auf Ihren Bericht morgen.«

Mr Morris nahm einen Schluck Bier. Dann deutete er auf Glorias Flasche und sagte: »Sie müssen es nicht trinken, wenn es Ihnen nicht schmeckt. Es war einen Versuch wert.«

»Oh, doch, doch!«, erwiderte sie und trank.

Er lächelte. Natürlich belustigt. »Ich sage ja, Sie sind eine tapfere Frau, Lady Wingfield.«

»Ein Schluck Bier macht mich noch nicht zur tapferen Frau, Mr Morris.«

Er schwieg einen Augenblick, dann fragte er: »Würden Sie mich einmal ins Gaiety Theater begleiten?«

Sie war zu überrascht, um zu antworten.

»Komödien, Operetten, Farcen, Sie wissen schon.«

»Natürlich weiß ich, was man dort gibt, Mr Morris.«

»Waren Sie schon einmal in einem Varieté?«

»Vor Jahren«, erwiderte Gloria mit einer entsprechenden Handbewegung.

»Kommen Sie mit. Ich lade Sie ein. Sie geben ›Faust up to Date‹, eine Burlesque. Sie läuft nur noch bis August.«

»Nun …«

»Die ›Morning Post‹ nannte das Stück einen Erfolg«, lockte er verschmitzt.

»Ich …«

»Kommenden Dienstag? Sie haben frei. Nicht wahr?« Tief der Blick aus seinen dunklen Augen. »Noch immer sind die Kurse, die dienstags stattfinden sollen, nicht belegt, richtig?«

Was sollte sie sagen? Sie sah hinüber zu dem Grüppchen junger Leute und hörte sich zustimmen.

Kapitel 21

Am Montagvormittag kam ein Mann, um seine Tochter für die Kurse Handelskunde und Rechnen anzumelden – die Dienstagskurse. Gloria erklärte ihm, dass sie einschließlich seiner Tochter erst vier Anmeldungen hatten, aber davon ausgingen, dass man im August dennoch mit diesen beiden Kursen beginnen könne.

»Ich hoffe es«, sagte der Vater. »Sie liegt mir in den Ohren damit. Will unbedingt in einem Kontor arbeiten.« Er schüttelte den Kopf über diese Grille seines Sprösslings.

Als die beiden gegangen waren, starrte Gloria, die hinter dem Schreibtisch saß, zum seitlichen Fenster hinaus auf die Backsteinwand des über den Hof gelegenen Hauses. *Noch immer sind die Kurse, die dienstags stattfinden sollen, nicht belegt, richtig?*, hörte sie Mr Morris' Stimme. Sie war beeindruckt gewesen, dass er sich das mit den Kursen gemerkt hatte. Sie war es noch immer. Und noch viel mehr. Nervös, um ehrlich zu sein. Sie sah zu Lilian, die vor ihr saß und die Einträge auf dem Anmeldeblatt vervollständigte.

»Lilian?«

Lilian sah auf. »Ja?«

»Ich muss … ich möchte dir etwas sagen.«

»Ja?«

»Ich habe gestern mit Mr Morris eine Spazierfahrt unternommen.«

Lilian ließ den Stift sinken. »Du hast was?«

»Seine Einladung, mir gute Velorouten zu zeigen, angenommen.«

»Das ist nicht dein Ernst!«

»Es ist nützlich, Strecken zum Üben zu kennen«, erwiderte Gloria etwas unterkühlt.

»Ihm geht es doch nicht um Velorouten, Belle!«

Das war ihr ebenfalls klar. Deshalb wollte sie ja mit Lilian darüber reden.

»Hat euch jemand gesehen?«

»Wie bitte?«

»Du kannst doch nicht mit einem *Reporter* ausgehen!«

»Seit wann bist du ein solcher Snob, Lilian?«

»Ist dir schon mal in den Sinn gekommen, dass er dich nur benutzt?«

»Nun werde nicht melodramatisch, Lilian. Es war nur eine Spazierfahrt!« Gloria war irritiert. Das war nicht die Reaktion, die sie von ihrer Freundin erwartet hatte. Weshalb war Lilian so ungehalten?

»Leute wie er wollen gesellschaftlich aufsteigen.«

»Jeder will gesellschaftlich aufsteigen, Lilian.«

»Männer wie er hängen sich dafür gerne an den Rock einer Frau von Stand.«

Gloria fuhr von ihrem Stuhl hoch. »Was ist denn nur los mit dir?«, fuhr sie Lilian an.

»Nichts ist los mit mir!«, gab Lilian mürrisch zurück.

Gloria ging vor ihr auf und ab. »Ich … ich brauche deine freundschaftliche Unterstützung, und du hast nichts Besseres zu tun, als mich zu verurteilen!« Sie blieb vor Lilian stehen und verschränkte die Arme vor der Brust.

»Ich verurteile dich nicht«, raunte Lilian.

»Was ist es dann?«

Lilian sah zu ihr auf. »Ich dachte, du und Lord Lyndon vielleicht …«

Gloria wandte sich ab, die Arme noch immer vor der Brust verschränkt. Ihr Herz klopfte.

»Ihr versteht euch doch gut«, hörte sie Lilian sagen.

»Na und?«, brummte sie.

»Belle.«

Gloria drehte sich um.

»Verzeih«, bat Lilian weich. »Vielleicht habe ich überreagiert. Ich bin derzeit …« Lilian unterbrach sich selbst und schaute auf das Anmeldeblatt vor sich. Schließlich hob sie den Kopf und ergänzte: »… etwas reizbar. Ich bin schwanger, Belle.«

»Du bist …« Gloria ließ die Arme sinken. Dann hastete sie auf Lilian zu, beugte sich zu ihr hinunter und umarmte sie. »Gratuliere!« Sie ließ Lilian los und lehnte sich an die Schreibtischkante. »Seit wann weißt du es?«

»Seit ein paar Tagen.«

»Und Robert?«

»Ist ganz aus dem Häuschen.« Lilian schmunzelte.

Gloria setzte sich.

»Bist du mir noch böse?«, fragte Lilian.

»Nur ein bisschen«, sagte Gloria und lächelte ihre Freundin an.

Lilian schnitt eine Grimasse. »Wo wart ihr?«, fragte sie dann.

»Battersea Park«, antwortete Gloria.

Lilian lachte. »Um dorthin zu gelangen, musst du zuvor drei Meilen durch die Stadt fahren!«

»Ach, tatsächlich?«, erwiderte Gloria ironisch.

»Aber egal welche Route sich gut zum Üben eignet. Immer musst du erst *dorthin* gelangen.«

»Er hat mich morgen Abend ins Theater eingeladen.«

Mit einem Ruck saß Lilian kerzengerade. »Belle!«

»Ich habe angenommen.«

Lilian rollte die Augen.

Gloria biss sich auf die Unterlippe und starrte vor sich.

»Er ist recht attraktiv«, räumte Lilian ein.

»Ziemlich«, erwiderte Gloria ohne aufzusehen.

»Sein heutiger Artikel in der ›Morning Post‹ über die königliche Hochzeit war ein Lesegenuss.«

»War er, ja.«

»Was werdet ihr euch anschauen?«

»Faust up to Date.«

»Oh!«, machte Lilian. »Interessant.«

»Er wird mich hier abholen. Erstens ist es näher zu The Strand. Und zweitens … möchte ich nicht, dass Tante Jo … du weißt schon.«

»Sie sähe es ebenfalls lieber, wenn es Lord Lyndon wäre, mit dem du ausgehst«, sagte Lilian, hob aber sofort die Hand in abwehrender Geste und fügte an: »Ich meine ja bloß.«

»Es ist nur ein Abend im Theater.«

»Natürlich«, entgegnete Lilian betont unbekümmert. »Nur ein Abend im Theater.«

Kurz vor zwölf Uhr stand Alexander in der Tür.

»Lord Lyndon, wie schön, Sie zu sehen!«, rief Lilian, die am Aktenschrank stand, um die Mappe mit den Anmeldungen einzuräumen.

»Ganz meinerseits, Mrs Fielding«, erwiderte Alexander mit einer leichten Verbeugung. Lächelnd trat er näher.

»Was für eine Überraschung«, sagte Gloria und versuchte, sich nicht ertappt zu fühlen.

»Lady Blythe sagte, du seist hier«, erklärte Alexander. »Aber das hätte ich mir ohnehin denken können.«

»Höre ich da einen Vorwurf, Lord Lyndon?«, fragte Lilian lächelnd und mit einem spaßigen Unterton, der darauf anspielte, Alexander verhielte sich wie ein Ehemann, der sich darüber beschwerte, seine Frau zu selten zu sehen, weil sie zu viel arbeitete. »Es ist nicht so, dass Gloria *immer* hier ist. Andere Vorstandsfrauen versehen den Dienst ebenfalls.«

»Gewiss«, sagte Alexander und lächelte ebenso.

»Du warst bei Tante Jo?«, fragte Gloria, weil ihr nichts anderes einfiel.

»Ja, ich … nun, ich wollte dich kurz sprechen.«

»Tut mir furchtbar leid, wenn ich unterbreche«, warf Lilian mit einem entschuldigenden Lächeln ein. »Aber ich muss mich verabschieden.« Sie griff nach ihrem Hut und ihrem kleinen Täschchen, dann reichte sie Alexander die Hand. »Hat mich sehr gefreut, Lord Lyndon.«

»Mich ebenfalls, Mrs Fielding«, sagte Alexander.

»Auf Wiedersehen, Belle!« Schon war sie aus der Tür.

Gloria wünschte, es wären noch zwanzig andere Leute hier. Sie fühlte sich verkrampft und war es wahrscheinlich auch. »Setz dich doch«, forderte sie Alexander auf und er nahm Platz.

»Möchtest du eine Erfrischung?« Sie erhob sich halb vom Stuhl. »Soll ich Sally …«

»Nein, nicht nötig, danke.«

Sie setzte sich wieder. Ließ ein kurzes Lächeln aufblitzen und schob Papiere von einer Ecke des Schreibtischs in die andere.

»Hattet ihr regen Zulauf heute Vormittag?«, fragte Alexander höflich.

Gloria erzählte von dem Vater und seiner Tochter und dass sich eine ältere Frau zum Singen angemeldet hatte.

»Es geht voran, nicht wahr?«, kommentierte Alexander. »Das freut mich.«

»Danke«, sagte Gloria.

»Und wie … wie war dein Ausflug gestern? Kennst du nun geeignete Routen für deine Fahrradtouren?«, fragte er aufgeräumt.

»Oh, ja, nett«, erwiderte sie und versuchte, so unbekümmert wie möglich zu klingen. »Die Straßen um den Battersea Park herum sind gut geeignet.«

Alexander nickte nachdenklich. »Knapp drei Meilen allerdings vom Grosvenor Square dorthin, die du durch verkehrsreiche Straßen fahren musst.«

Zum Kuckuck, darauf ritten aber auch alle herum! Sie machte eine Geste, die besagte: Nicht der Rede wert.

»Hast du es ausprobiert? Warst du etwa schon mit dem Velo unterwegs am Sonntag?«, fragte er, als sei ihm dieser Gedanke eben erst gekommen.

»Nein. Der Ausflug war mit der Kutsche.« Sie wollte Mr Morris nicht erwähnen, und doch hing sein Name in jedem Luftpartikelchen zwischen ihnen.

»Verstehe.« Er legte die Fingerspitzen aneinander. »Nun, also, ich wollte dich fragen, ob du morgen Abend mit mir ins Theater gehst.«

»Ins Theater?«, wiederholte sie einfallslos.

»Ins New Court vielleicht? Oder ins St. James's, wenn dir mehr nach Komödie ist.«

Er war gekommen, um sie ins Theater einzuladen? Persönlich, anstatt ein Billett zu schicken? Gute Güte, und jetzt? »Das ist … ausgesprochen reizend von dir, danke«, stotterte sie. »Aber ich kann nicht.«

»Oh«, sagte Alexander und runzelte die Stirn. »Aber es sind dienstags doch noch keine Kurse, wenn ich mich recht erinnere? Ich dachte, du hättest den Abend womöglich frei.«

Lieber Gott, auch er hatte an die noch unbelegten Dienstage gedacht. Das rührte sie plötzlich ungemein. Und brachte sie nur noch mehr durcheinander.

»Ich … ja, du erinnerst dich richtig, aber … ich habe bereits eine Verabredung.«

»Ach so«, sagte er, senkte den Blick und schnippte einen Fussel von der Hose. Dann sah er wieder auf, setzte ein betont munteres Lächeln auf und fügte an: »Ich dachte nur, weil es die letzte Woche in London ist … nun ja, einerlei.«

Sie erwiderte sein Lächeln, ebenso aufgesetzt munter. Sie brachte es nicht über sich, ihm als Alternative den Mittwoch vorzuschlagen. Sie wusste nicht, was am Mittwoch sein würde. Oder am Donnerstag. Sie wusste augenblicklich gar nichts mehr.

»Nun, dann …«, begann er und erhob sich. Er sah sie an, etwas Intensives lag in seinem Blick, als er anfügte: »Dann bleibt es bei Sonntag?«

»Ja«, erwiderte sie und nickte, obwohl sie auch das nicht mehr wusste. Die Fahrt nach Kent lag unwirklich fern.

»Auf Wiedersehen. Und einen schönen Abend morgen.« Er sagte es höflich, unbekümmert fast, aber seine Narbe zuckte und in seinen Augen las sie, dass er wusste, mit wem sie verabredet war.

Kapitel 22

Am Dienstag saß Alexander bereits am späten Nachmittag in der Bibliothek des Travellers Club, weil er nichts Rechtes mit sich anzufangen wusste.

Er hatte am Vormittag Reisevorbereitungen getroffen und war bei seinem Schneider gewesen. Bis vier Uhr hatte er noch einige Korrespondenzen erledigt, dann hatte er sich von Finley in den Club fahren lassen. Jetzt saß er in einem gemütlichen Ledersessel und blätterte lustlos in der »Evening News«, weil Oberst Montcore ihm die »Pall Mall Gazette« vor der Nase weggeschnappt hatte. Oberst Montcore, ein stets mürrischer Zeitgenosse, hatte sich mit der Zeitung weit entfernt von Alexander niedergelassen, um zu verdeutlichen, dass er seine Ruhe haben und keinesfalls in eine Konversation verwickelt werden wollte. Außer ihnen beiden schlich lediglich der Portier auf leisen Sohlen zum Anschlagbrett bei der Tür, um die Ergebnisse von Pferderennen sowie die Wettervorhersagen für heute Abend und morgen früh anzuschlagen.

Alexander hatte vor, nachher im Speisesaal ein frühes

Abendessen einzunehmen, denn den Lunch hatte er ausfallen lassen, weil er keinen Hunger gehabt hatte. Es schlug ihm verflixt noch eins auf den Magen, dass dieser Morris andauernd um Gloria herumscharwenzelte. Dieser selbstgefällige Schreiberling mit seinem öligen Grinsen, dem er bereits am Eröffnungsabend des Frauenbildungsvereins am liebsten den Ingwerpunsch ins Gesicht geschüttet hätte! Warum, zum Teufel, ging sie mit ihm aus? Ins *Theater*! Gefielen ihr Morris' Avancen etwa? Noch vor drei Wochen hätte er gesagt nein. Sie war nicht die Art Frau, die sich von einem x-Beliebigen beeindrucken ließ. Schon gar nicht von so einem dahergelaufenen *Irgendwer*. Aber augenblicklich wusste er nicht mehr, was er denken sollte. Zum Beispiel, was war mit Kent? Immerhin hatte sie ihn in ihr Elternhaus eingeladen. Da wären sie ziemlich unter sich, hatte er angenommen, sah man vom Verwalter und den Bediensteten sowie Nachbarn ab, die sie ihm vielleicht vorstellen würde. Er hatte sich über die Einladung gefreut. Hatte sogar vor, eine Gegeneinladung nach Loughborough House auszusprechen. Seine Mutter mochte sie und würde ihre Gesellschaft aufrichtig schätzen, das wusste er. Ja, er war gerne mit ihr zusammen. Etwas Heiteres kam im Zusammenspiel mit ihr zum Vorschein, eine Leichtigkeit auch, die er zuvor nicht gekannt hatte und die wohltuend auf ihn wirkte. Ihm war schon öfter durch den Kopf gegangen, dass seit dem Jahr ihrer Bekanntschaft etwas Vertrautes in ihrem Umgang entstanden war, eine Vertrautheit, die diese Leichtigkeit erst möglich machte. Es verwunderte ihn, dass es so etwas zwischen Mann und Frau geben konnte, aber er genoss es zu sehr, um es weiter zu hinterfragen. Und nun ging sie mit diesem Morris aus! Er musste sich eingestehen, dass ihn diese Vorstellung rasend machte. Sie würde die Treppe in Lady Blythes Haus herunterkommen, wie sie sie damals heruntergekommen war, als sie zum Ball der Herzogin aufgebrochen waren. Doch ihr Lächeln würde nicht wie an jenem Abend ihm, sondern Morris gelten. Lady Blythe würde den beiden einen schönen Abend wünschen, wie sie es damals *ihm* und ihr gewünscht hatte … Würde sie das wirklich? Hieß Lady Blythe gut, dass Gloria mit diesem Mann ausging? Nun, selbst wenn nicht, war Gloria nicht die Frau, die sich von ihrer Tante in ihre Angelegenheiten hineinreden ließ. Dieses selbstbewusste für sich und ihre Belange Einstehen war etwas, das er anfangs an ihr enorm nervtötend gefunden, inzwischen aber schätzen gelernt hatte. Auch dies machte den Umgang mit ihr angenehm. Ach zum Teufel, er musste dieses Gedankenkarussell stoppen! Um sich abzulenken, warf er wieder einen Blick in die »Evening News«. Tom Twitter ließ sich abfällig darüber aus, dass die Königin den Earl of Fife heute zum Duke of Fife erhoben hatte. »Zwei Tage im Bett ihrer Enkelin, schon erwacht er als Herzog. Wenn das kein Grund zum Feiern ist für einen schottischen Emporkömmling!«, schrieb er mit unverkennbarer Häme.

Guter Gott, dieser Twitter war wirklich ein bösartiger Vertreter seiner Zunft. Alexander versuchte es mit den Börsen- und Wirtschaftsnachrichten, aber er konnte sich einfach nicht recht konzentrieren. Er ließ die Zeitung sinken und zog seine Taschenuhr hervor. Halb sechs. Die meisten Theateraufführungen begannen um halb acht oder acht Uhr. Eineinhalb Stunden also etwa noch, ehe Gloria diesen Morris sehen würde.

Gegen sechs knurrte sein Magen zum zweiten Mal, und so stand er auf, legte die »Evening News« auf den Tisch zu den anderen Zeitungen und schickte sich an, ins Speisezimmer hinüberzugehen. Im selben Augenblick faltete auch Oberst Montcore die »Pall Mall Gazette« zusammen, bewegte in der ihm eigenen Art die geschürzten Lippen dreimal auf und ab und sagte schließlich: »Interesse an der ›Gazette‹, Lord Lyndon?«

Kapitel 23

Es war viertel nach sechs. Gloria stand im Badezimmer im Haus des Frauenbildungsvereins und starrte in den hübsch gerahmten Spiegel über der Waschkommode. »Was bin ich im Begriff zu tun?«, fragte sie das Gesicht ihr gegenüber. Noch trug sie ihr Nachmittagskleid. Aber ihre Abendrobe samt Schuhen und Haarschmuck lag in einer kleinen Reisetruhe, die sie gestern hatte herbringen lassen. Sie würde allein damit zurechtkommen müssen, sich anzukleiden, aber das hatte sie einkalkuliert und das violette, sommerlich leichte Abendkleid gewählt, das sich vorne zuknöpfen ließ.

Im Haus war es still. Sally, die normalerweise jeden Abend von halb sechs bis halb zehn zu arbeiten hatte, hatte dienstags frei, solange die Kurse dieses Abends noch nicht belegt waren. Also war sie allein und sie war nervös.

In einer Stunde würde Mr Morris sie abholen.

Sie würde mit ihm ins Theater gehen – und dann?

Sollte sie tun, auf was diese Sache hinauslief?

Ja oder nein?

Wäre sie verrucht, wenn sie es täte?

Wenn sie sich den Blick aus seinen tiefbraunen Augen in Erinnerung rief, waren ihre Gedanken keineswegs keusch. Sie spürte die Verlockung, die von ihm ausging, körperlich. War das unschicklich?

Ja.

Dabei kannte sie derlei Empfindungen, sie hatte sie mit Nick erlebt. Aus dem freundlichen Interesse aneinander hatte sich Leidenschaft und Liebe entwickelt. Sie hatten beieinander sein, ihr Leben teilen wollen, ehrbar, auch wenn der Umstand eines verschollenen Ehemanns sie daran gehindert hatte, ihre Beziehung auf einen achtbaren Sockel zu stellen. Aber sie hätten es getan, hätte Andrews Mutter ihn endlich für tot erklären lassen. Dass sie sich weigerte, obwohl es wahrscheinlich war, dass er nicht mehr lebte, hatte sowohl in Glorias als auch in Nicks engstem Umfeld Verständnis und Mitgefühl für ihre Situation hervorgerufen. Beides würde man ihr in diesem Fall nicht entgegenbringen. Auch wenn es nur bei einem Mal bliebe. Andererseits, wer würde es erfahren, wenn sie die nötige Diskretion wahrten? Das Haus war leer. Niemand würde sie sehen.

Was aber, wenn Lilian recht hatte und Mr Morris an einer … nun, dauerhafteren Verbindung mit ihr interessiert war? Das könnte schwierig werden, denn sie war es nicht. Oder vielleicht doch? Gute Güte, wer konnte schon wissen, wie die Dinge sich entwickelten? Augenblicklich war sie bereit, die Schicklichkeit weit hintanzustellen. Das waren nicht einmal Überlegungen. Etwas anderes regierte sie. Die sinnliche Anziehung eines Mannes, der ihr nicht aus dem Kopf ging.

Sie konnte – und wollte – nicht daran denken, dass sie in wenigen Tagen nach Kent abreisen würde.

Und dass Alexander sie begleiten würde.

Ein bisschen hatte sie Schuldgefühle ihm gegenüber.

Denn wenn sie ehrlich war … er gefiel ihr und sie hatten es schön zusammen. Aber Tante Jos wiederkehrende Anspielungen und Winke hatten einen unbestimmten Trotz in ihr hervorgerufen und jedweden Gedanken an eine mögliche Verbindung mit ihm stets sofort verbannt. Ganz davon abgesehen, dass sie nicht wusste, wie er empfand. Er verhielt sich zuvorkommend und aufmerksam, aber nichts deutete darauf hin, dass er mehr als lediglich freundschaftliche Gefühle für sie hegte. Weshalb also sollte sie ihm gegenüber Schuldgefühle haben? Sie war ihm nicht verpflichtet. Warum hast du ihn dann nach Kent eingeladen?, fragte eine Stimme in ihrem Kopf. »Weil ich, wie gesagt, seine Gesellschaft genieße!«, antwortete sie ihrem Spiegelbild mit einem schnippischen Unterton.

Und damit sie die Skepsis in ihrem eigenen Blick nicht länger sehen musste, wandte sie sich ab und öffnete die Reisetruhe. Sie nahm das Abendkleid heraus und hielt es hoch. Elegant, aber nicht zu Aufsehen erregend, die Ärmel kurz und leicht gepufft, der Ausschnitt nicht zu tief und mit Volants und einem Hauch hübscher weißer Spitze besetzt.

Sie legte es zurück und begann, das Nachmittagskleid auszuziehen.

Kapitel 24

Alexander hatte die »Pall Mall Gazette« mit ins Speisezimmer genommen und las darin, während er auf seine Hammelkoteletts mit Erbsengemüse wartete. Hin und wieder nahm er eine Gabel Gurkensalat, den man ihm bereits serviert hatte. Er war der einzige Gast, kein Mitglied speiste für gewöhnlich zu so früher Stunde. Er überflog gerade den langweiligen Bericht über eine Sitzung des Unterhauses, als er jemanden sagen hörte: »Oh, guten Abend, Lord Lyndon!«

Alexander ließ die Zeitung sinken und sah auf.

»Mr Sands!«, rief er überrascht.

Mr Sands machte einen leicht erschöpften Eindruck. Außerdem hatte er ganz offensichtlich jede Menge Sonne abbekommen.

»Dass Sie hier sind, bedeutet wohl, Sie konnten die Fragen der Polizei zufriedenstellend beantworten?«, sagte Alexander zu dem jungen Mann, der noch immer an seinem Tisch stand.

»Die Polizei?«, fragte dieser verwundert.

»Scotland Yard.«

»Weshalb sollte Scotland Yard mir Fragen stellen?«

»Hat man Sie denn nicht bei Ihrer Ankunft sofort dorthin geführt?«

»Dies hier *ist* meine Ankunft. Ich komme, wenn Sie so wollen, direkt von Dover.«

»Dover? Aber … guter Gott, dann wissen Sie es gar nicht?«

»Was weiß ich nicht?«

»Bitte setzen Sie sich«, sagte Alexander, weil er plötzlich instinktiv ahnte, dass Mr Sands nicht das Geringste mit dem Mord an Mr von Sachsfeld zu tun hatte. Der verständnislose Ausdruck im Gesicht des jungen Mannes, das leicht abgerissene Äußere, das tatsächlich auf eine lange Reise schließen ließ, sowie die Tatsache, dass er auf eine unbefangene Weise hier vor ihm stand, ließen ihn dies vermuten.

»Mein Reisegefährte war so freundlich, mich am Travellers abzusetzen«, sagte Mr Sands, während er Platz nahm. »Ich bin direkt hierhergekommen, wollte nicht in meine Wohnung, da ist noch nichts gerichtet. Man erwartet mich ja erst in drei Wochen zurück. Ich hab mir gedacht, ich esse im Club, bin unter Leuten, treffe vielleicht Alfred.«

Mr Sands müsste schon ein sehr guter Schauspieler sein, überlegte Alexander, wenn er dies so unbekümmert sagte und tatsächlich der Mörder seines Freundes wäre. Aber wie um alles in der Welt sollte Alexander ihm nun die schreckliche Botschaft nahebringen?

»Ich nehme einen ordentlichen Whisky, Mr Wallace!«, sagte Mr Sands zu dem Bediensteten, der herangekommen war. »Und etwas Ordentliches zwischen die Kiemen! Kartoffeln, Gemüse, *Fleisch*! Alles, was die Küche hergibt, Mr Wallace. Ich bin am Verhungern!«

Wallace nickte, sagte: »Sehr wohl, Sir« und entfernte sich.

Während Mr Sands seine Wünsche geäußert hatte, hatte Alexander die Zeitung zusammengefaltet. Nun legte er sie beiseite, stützte die Ellbogen auf den Tisch und faltete die Hände. Er sah Mr Sands an und sagte: »Es ist etwas Schreckliches passiert, Mr Sands. Mr von Sachsfeld ist tot. Er wurde ermordet.«

Alle Farbe wich aus Mr Sands' Gesicht. »Was sagen Sie da?« Ungläubig starrte er Alexander an.

»Es geschah am Abend der Eröffnungsfeierlichkeiten des Frauenbildungsvereins.«

»Aber das kann doch gar nicht sein, da habe ich ihn doch noch gesehen«, erwiderte Mr Sands fassungslos.

Alexander nickte. »Genau das ist der Grund, warum man nach Ihnen fahndet. Sie kamen, um Mr von Sachsfeld zu sprechen. Danach war er tot.«

»Man verdächtigt mich?«, fragte Mr Sands entgeistert.

»Nun, man wollte Ihnen Fragen stellen.«

»Aber … ich kann das gar nicht glauben!«, sagte Mr Sands und starrte blicklos vor sich.

Sein Whisky kam, er schien es nicht wahrzunehmen. Schließlich sah er auf und fragte: »Wie?«

Alexander zog die Augenbrauen in die Höhe. »Was meinen Sie?«

»Wie wurde er getötet?«

»Oh. Er wurde … erstochen.«

»Guter Gott!«, sagte Mr Sands, wischte sich mit dem Handrücken unter der Nase lang und starrte auf sein Glas.

»Es tut mir leid«, sagte Alexander. »Wahrscheinlich sollten Sie so schnell wie möglich zu Scotland Yard gehen, um Ihre Aussage zu machen.«

Mr Sands nahm das Whiskyglas, hielt es einen Augenblick nachdenklich in der Hand, trank dann einen Schluck.

»Wie konnten Sie denn überhaupt so unbehelligt bis hierher kommen?«, fragte Alexander. »In sämtlichen Küstenstädten von Brighton bis Hastings sind die Polizeistationen mit der Beschreibung Ihrer Person ausgestattet. Auch Portsmouth lässt Scotland Yard überwachen, und ich kann mir nicht vorstellen, dass man Dover ausließ, auch wenn man wohl nicht damit gerechnet hat, dass Sie dort ankommen, weil Ihr Freund, soweit ich informiert bin, aus Brighton stammt.«

Mr Sands sah Alexander an. »Nun, das weiß ich nicht«, sagte er. »Ich … also wir wurden nicht angehalten.« Er zuckte die Schultern. »Vermutlich weil ich mit dem Marquis of Banbury unterwegs war. Mit ihm hat man mich wohl nicht in Verbindung gebracht.«

Wie sich herausstellte, hatte Mr Sands zunehmend weniger Gefallen an der Segelreise gefunden. Andauernd auf engstem Raum mit seinem Gefährten sowie der Mannschaft zu sein war seine Sache nicht, und so hatte er sich bei Bordeaux absetzen lassen. Eigentlich hatte er von dort den Zug nach Paris nehmen und noch einige Tage in Frankreichs Hauptstadt bleiben wollen, ehe er sich auf die Heimreise machte. Aber das Schicksal wollte es, dass er in Bordeaux den Marquis of Banbury kennenlernte. Dieser befand sich auf einer ausgedehnten Südfrankreichreise und hatte gerade mehrere Wochen in der Gascogne zugebracht. Der Marquis, ein Mann in den Vierzigern, war Geschichtsliebhaber und vor allem ein glühender Verehrer Heinrichs von Navarra, dem späteren König Heinrich IV. Als Sands ihn in Bordeaux traf, stand er im Begriff, die Heimreise anzutreten. Rasch beschloss man, sich zusammenzutun. Ein außerordentlich erfreulicher Entschluss, denn der Marquis reiste in der eigenen geräumigen und bequemen Kutsche mit Wappen auf den Wagentüren, Kutscher und zwei Dienern. Gemeinsam schaukelten sie also mitten durch das ländliche Frankreich bis Paris und schließlich weiter nach Calais.

»Vor Mittag bestiegen wir die Fähre, erreichten gute zwei Stunden später Dover und fuhren unverzüglich weiter nach London. Und hier bin ich«, schloss Mr Sands seinen Bericht. »Vollkommen unbehelligt.«

»Das erklärt natürlich einiges«, meinte Alexander. »Falls

man bei Scotland Yard vermutete, dass Sie sich – pardon – absetzen, hat man vielleicht die französischen Behörden informiert. Aber da Sie derart en privé mit dem Marquis reisten, ist es nicht verwunderlich, dass man Sie nicht aufspürte.«

»Ich habe nicht eine englische Zeitung zu Gesicht bekommen. Dazu war ich zu ausgiebig auf dem Wasser und zu kurz in Paris. Wenn ich von dem Mord gewusst hätte, hätte ich telegrafiert«, sagte Mr Sands. »Denn es gibt da etwas, das Scotland Yard wissen sollte.«

Alexander horchte auf. »Tatsächlich?«

Mr Sands nickte. »Hören Sie«, begann er, »Sie wissen vielleicht, dass man Alfred in den Monaten vor seiner Hochzeit mehrfach in der Presse verleumdete. Man behauptete, er sei nicht ehelich geboren.«

»Ich habe es gelesen, ja«, erwiderte Alexander. »Tom Twitter.«

»Genau«, erwiderte Mr Sands. »Als Alfred und Virginia auf Hochzeitsreise gingen, hielt ich es für eine gute Idee, Twitters Identität aufzudecken und ihn Alfred bei seiner Rückkehr quasi als Geschenk zu überreichen. Also beauftragte ich einen Detektiv.«

»Ach?«, entfuhr es Alexander.

»Aber als die beiden am neunten Juli zurückkehrten, gab es noch keine Ergebnisse. Lediglich die Information des Detektivs, dass er eine heiße Spur verfolge und wohl in Kürze imstande sein würde, den Mann zu entlarven. Da ich befürchtete, dass dies während meiner Abwesenheit geschehen könnte, weihte ich Alfred ein. Am Abend des Balls der Herzogin enthüllte ich ihm, dass ich einen Detektiv beauftragt hatte und dass ich ihm sagen würde, er könne die Ergebnisse seiner Nachforschungen an Alfred selbst weitergeben. Seltsamerweise war Alfred verärgert. Zu viel Aufhebens, zu viel öffentliches Interesse, wenn das herauskäme, meinte er. Außerdem wolle er Virginia nicht mit solchen

Dingen konfrontieren. Gut, er hatte recht«, räumte Mr Sands ein. »Es würde natürlich in der Presse breitgetreten werden, dass er einen Prozess gegen einen Reporter führte. Aber immerhin wäre sein Name reingewaschen, wenn man den Journalisten der Verleumdung für schuldig befände, was gut möglich war, denn es hatte vor zwei Jahren einen ähnlichen Fall gegeben. Damals hat man einen Journalisten – Rosbach oder so ähnlich – zu zwei Jahren Gefängnis verurteilt, weil er einer angesehenen Lady eine Liebschaft nachsagte. Ob dieser Schreiberling je wieder einen entsprechenden Posten findet, wenn er rauskommt, dürfte fraglich sein.«

Hatte nicht Mr Dickson neulich von etwas Ähnlichem gesprochen?, überlegte Alexander.

»Doch wie auch immer, das alles war dann ohnehin hinfällig, denn bereits am nächsten Abend erhielt ich die gesamten Unterlagen des Detektivs. Er hatte meine Nachricht, sich direkt an Alfred zu wenden, noch nicht erhalten und sprach in dem Moment bei mir vor, als ich im Begriff war, die Kutsche zu besteigen, die mich zum Bahnhof bringen sollte. Also eilte ich zum Haus des Frauenbildungsvereins, sprach mit Alfred, übergab ihm die Unterlagen und sagte ihm, dass der Detektiv herausgefunden hatte, wer hinter dem Pseudonym ›Tom Twitter‹ steckte.«

»Gute Güte!«, sagte Alexander. »Reden Sie weiter!«

»Alfred war natürlich ungeheuer wütend. Ich musste weg, wollte ich meinen Zug noch erwischen. Ich wünschte ihm Glück und verabschiedete mich. Alfred ging zurück ins Haus.«

Mr Sands sah Alexander eindringlich an. »Dass er kurz darauf ermordet wurde, kann kein Zufall sein. Es muss mit der Sache zu tun haben.«

»Wer steckt hinter dem Pseudonym?«, fragte Alexander mit Grabesstimme.

»Gregory Morris«, antwortete Mr Sands.

Kapitel 25

»Sie machen sich umgehend auf den Weg zu Scotland Yard!«, befahl Alexander Mr Sands, während er mit einem Ruck aufstand. »Jetzt nicht, Wallace«, sagte er zu dem Diener, der mit seinem Essen kam. »Tut mir leid, wir müssen weg!«

»Oh, aber könnte nicht ich …?«, hob Mr Sands an, doch Alexander unterbrach ihn. »Nein! Tun Sie, was ich sage!«

Wallace zog nur kurz die Augenbrauen in die Höhe und fragte dann mit einer Seelenruhe: »Sollen wir das Essen für später zurückhalten, Mylord?«

»Keine Ahnung, nein, eher nicht, verzeihen Sie, Wallace, es ist ein Fall von äußerster Dringlichkeit.«

Mr Sands stand ebenfalls auf und schaute Alexander fragend an.

»Ach, und Wallace«, rief Alexander dem Diener hinterher, »ich brauche eine Droschke! Schnell!« Alexander hatte Finley heimgeschickt, da er nicht gewusst hatte, wie lange er im Club bleiben wollte. Vielleicht hätte sich noch jemand zum Plaudern gefunden, daher wollte er ihn nicht unnötig warten lassen.

»Was haben Sie vor?«, fragte Mr Sands.

»Ich … nun, ich muss jemanden warnen.« Er zog seine Taschenuhr. Halb sieben. Wenn der Verkehr es zuließ, könnte er es schaffen. »Kommen Sie!«, sagte er zu Mr Sands. »Eile ist geboten.«

»Was, wenn die mir nicht glauben beim Yard?«

»Das werden sie«, erwiderte Alexander und blieb kurz stehen, um den jungen Mann anzusehen. »Mr Morris war am Abend der Eröffnungsfeier ebenfalls im Haus.«

»Gute Güte!«, sagte Mr Sands, während er neben Alexander herhastete. »Womöglich hat Alfred ihn zur Rede gestellt.«

»Genau das denke ich auch!«, sagte Alexander und eilte die Treppe zur Eingangshalle hinunter.

Alexander trat vor die Tür. Er warf einen Blick nach rechts, dann nach links. Keine Droschke. Himmel nochmal! Er ging zurück in die Halle. »Hat man Harry nach einer Droschke geschickt, Irving?«, fragte er den livrierten Diener, der in der Halle seinen Dienst versah.

»Gewiss, Mylord«, antwortete Irving.

Alexander nickte und ging wieder hinaus. Gott, wie heiß es war! Lord Hamilton fuhr in seiner Privatkutsche vor. Er stieg aus und wies seinen Kutscher an, ihn um zehn wieder abzuholen.

Alexander und er grüßten sich.

Hamiltons Kutscher fuhr davon.

Alexander sah nach der Uhrzeit.

Zwanzig vor sieben.

Gute Güte, warum dauerte das so lange?!

Endlich sah er Harry auf dem Trittbrett des Wagenschlags einer Droschke. Noch ehe sie hielt, sprang der Laufbursche ab und sagte: »Ihre Droschke, Mylord.«

Alexander bedankte sich und gab ihm einen Sixpence. »Grosvenor Square! Schnell!«, rief er dem Kutscher zu und stieg ein.

Die Droschke rumpelte los und geriet bereits am Ende von Pall Mall ins Stocken. Zwei Fuhrwerke, natürlich. Als der Weg endlich frei war, waren weitere kostbare fünf Minuten verstrichen. »Nehmen Sie die Berkeley!«, rief Alexander zum Kutscher hinauf, als sie am Ende der St James's Street anhielten, um Piccadilly überqueren zu können. Der Fahrer tat wie geheißen, fuhr Berkeley Square entlang und bog links in die Mount Street ab. Hier stockte der Verkehr erneut, und Alexander überlegte schon, ob er aussteigen und den Rest zu Fuß gehen sollte, als die Droschke anruckte. Eine Minute vor sieben klopfte er an Lady Blythes Tür.

Twentyman öffnete. »Guten Abend, Mylord«, grüßte er und trat beiseite.

Alexander erwiderte den Gruß. »Ich möchte Lady Wingfield sprechen«, sagte er, während er Twentyman seinen Hut gab.

»Lady Wingfield ist nicht da, Mylord. Ich melde Sie Lady Blythe.« Er verbeugte sich kurz und marschierte den Flur hinunter zum Gesellschaftszimmer.

Alexander folgte ihm und versuchte zu begreifen, was er da eben gehört hatte. Gloria war nicht hier? War er doch zu spät gekommen?

»Lord Lyndon, Mylady«, hörte er Twentyman melden und Lady Blythe rief: »Was für eine Überraschung, so bitten Sie ihn doch herein!«

Lady Blythe saß auf ihrem roten Sofa, hielt einen Fächer in der Hand und streckte ihm die andere zur Begrüßung hin. Offenbar hatte sie gelesen, Oscar Wildes »Der glückliche Prinz und andere Märchen« lag vor ihr auf dem Tisch.

»Wie zauberhaft, dass Sie einer alten Lady Ihre Aufwartung machen«, sagte Lady Blythe, nachdem sie sich begrüßt hatten. »Bitte setzen Sie sich.«

»Um ehrlich zu sein, ich hoffte, Lady Gloria anzutreffen«, erwiderte Alexander, während er sich im Sessel niederließ.

»Oh, sie ist nicht da. Sie wollte noch einmal zum Frauenbildungsverein, etwas erledigen. Gute Güte, sie reibt sich noch auf mit dieser Arbeit, können Sie nicht ein bisschen auf sie einwirken, Lord Alexander?«

Alexander rang sich ein unverbindliches Lächeln ab. »Es ist das, was sie tun will, Lady Blythe. Aber sagen Sie, sind Sie sicher, dass sie zum Frauenbildungsverein wollte? Ich meine, sie hätte angedeutet, ausgehen zu wollen.«

»Wenn Sie den Club als Ausgehen bezeichnen wollen. Sie sagte, es würde später werden, sie wolle anschließend noch in den Alexandra Club.«

»In den Club?«, fragte er überrascht. Gott, er musste sich beherrschen, nicht laut aufzulachen! Er spürte Erleichterung, er hatte sich geirrt, hatte sich auf diesen Morris eingeschossen, hatte geglaubt … jäh ein Stich in seiner Brust: Nein! Wenn sie in ihren Club ginge, hätte sie gestern nicht so herumgestottert. Sie hätte ihm unbekümmert und freiheraus gesagt: Ich treffe mich mit Lady Rossmore im Club. Aber das hatte sie nicht getan. Sie war ihm ausgewichen, weil sie ihm nicht hatte sagen wollen, dass sie mit Morris verabredet war. Natürlich nicht. Wie tief er sich dadurch getroffen fühlte, erschütterte ihn schlagartig bis ins Mark.

»Geht es Ihnen gut, Lord Alexander? Sie sehen mit einem Mal aus, als sei Ihnen unwohl.«

»Nein, alles bestens«, wehrte er ab.

»Soll ich jemanden hinüberschicken in den Club? Es ist ja nicht weit. Twentyman könnte Buttercup beauftragen, den Laufburschen der Ashburtons, wissen Sie?«

Als Alexander in das rosige, unbesorgte Gesicht Lady Blythes blickte, wurde ihm klar, dass Gloria ihre Tante angelogen hatte. Da spürte er noch einmal einen Stich in der Brust. Denn wenn es nur um einen Theaterbesuch ginge, hätte sie das zweifelsohne erzählen können. Aber man zog seine Tante nicht ins Vertrauen, wenn man sich zu einem *Stelldichein* traf.

»Sind Sie sicher, dass es Ihnen gut geht, Lord Alexander?«, fragte Lady Blythe mit deutlich besorgtem Unterton.

Guter Gott, er musste ja eine schöne Figur abgeben! Aber weder durfte er seine Erkenntnis Lady Blythe gegenüber andeuten noch Gloria bloßstellen. Daher ließ er ein Lächeln aufblitzen und antwortete: »Natürlich. Verzeihen Sie, ich bin nur etwas in Gedanken. Es ist nicht nötig, dass Sie jemanden zum Club schicken.«

»Nun, vielleicht wollen Sie Gloria eine Nachricht dalassen?« Lady Blythe deutete hinüber zum Sekretär. »Stift und Papier liegen dort, falls Sie etwas für sie schreiben wollen.«

Geh keinesfalls mit Morris aus! Er war gekommen, um ihr das zu sagen. Aber das Kind war bereits in den Brunnen gefallen. Irgendwo in dieser großen Stadt traf sich Gloria wohl gerade mit einem Mann, der vielleicht ein Mörder war.

Irgendwo?

Abrupt stand er auf. Natürlich überraschte das Lady Blythe und sie sah ihn mit entsprechendem Gesichtsausdruck an. »Verzeihen Sie«, sagte er und bemühte sich, möglichst unbefangen zu wirken. »Es ist nicht nötig, dass ich ihr eine Nachricht hinterlasse.«

»Aber wollen Sie etwa schon wieder gehen? Ich habe Ihnen noch gar keine Erfrischung angeboten.«

»Das macht nichts, Lady Blythe. Und ja, ich muss leider schon aufbrechen. Wir holen unseren Plausch ein anderes Mal nach.«

Noch während er die Duke Street entlanghastete und hoffte, am Kutschenstand in der Oxford Street eine Droschke zu ergattern, stand ihm Lady Blythes vollkommen perplexe Miene vorm Gesicht. Hoffentlich hatte er sich nicht völlig zum Narren gemacht und konnte ihr demnächst erklären, was ihn zu diesem eiligen Aufbruch bewogen hatte.

Kapitel 26

Um sieben Uhr fünfzehn öffnete Gloria Mr Morris die Eingangstür im Haus des Frauenbildungsvereins.

»Sie sehen bezaubernd aus!«, sagte er und küsste ihre Hand.

So muss sich ein elektrischer Schlag anfühlen, fuhr ihr durch den Sinn. Die Berührung seiner Lippen auf ihrer Haut, der Blick aus seinen dunklen Augen. Und dann dieser Duft an ihm … Sie lächelte und hoffte, dass er nicht merkte, wie nervös sie war.

»Ich hole eben meine Tasche und den Schal«, sagte sie und fragte sich, während sie den Flur entlangging, warum sie beides nicht im Eingangserker bereitgelegt hatte. Im Arbeitszimmer nahm sie das Abendtäschchen und den Schal vom Schreibtisch, hielt aber kurz inne, um ihr klopfendes Herz zu beruhigen. Sie atmete einmal tief durch, dann wandte sie sich zum Gehen.

Mr Morris lehnte leger am Türrahmen.

Hinreißend, wie er da stand in seinem schwarzen Abendanzug, dem weißen Hemd, den Hut in Händen drehend. »Ich habe die Droschke weggeschickt«, sagte er. »Ich dachte, vielleicht hätten Sie Lust, zu Fuß zu gehen. Es ist ein schöner Abend.« Er stellte sich aufrecht hin und breitete die Arme aus. »Aber natürlich können wir auch fahren, ganz wie Sie wollen.«

»Ich weiß nicht recht«, sagte Gloria und dachte, dass ihre spitzen Abendschuhe mit dem Absatz für einen Spaziergang eher nicht taugten. »Vielleicht lieber fahren?«

»Wie Sie wünschen«, erklärte Mr Morris, machte jedoch keine Anstalten, sich in Bewegung zu setzen. Er lächelte sein Schelmenlächeln und sagte: »Sie haben recht, Seite an Seite mit Ihnen in einer schaukelnden Kutsche ist romantischer.«

Sie lachte kurz auf, was sich ein bisschen gezwungen anhörte, wie sie selbst merkte. »*Romantisch*?«, fragte sie und versuchte ihrerseits, belustigt zu wirken.

Er kam auf sie zu und blieb dicht vor ihr stehen. Er ergriff ihre Hand, küsste sie erneut, nein, er presste sie gegen seine Lippen, während er sie intensiv ansah. »Ich meine es ernst«, raunte er und hielt weiterhin ihre Hand fest. »Es ist vielleicht nicht der richtige Zeitpunkt, aber meine Gefühle für Sie sind durchaus romantischer Natur, Lady Wingfield.« Sanft legte er ihr den Zeigefinger über die Lippen. »Sagen Sie nichts. Vernehmen Sie nur, dass ich Ihrem Charme erlegen bin, dass ich die Stunden zähle, wann ich Sie sehen kann, dass ich verloren bin, wenn ich Sie nicht sehen darf.« Wieder berührten seine Lippen ihre Hand, sah er ihr in die Augen. Sie las ein Begehren darin, das sie ängstigte und gleichzeitig anzog. Wenn er nicht aufhörte, sie so anzuschauen, würde sie ihm erliegen, keine Frage, welche Frau konnte solchen Augen widerstehen? Keuschheit, adieu. Schicklichkeit, adieu. Dieser Mann hatte etwas an sich, dem sie nicht ausweichen konnte.

»Sie spüren die Anziehung zwischen uns auch, nicht

wahr?«, fragte er leise und mit einem verführerischen Klang in der Stimme.

»Ich … nun«, stotterte sie.

Sacht, unmerklich fast und wie unbeabsichtigt ließ er ihre Hand los und wartete darauf, dass sie etwas sagte. Seltsamerweise fühlte sich dies für den Bruchteil einer Sekunde wie eine Zurückweisung an und sie spürte sofort den Wunsch, er möge ihre Hand wieder ergreifen. Guter Gott, ja, sie wollte, dass er sie anfasste, sie wollte von ihm berührt werden, diese Anziehung war da und sie war körperlich.

»Ich weiß es«, sagte er. »Ich lese es in der Art, wie Sie die Augen niederschlagen. Ich lese es in der Art, wie Sie sich an den Hut greifen oder den Kopf neigen, ich lese es in der Art, wie Sie versuchen, es zu beherrschen, indem Sie die Form wahren, ohne mit der Wimper zucken.«

»Sie scheinen mich genau studiert zu haben, Mr Morris.«

»Das klingt viel zu akademisch«, erwiderte er. »Sagen wir, ich konnte meinen Blick nicht von Ihnen wenden.«

»Wissen Sie, was mir auffällt?«

»Was denn?«

»Heute Abend höre ich Sie zum ersten Mal so reden, wie Sie in Ihren Artikeln schreiben.«

»Die Sprache der Liebe und Verehrung ist nun einmal eine poetische, Lady Wingfield.«

Sie lächelte. Und der Verführung, dachte sie, sagte es aber natürlich nicht. Stattdessen fragte sie: »Sollten wir nicht langsam aufbrechen, um rechtzeitig ins Theater zu kommen?«

»Oh! Das Theater!«, sagte er und legte in typisch übertriebener Theatermanier den Handrücken an die Stirn, als sei er soeben an etwas erinnert worden.

Sie lachte.

Er lachte mit. Dann wurde er ernst, trat dicht vor sie hin und fragte leise: »Wie wichtig ist Ihnen das Theater?«

»Wie meinen Sie das?«, fragte sie zurück.

Er legte seinen Arm um ihre Taille und zog sie an sich. »Sie wissen genau, was ich meine.«

Ihr Herz klopfte einen wilden Rhythmus. Sie *spürte,* was er meinte.

Langsam, ganz langsam fuhr er mit seinem Zeigefinger über ihre Lippen, ihr Kinn, ihren Hals, das Dekolleté. Dann neigte er den Kopf an ihren Hals und flüsterte ihr ins Ohr: »Wir könnten auch hierbleiben.«

Sie spürte den warmen Lufthauch seines Atems, das Kitzeln, als seine Nasenspitze ganz sacht ihren Hals streifte.

Sie hatte gewusst, dass es darauf hinauslief.

Sie war ja kein kleines Mädchen mehr.

Kapitel 27

Mr Morris nahm ihr Schal und Tasche aus der Hand und legte sie zusammen mit seinem Hut auf den Schreibtisch.

Gloria lehnte mit dem Po daran und umfasste die Tischkante mit beiden Händen, denn ihre Beine fühlten sich weich wie Pudding an. Ihre Gedanken purzelten sinnlos durcheinander. Sie würden das Theaterstück also nicht sehen, sie würden nicht ausgehen und Lilian brauchte sich nicht um ihren Ruf zu sorgen, weil man sie zusammen mit einem Reporter sah. Sie würden nach oben gehen, gute Güte, welches der Gästezimmer sollte sie wählen?

Mr Morris stand nah vor ihr und sah sie an. »Sagen Sie etwas«, bat er weich.

»Alles, was ich sagen könnte, klingt so … unnötig«, erwiderte sie.

»Nicht, wenn es etwas Ermunterndes ist.«

»Mir fällt nichts ein.«

»Sagen Sie, dass Sie es wollen.« Er wartete nicht ab, ob sie dies täte, er beugte sich vor, sehr langsam, wobei er ihr bis zur letzten Sekunde in die Augen sah, und legte seine Lippen auf ihr Ohrläppchen, den Hals, küsste sie sanft bis hinunter zur Halsbeuge.

Was gab es da zu sagen, die Sache war klar, es war wie ein Sog, der sie beide unausweichlich mit sich zog. Sie schloss die Augen, seine Hände lagen auf ihrer Taille, sie spürte den sanften Druck und erschauerte. Sein Duft hüllte sie ein, bannte sie in einen Zauber, nichts existierte außer dem Hauch seines Atems an ihrem Hals, die Berührung seiner Hände auf ihren Hüften.

Und dann war sie plötzlich irritiert, weil eine diffuse Erinnerung sie streifte, und ungewollt schoss die Frage durch ihren Kopf, ob sie das hier wirklich wollte, und sie hatte das Gefühl, als sei da etwas Störendes. Mr Morris ließ von ihrem Hals ab, Gloria öffnete die Augen, Mr Morris ergriff ihre beiden Hände, hielt sie vor seiner Brust, sah sie an mit einem Blick, der den Garten Eden versprach.

Sie brauchte ihm nur zu folgen.

Sie nahm eine Bewegung jenseits des Fensters wahr, etwas Dunkles, der Eindruck des Störenden bestätigte sich, sie drehte den Kopf und sah – Alexander!

Zuerst starrte er nur herein, und in seinem Blick lagen weder Entsetzen noch Fassungslosigkeit, sondern Sorge und ein eindeutiges »Nein!«. Er begann zu gestikulieren, er deutete auf Mr Morris, schüttelte den Kopf, signalisierte ihr, die Tür der hinteren Veranda zu öffnen.

Mr Morris bemerkte dies zunächst nicht, denn er war im Begriff gewesen, erneut ihren Hals zu küssen. Offenbar hatte er das Drehen ihres Kopfes als Aufforderung dazu verstanden. Aber dann schien er zu merken, dass sie sich versteifte, denn er hielt inne, sah sie an und folgte schließlich ihrem Blick. »Ach, sieh an, Ihr eifersüchtiger Bewacher«, sagte er mit einem deutlich belustigten Unterton.

Alexanders Gesten sagten: »Öffne!«, in seiner Miene und Haltung lag Ernst.

Gloria löste sich von der Tischkante. »Verzeihung«, murmelte sie. Scham machte sich in ihr breit, sie fühlte sich ertappt.

»Sie werden ihn doch nicht hereinlassen wollen?«, fragte Mr Morris, und nun lag eine Spur von Ärger in seiner Stimme.

»Es tut mir leid«, erwiderte Gloria. »Es scheint sich um etwas Dringendes zu handeln.« Tausend Gedanken schossen ihr auf dem Weg zur Tür durch den Kopf. Woher wusste er, dass sie hier war? Wie lange hatte er da draußen gestanden? Was hatte er gesehen? War etwas mit Tante Jo? Oder mit Lilian? Sie sah Alexanders Schemen hinter den Milchglasscheiben der Verandatür, drehte den Schlüssel im Schloss und öffnete.

Er kam herein.

»Alexander! Was ist denn los … warum bist du hier?«, stotterte Gloria. »Ist etwas mit Tante Jo?«

»Deiner Tante geht es bestens«, antwortete er mit einem Hauch von Ungeduld. »Ich habe an die Eingangstür geklopft, aber da niemand öffnete, kam ich hinten herum.«

»Ich … wir haben es nicht gehört«, sagte sie und überlegte, ob sie anfügen sollte, dass sie im Begriff gewesen seien, zum Theater aufzubrechen. Aber sie brachte es nicht fertig, ihm so glatt ins Gesicht zu lügen.

Alexander warf einen raschen Blick zur Tür des Arbeitszimmers. Sollte sie ihn dort hineinbitten? Sie war befangen, die Situation war ihr peinlich, aber sie wollte es sich keinesfalls anmerken lassen.

»Ich bin hier, weil … ich muss dir sagen, also, ich habe soeben etwas erfahren, das mich dazu bewog, dich zu bitten, nicht mit Mr Morris auszugehen«, sagte Alexander mit gesenkter Stimme und sah ihr ernst ins Gesicht.

»Wie bitte?«, fragte sie verständnislos.

Sein Gesichtsausdruck änderte sich nicht, aber die Narbe unter seinem Auge zuckte, als er anfügte: »Ich bin nicht gekommen, um dich in Verlegenheit zu bringen. Aber es gibt da etwas, das du wissen solltest.«

Sie hatte das Gefühl, als habe sie Blei an den Füßen, Bleigewichte an den Armen und eine Zunge aus Blei. Eben noch hatte alles vibriert vor verheißungsvoller Verlockung, ein Zauber, der jäh von ihr abgefallen war in dem Augenblick, als sie Alexanders Gesicht vor dem Fenster gesehen hatte. Nun stand er hier vor ihr, sachlich und ernst, aber sie spürte, dass unter seiner korrekten Haltung eine Erregtheit lag, die er mühsam im Zaum hielt.

»Mr Sands ist zurückgekommen.«

Zunächst verstand sie nicht. Sie konnte den Namen nicht zuordnen und mit Alexanders vielsagender Miene nichts anfangen.

»Mr von Sachsfelds Freund«, fügte Alexander leise an, als er sah, wie sie die Augenbrauen hob.

Sie begriff, war überrascht. »Oh, ja, natürlich«, sagte sie und verstand trotzdem nicht, warum Alexander es für so wichtig hielt, ihr dies ausgerechnet *jetzt* mitzuteilen. Ob man ihn verhaftet hatte oder nicht, hätte er ihr auch noch morgen sagen können.

Alexander betrachtete sie fragend, und da sie nichts weiter sagte, erkannte sie an der Art, wie er sich aufrichtete, und an der Veränderung in seinem Blick, dass er eine Entscheidung fällte. »Ich verstehe, dass es dir womöglich unpassend erscheinen mag, dich deswegen heute Abend …« – er räusperte sich – »… zu stören, und ich wiederhole noch einmal, dass ich dich nicht in Verlegenheit bringen wollte. Aber bitte höre dir an, was ich zu sagen habe. Und ich denke, es ist äußerst unhöflich, um nicht zu sagen ein wenig peinlich, dass wir hier draußen herumflüstern, während Mr Morris dort drinnen auf dich wartet. Wir sollten hineingehen, was meinst du?«

»Nun, wenn es dir so wichtig ist …«, antwortete sie verlegen.

»Ist es«, erwiderte Alexander und ließ ein kurzes Lächeln aufblitzen. Er hob die Hand, als wolle er sie am Arm berühren und ins Zimmer führen, tat es aber nicht. Und so ging sie ihm voraus ins Arbeitszimmer. Mr Morris lehnte am Schreibtisch, einen belustigten Zug um den Mundwinkel, und drehte seinen Hut in den Händen. Gloria ging auf ihn zu, blieb zwei Schritte vor ihm stehen und sah sich nach Alexander um.

»Guten Abend, Mr Morris«, grüßte Alexander und Gloria wunderte sich über seinen herausfordernden Ton.

»Guten Abend, Lord Lyndon«, erwiderte Mr Morris. »Es ist hoffentlich nichts Ernstes, womit Sie unseren Aufbruch ins Theater hinauszögern?« In Mr Morris' Stimme schwang nicht nur Überlegenheit, sondern auch leiser Hohn, womit er andeutete, dass Alexander lediglich aus nichtswürdiger Eifersucht aufgetaucht war.

Gloria stand zwischen diesen beiden Männern und wäre vor Verlegenheit am liebsten im Erdboden versunken.

»Ich bin mir sicher, Sie können selbst beantworten, ob es etwas Ernstes ist oder nicht, Mr Morris«, entgegnete Alexander gelassen. »Sagt Ihnen der Name Sands etwas? Ich habe Lady Wingfield gerade davon in Kenntnis gesetzt, dass er von seiner Reise zurückgekehrt ist.«

Zu Glorias Erstaunen wich das sanft überhebliche Lächeln aus Mr Morris' Gesicht und machte einem Ausdruck Platz, der sie an einen lauernden Kater erinnerte. »Und warum sollte das Ihrer Ansicht nach mich oder Lady Wingfield interessieren?«, fragte er mit einer Gelassenheit, die zu seinem Gesichtsausdruck in deutlichem Widerspruch stand.

»Vielleicht weil Mr Sands der Freund Mr von Sachsfelds ist und er diesem eine Enthüllung machte, die Mr von Sachsfeld zutiefst erschüttert haben dürfte. Mit Hilfe eines Detektivs fand Mr Sands heraus, wer Mr von Sachsfeld in der Presse so schändlich verleumdet hatte«, antwortete Alexander mit einer ebenso unecht wirkenden gelassenen

Haltung. »Mr von Sachsfeld erfuhr dies am Eröffnungsabend des Frauenbildungsvereins. Es ist davon auszugehen, dass er den Übeltäter zur Rede stellte.«

Was redete Alexander da? Woher wusste er das? Gloria schaute verwundert vom einem zum anderen. Mr Morris legte seinen Hut auf den Schreibtisch und folgte der Bewegung mit dem Kopf. Dann umfasste er die Tischkante mit beiden Händen, wie Gloria dies zuvor getan hatte, und lächelte Alexander hochmütig an. »Und?«, fragte er.

»Wenn Mr von Sachsfeld einen Prozess gegen Sie angestrebt und damit öffentlich gemacht hätte, was der von Mr Sands beauftragte Detektiv herausfand, hätten Sie nicht nur die Zerstörung Ihres guten Rufs als angesehener Gesellschaftsreporter zu erwarten, sondern Gefängnis wegen Verleumdung und damit die Vernichtung Ihrer Lebensgrundlage.«

Mr Morris lächelte nun nicht mehr. Seine Augen blickten kalt.

»Um Gottes willen, Alexander, wovon redest du?«, fragte Gloria.

»Mr Morris ist Tom Twitter«, erklärte Alexander schlicht.

»Was …?«, Glorias Blick zuckte zu Mr Morris. Er sah aus, als habe er die Ohren angelegt und setze jeden Augenblick zum Sprung an.

»Das ist nicht wahr, oder?«, fragte sie ihn, obwohl sie im selben Augenblick wusste, dass es wahr war. Gedanken und Bilder schossen ihr durch den Kopf, verflüchtigten sich, sortierten sich, hängen blieben Mr Morris' Gesichtsausdrücke, bestimmte Aussagen von ihm, Satzfetzen aus ihren Gesprächen: seine offensichtliche Abneigung gegen die oberen Zehntausend; seine abfällige Bemerkung über den Earl of Fife, den er einen »schottischen Emporkömmling« genannt hatte, und wie diese Wendung kurz darauf in einem Artikel Tom Twitters aufgetaucht war. Dass sie schon da ein leises Misstrauen gespürt hatte, dem sie jedoch keine weitere Beachtung schenkte, weil kurz darauf auch Lady Greville den Earl so genannt hatte. Aber das Schlimmste von allem war, was ihr soeben mit einem Schlag bewusst wurde: der würzige Duft nach frischem Holz, den sie am Eröffnungsabend im Studierzimmer eins wahrzunehmen geglaubt hatte. Es war der seine. »Nein!«, hauchte sie, während sie ihn weiterhin anschaute.

»Hat Mr von Sachsfeld Sie am Eröffnungsabend zur Rede gestellt?«, fragte Alexander. »Ich vermute, es war so. Haben Sie Mr von Sachsfeld getötet, Mr Morris?«

Mr Morris lachte. »Ich dachte, die Polizei verdächtigt Mr Sands des Mordes.«

»Warum hätte Mr Sands seinen Freund erstechen sollen?«, fragte Alexander.

Mr Morris zuckte die Schultern. »Was weiß ich? Vielleicht wollte er, dass Mr von Sachsfeld ihm seine Auslagen ersetzt, und Mr von Sachsfeld weigerte sich? Die beiden stritten und Mr Sands tötete seinen Freund aus Wut.«

»Das scheint mir wenig plausibel«, sagte Alexander mit betontem Gleichmut. »Ich denke, es ist wahrscheinlicher, dass *Sie* mit Mr von Sachsfeld stritten, nachdem er erfahren hatte, dass Sie es waren, der ihn verleumdet hatte.«

Mr Morris breitete die Arme aus und grinste. »Beweisen Sie es.«

»Oh, das ist nicht meine Aufgabe«, gab Alexander zurück. »Das ist Sache der Polizei.«

Mr Morris sah Gloria an. »Schade um diesen *verheißungsvollen* Abend«, sagte er gleichmütig. »Lord Lyndon hat ihn verdorben.«

Gloria wandte den Blick ab und sah zum Fenster hinaus. Fassungslos, entsetzt. Und dann, eine Bewegung, blitzschnell, Mr Morris schlang ihr von hinten den Arm um den Oberkörper, zog sie zu sich und sie spürte eine kalte metallene Spitze an ihrem Hals. Sie wollte schlucken und konnte es nicht, sie sah das Entsetzen in Alexanders Blick, spürte

Mr Morris' Atem an ihrem Hals und die Entschlossenheit, mit der er sie festhielt. »Sie gehen jetzt zur Seite und lassen uns vorbei«, presste er hervor.

Stattdessen machte Alexander einen halben Schritt auf sie zu und hob beide Arme auf Brusthöhe. Die Überraschung über diesen Angriff stand ihm ins Gesicht geschrieben, Gloria sah, dass er mit einer solchen Wendung nicht gerechnet hatte und dass er versuchte, Mr Morris mit Vernunft beizukommen. »Was versprechen Sie sich davon, Mr Morris?«, fragte er mit einem beschwörenden Unterton. »Das macht doch keinen Sinn, Sie glauben doch nicht, dass Sie auf diese Weise davonkommen? Was wollen Sie machen, wenn Sie mit Lady Wingfield durch die Tür sind? So mit ihr durch die Straßen gehen?«

»Das hier gibt eine unsaubere Wunde, *Mylord*. Sie bewegen sich also besser nicht weiter, wenn Sie nicht wollen, dass Lady Wingfield ein Leid geschieht.«

Er verließ seine Position vor dem Schreibtisch, machte zwei Schritte seitwärts, Gloria wie einen Schild vor sich haltend. Sein Arm umklammerte ihren Brustkorb wie ein Drahtseil. Sie konnte sich nicht bewegen, sie konnte gar nichts tun, sie war wie gelähmt, wie erstarrt, und sie spürte den Druck des Brieföffners an ihrem Hals, *ihres* Brieföffners, mit dem hellen Rosenholzgriff und der vergoldeten Spitze, ein Geschenk von Tante Jo zur Eröffnung des Frauenbildungsvereins. Mr Morris hielt inne, hatte nun das Fenster im Rücken. Alexanders Blick zuckte zu ihr. Seine Augen versprachen ihr Halt. Sie zeigten ihr rückhaltlos seine Angst um sie. Sie offenbarten ihr ohne Vorbehalt seine Zuneigung, was ihr Tränen in die Augen trieb. Und sie sprühten vor Wut darüber, dass Mr Morris es wagte, ihr diese Qual anzutun. All das verschwand, als er den Blick auf Mr Morris richtete, kühl, bedacht, und sagte: »Seien Sie vernünftig, Mr Morris. Das wird nicht funktionieren. Wohin wollen Sie? Die Polizei wird Sie verfolgen. Sie können Lady Wingfield nicht permanent mit sich schleppen. Irgendwann wird sie sich wehren.« Ein rascher Blick in ihre Augen, der ihr genau diese Botschaft sandte: Ich gebe dir ein Zeichen, wann!

»Das lassen Sie meine Sorge sein.«

»Ihnen musste doch klar sein, dass Mr Sands irgendwann zurückkehren und vom Tod Mr von Sachsfelds erfahren würde. Dass er dann eins und eins zusammenzählen und der Polizei sagen würde, was er herausgefunden hatte.«

»Dafür hatte ich ja meine hübsche Lady hier«, sagte Mr Morris und der Druck der metallenen Spitze verstärkte sich. »Ich konnte ja Sands' Haustür nicht rund um die Uhr bewachen. Und Lady Wingfield war stets so freundlich, mich mit den aktuellen Informationen zu versorgen. Es gibt nichts Besseres, als das Angenehme mit dem Nützlichen zu verbinden.«

Gott, wie dumm sie gewesen war!

»Und jetzt machen Sie zwei Schritte nach hinten und lassen uns vorbei.«

Alexander befolgte den Befehl. Er sah Mr Morris eindringlich an und sagte: »Wollen Sie auch Mr Sands aus dem Weg räumen? Und was ist mit dem Detektiv? Er weiß ebenfalls Bescheid. Nun noch ich und Lady Wingfield. Das würde ich als schlechte Karten bezeichnen.«

»Halten Sie endlich die Klappe!«, zischte Mr Morris und zerrte Gloria zwei Schritte weiter Richtung Tür.

Ihr Herz galoppierte wild.

Am Hals das spitze Metall.

Alexanders Augen waren der Rettungsanker. Jetzt!, signalisierten sie und er preschte vor, schwang im erhobenen Arm … Gott, den Schürhaken! Er hieb ihn Mr Morris seitlich auf den Hals. Mr Morris stöhnte auf, seine Umklammerung lockerte sich. Gloria trat ihm mit dem Absatz fest auf den Fuß. Alexanders zweiter Hieb traf Mr

Morris' linken Arm, woraufhin er ihn sinken ließ. Gloria rammte ihm blitzschnell den Ellbogen in den Bauch und wirbelte von ihm weg. Alexander verpasste ihm einen dritten Schlag und Mr Morris ging stöhnend zu Boden. Gloria entwand ihm geistesgegenwärtig den Brieföffner. Sie musste sich beherrschen, ihm nun nicht ihrerseits das Metall an den Hals zu pressen oder ihm die Schuhspitze in den Bauch zu treten. Zorn füllte sie aus, auf ihn, auf sich, darauf, dass sie ihm auf den Leim gegangen war. Ihm, einem Mörder!

»Lauf!«, hörte sie Alexanders Stimme wie von fern. »Lauf und hole einen Constable!«

»Aber was ist mit dir?«, stotterte sie.

»Geh!«, befahl Alexander und sie sah, dass seine Narbe zuckte.

Kapitel 28

Auch am Donnerstagmorgen blieb Gloria im Bett. Wie schon den ganzen gestrigen Mittwoch über. Sie fühlte sich kraftlos, sie war niedergeschlagen, sie schämte sich. Sie lag da, starrte Löcher in die Decke und versuchte, die Geschehnisse und ihre Gefühle zu ordnen. Wie in einem Strom flossen die Bilder der Erinnerung durch ihren Kopf, verfingen sich in einem Strudel, tauchten unter, kamen wieder an die Oberfläche, schienen sich irgendwo fern zu verflüchtigen, nur um dann von Neuem aus einer unsichtbaren Quelle aufzutauchen und an ihr vorbeizufließen.

Sie war am Dienstagabend kopflos auf die Straße gerannt und hatte den ersten Constable, den sie Streife gehen sah, um Hilfe gebeten. Der hatte bei ihrer atemlosen Schilderung sofort nach Verstärkung gepfiffen. Als die beiden Polizisten mit ihr in der New Oxford Street ankamen, lag Mr Morris am Boden, er blutete aus einer kleinen Wunde am Hals, und Alexander saß auf dem Stuhl und bewachte ihn. Den Schürhaken hielt er noch immer in der Hand. Er sah erschöpft aus, mitgenommen. Einer der Polizisten kümmerte sich um Verstärkung, die kurz darauf aus dem Revier in der Bow Street anrückte. Als Alexander die Sachlage erklärte und sagte, ein wichtiger Zeuge mit Namen Sands sei mit Sicherheit gerade bei Scotland Yard, brachte man sie ebenfalls dorthin. Sie erfuhren, dass Mr Sands tatsächlich eine Aussage gemacht hatte und Inspector Olive unterwegs zu Mr Morris' Wohnung war. Sie mussten auf die Rückkehr des Inspectors warten. Mr Sands sahen sie nicht.

Mr Morris war abgeführt worden.

Nicht nur weil große Betriebsamkeit herrschte und permanent uniformierte wie nicht uniformierte Polizisten umhereilten, sprachen Gloria und Alexander so gut wie nicht miteinander. Gloria war nicht in der Verfassung, eine simple Unterhaltung zu führen, und ihm schien es ebenso zu ergehen. Und was es sonst zu sagen gäbe, dafür war hier weder die richtige Zeit noch der richtige Ort. Also warteten sie schweigend, und als Inspector Olive zurückkam, machten sie ihre Aussage und unterschrieben das Formular. Danach fuhren sie beide nach Hause – getrennt. Gloria hätte nicht neben Alexander in einer Droschke sitzen können, voll mit Schuldgefühlen und Scham und der Erkenntnis, dass sie die kleinen misstrauischen Stimmen im Innern überhört hatte und bereit gewesen war, sich einem Verführer hinzugeben, der ein Mörder war.

Den gesamten Mittwoch über hatte sie mit dieser Tatsache zu kämpfen gehabt. Damit und mit der Frage, was es bedeutete, was sie in Alexanders Augen gesehen hatte. War seine deutlich gezeigte Zuneigung der Situation geschuldet gewesen? Oder war da zuerst die Zuneigung, die ihn überhaupt dazu bewogen hatte, nach ihr zu suchen? Wenn Letzteres der Fall war, was musste es ihn dann gekostet haben, sie so mit Mr Morris zu sehen! Wie quälend diese Gedanken waren. Sie stand nur einmal auf, um sich zu waschen. Sie rubbelte vornehmlich an jenen Stellen, die Mr Morris mit seinen Lippen berührt hatte. Sie weinte dabei. Als Tante

Jo besorgt an ihr Bett trat, hatte sie ihr gebeichtet, dass sie sie angelogen hatte, und erzählt, was vorgefallen war. Tante Jo war erschüttert gewesen. Und offenbar auch verstimmt, denn sie war nicht mehr in Glorias Zimmer gekommen, um nach ihr zu sehen. Später hatte Gloria Twentyman ein Billett an Lilian übergeben, die sie bat, ihren Dienst im Frauenbildungsverein zu übernehmen. Am Nachmittag kam eine Nachricht von Alexander. Er fragte, wie es ihr ginge. Sie hatte ihm ehrlich geantwortet, dass sie sich kraftlos, matt und beschämt fühlte. Danach hatte sie wieder geweint, war eingeschlafen und auch zum Abendessen nicht aufgestanden.

Und zum Aufstehen verspürte sie auch jetzt, am Donnerstagmorgen, noch immer keine Neigung. Sie lag da und sinnierte, da klopfte es an ihre Tür. Es war Tante Jo und sie brachte ihr eigenhändig den Tee. Gloria, überrascht, setzte sich im Bett aufrecht hin. Tante Jo stellte das Tablett vor ihr ab, ohne sie dabei anzusehen. Dann ging sie mit zusammengepressten Lippen hinüber zu dem kleinen Schreibtisch, nahm den Stuhl, stellte ihn einen Schritt näher an Glorias Bett und setzte sich. »Du musst hungrig sein«, sagte sie und deutete auf das Tablett.

Gloria war gerührt. Sie schaute auf die Köstlichkeiten – Toast, Honig, ein gekochtes Ei, zwei Würstchen – und sagte: »Danke.«

»Iss!«, sagte ihre Tante und forderte sie mit einer entsprechenden Kopfbewegung dazu auf.

Und Gloria aß und Tante Jo sah ihr dabei zu. Schließlich begann sie zu sprechen. »Ich missbillige, dass du mich angelogen hast, und ich war enttäuscht darüber. Weil es mich obendrein in eine peinliche Lage brachte und ich meinerseits gezwungen war zu lügen, wenn auch unwissentlich, und weil Lügen ganz allgemein zu verurteilen ist. Und auf der anderen Seite habe ich Verständnis dafür, dass man seiner alten Tante nicht … nun, *alles* anvertrauen möchte.

Du bist eine erwachsene Frau, du musst wissen, was du tust. Und wenn du Fehler machst, so sind das eben Fehler, wir alle machen welche, hin und wieder. Womit ich nicht sagen will, dass es ein Fehler war, sich von einem Mann angezogen zu fühlen. Du konntest nicht wissen, was für eine Art Mensch er ist, und die Anziehung zwischen Mann und Frau, nun, sie fragt natürlich meist nicht danach. Sie existiert einfach, das weiß ich ebenfalls. Daher möchte ich dir sagen, dass ich dich nicht verurteile. Außerdem möchte ich dir noch etwas zu Lord Alexander sagen. Er kam hier an, nervös und weiß wie ein Blatt Papier, und dass du nicht da warst, schien ihn noch mehr zu destabilisieren. Es sollte mich nicht wundern, wenn sich herausstellt, dass er einiges für dich empfindet.«

Gloria schaute ihre Tante sprachlos an. Was für eine Standpauke!

»Nun iss erst einmal dein Frühstück«, sagte Tante Jo und erhob sich. »Und übrigens habe ich Lilian ein Billett geschickt«, fügte sie an, während sie zur Tür ging. »Sie wird jeden Augenblick hier sein. Du ziehst dich also besser an, wenn du sie nicht im Bett empfangen willst.« Damit öffnete sie die Zimmertür.

»Tante Jo?«

Tante Jo drehte sich um.

»Ich liebe dich.«

»Ich dich auch, mein Kind.«

Lilian kam erst nach dem Lunch. Sie hatte am Vormittag einiges zu erledigen gehabt, weil ihre kleine Tochter morgen aus den Ferien bei den Großeltern zurückkehrte. Lilian hatte Tante Jos Nachricht mit der Bitte, Gloria beizustehen, daher erst am späten Vormittag erhalten.

»Aber ich wäre sowieso gekommen«, sagte sie. »Nachdem du mich gestern gebeten hattest, für dich einzuspringen, und deine letzten Zeilen ›Ich erkläre dir alles bei

Gelegenheit‹ lauteten, war mir klar, dass etwas geschehen sein musste. Heute sind alle Zeitungen voll davon. Es versteht sich von selbst, dass ich bei dir bin.«

»Danke.« Sie saßen in Glorias Zimmer, in dem neben Bett und Schreibtisch auch zwei Queen-Anne-Sessel sowie ein winziger runder Tisch aus poliertem Nussbaumholz standen.

Nachdem Twentyman eine Karaffe Limonade und zwei Gläser gebracht und Lilian einen Schluck genommen hatte, sagte sie: »Erzähle!«

»Es ist so peinlich, Lilian! Ich war drauf und dran, mich mit einem Mörder einzulassen!«

»Aber das konntest du doch nicht wissen.«

»Natürlich nicht. Doch wenn ich ehrlich bin, gab es da durchaus eine leise warnende Stimme. Aber ich überhörte sie. Ich überließ mich dem Sog … er war so … faszinierend.«

»Das war er«, stimmte Lilian ihr zu.

»Aber er hat mich nur ausgenutzt, und dieses Gefühl ist schrecklich erniedrigend.«

Lilian nickte verständnisvoll. »Weißt du noch, wie wir vor zweieinhalb Wochen im Boot auf The Serpentine über unsere Mordverdächtigen sprachen?«, fragte sie. »Selbst die Baronin Lauritz ließen wir nicht aus. Im Traum wären wir nicht auf Mr Morris gekommen.«

»Weil sein Motiv nicht erkennbar war«, erwiderte Gloria. »Geldprobleme oder Eifersucht schienen so naheliegend. Aber kein Mensch wusste von Mr Morris' Doppelleben und dass er ruiniert sein würde, käme es heraus.«

»Die Zeitungen schreiben, dass Mr von Sachsfeld ihn nun zwar nicht mehr verklagen könne, sich aber drei andere hochstehende Persönlichkeiten gemeldet hätten, die ihn wegen Verleumdung verklagen würden, würde man ihn nun nicht wegen Mordes vor Gericht stellen. Und jene Zeitungen, die Tom Twitters Artikel veröffentlicht haben, distanzieren sich inzwischen davon.«

»Gott, Lilian«, begann Gloria, musste aber innehalten, weil ihr die Tränen kamen. Sie nahm ihr Taschentuch und tupfte sich die Augen. »Er ist ein Mörder und ein schrecklicher Betrüger. Seine eigene Zunft wird ihn nun in der Luft zerreißen, schlimmer, sie werden ihn schänden und pfählen und ihn bis aufs Blut erniedrigen.« Sie schüttelte den Kopf. »Fast tut er mir leid, aber er hat mir Schlimmes angetan …«

»… und einen Menschen getötet.« Lilian fasste nach ihrer Hand.

»Wofür man ihn hängen wird«, sagte Gloria tonlos.

Eine kleine Pause entstand.

»Wie konnte ich nur so dumm sein?«, flüsterte Gloria dann. »Ich komme mir so schäbig vor. Auch wegen Alexander.« Wieder schüttelte sie den Kopf. »Weißt du, ich sagte dir ja, dass es durchaus eine warnende Stimme in mir gegeben hatte, die ich aber geflissentlich überhörte. Es mag verrückt klingen, aber als Alexander auftauchte, war es, als sei er die personifizierte warnende Stimme. Verstehst du, wie ich das meine? Ich sah ihn da vor dem Fenster und wusste: Meine Stimme im Innen ist er im Außen … Gott, das klingt so verrückt, aber ich weiß nicht, wie ich es anders ausdrücken soll. Es fühlte sich an wie … Fügung … nein, das ist zu schwach, obwohl auch das stimmt. Es war wie … mein Empfinden und sein Auftauchen, es gehörte zusammen, war wie … wie eins, wie …«

»Liebe?«, sagte Lilian und schmunzelte.

»Liebe?«, echote Gloria verdutzt.

»Belle«, sagte Lilian weich. »Schau doch mal genau hin – und vielleicht hast du eben dafür dieses Abenteuer mit Mr Morris gebraucht: damit dir klar wird, was dir Alexander wirklich bedeutet.«

»Aber du verstehst nicht! Ich war im Begriff, mich mit einem anderen Mann einzulassen. Und er hat das … gesehen.«

»Er kam doch wohl, um dich zu warnen, nicht wahr?«

Gloria nickte.

»Dann rede mit ihm.«

»Ich kann nicht mit ihm reden!«

»Also bitte, Belle, nun sei nicht kindisch. Natürlich kannst du das.«

Noch bevor Gloria etwas erwidern konnte, klopfte es und Twentyman öffnete die Tür. »Lady Blythe bittet Sie zu sich ins Gesellschaftszimmer«, verkündete er. »Inspector Olive von Scotland Yard ist soeben eingetroffen.«

»Er hat schnell eingesehen, dass es keinen Zweck hat zu leugnen«, erklärte Inspector Olive. Er saß auf dem Sessel, Tante Jo auf ihrem roten Sofa, Gloria neben ihr. Lilian hatte sich den Stuhl herangezogen. Auch auf dem Tisch im Gesellschaftszimmer stand eine Karaffe frischer Zitronenlimonade und der Inspector hielt sein Glas in der Hand. Nun unterbrach er sich und trank einen großen Schluck.

»Aber er plädiert darauf, zu viel getrunken zu haben und nicht Herr seiner Sinne gewesen zu sein. Er sagte, aus diesem Grund habe er das Fest gerade verlassen wollen, als Mr von Sachsfeld von der Eingangstür her auf ihn zukam und ihn beschimpfte. Er habe das vernünftig regeln wollen und ihn in das Zimmer neben der Küche gebeten, um in Ruhe mit Mr von Sachsfeld zu reden. Der aber habe nicht mit sich reden lassen, habe ihm gar gedroht und sei auf ihn losgegangen. In seiner Not habe er, um sich zu verteidigen, wahllos nach einem Gegenstand gegriffen – und das sei das afrikanische Messer gewesen. Nachdem Mr von Sachsfeld am Boden lag, sei er gegangen, es sei ihm nicht klar gewesen, dass der Mann tot sei, er habe geglaubt, ihn lediglich ›ein wenig geritzt‹ zu haben, wie er sich ausdrückte.«

»Guter Gott«, sagte Tante Jo.

»Er wird damit nicht durchkommen«, fuhr Inspector Olive fort. »Wenn er gedacht hatte, den Mann nicht getötet zu haben, hätte er Hilfe holen müssen, anstatt ihn seinem Schicksal zu überlassen. Aber die Stiche *waren* tödlich, das sagt unser Polizeiarzt. Außerdem hat Mr Morris wohl die Unterlagen des Detektivs mitgenommen. Er bestreitet es und wir haben sie auch nicht in seiner Wohnung gefunden. Auch keine blutbesudelte Kleidung im Übrigen. Beide Tatsachen sprechen dafür, dass er sowohl die Unterlagen als auch die Kleidung vernichtete – und das wiederum zeugt von Mutwilligkeit und Absicht. Er kann sich also nicht auf Trunkenheit herausreden. Er hat kaltblütig gehandelt, und das werden die Geschworenen auch erkennen. Zumal Ihre und Lord Lyndons Aussagen dies bestätigen.«

Gloria hörte Inspector Olives Bericht mit zusammengepressten Lippen zu. Kaltblütig, dachte sie, guter Gott!

»Arme Lady Virginia«, flüsterte Lilian.

Inspector Olive nickte bestätigend. »Wir werden nun noch einmal Befragungen vornehmen und das Augenmerk gezielt auf den Zeitpunkt richten, zu dem Mr Sands Mr von Sachsfeld verließ. Da er auf den Zug musste, sind seine Zeitangaben verlässlich.«

»Sie denken, vielleicht hat doch jemand etwas bemerkt?«, fragte Gloria.

»Jetzt, da wir wissen, dass es um Mr Morris geht, fällt vielleicht dem ein oder anderen ein, wann und wo er ihn das letzte Mal gesehen hat. Nach dem Mord hat ihn niemand mehr gesehen. Anzunehmen, dass seine Kleidung Blutspritzer abbekommen hatte und er daher umgehend das Weite suchte. Aber vielleicht sah jemand, wie er die Halle vor dem Mord verließ. Je mehr Indizien wir sammeln, desto besser.«

»Und desto schlechter für Mr Morris«, erwiderte Gloria tonlos.

»Und desto schlechter für Mr Morris«, bestätigte Inspector Olive.

Kapitel 29

Am Samstagvormittag bestieg Gloria in der Oxford Street eine Droschke. Sie hatte ohnehin vorgehabt, Lady Virginia vor ihrer Abreise nach Kent noch einmal zu besuchen. Nun, da man den Mörder ihres Ehemannes gefasst hatte, wollte sie erst recht sehen, wie es der jungen Frau ging.

Der Himmel war wolkenverhangen an diesem Morgen, die Luft drückend, und während der Mietwagen durch Londons Straßen ruckelte, dachte Gloria, dass diese dumpfe Wetterlage gut zu der bedrückten Stimmung passte, die sich durch Mona Cairds Vortrag am gestrigen Abend in ihr noch verstärkt hatte. Mrs Caird hatte aus ihrem Roman *»The Wing of Azrael«* gelesen, der sich mit dem Thema »eheliche Vergewaltigung« beschäftigte und dessen Heldin Viola Sedley ihren grausamen Ehemann in Notwehr ermordet. Im Anschluss hatte eine äußerst lebhafte Diskussion stattgefunden, die sich nicht nur auf Mrs Cairds Buch, sondern auch auf deren zahlreiche Essays und Artikel zum Thema »Ehe und Frauenrechte« bezog. Was Gloria auch heute Morgen daher noch nachdenklich stimmte, war die Gewissheit, dass das Los der Frauen nach wie vor viel zu sehr von den Männern abhing und dass es noch ein weiter Weg sein würde, bis Frauen die gleichen Bürgerrechte genießen würden wie Männer. Sie teilte Mrs Cairds Ansicht, die Gleichheit und Selbstständigkeit von Ehepartnern verfocht, und sie musste einmal mehr an Nick denken, mit dem ein solches Leben möglich gewesen wäre. Dem Gedanken an Nick folgten unweigerlich Gedanken an Alexander. Wäre auch mit ihm ein gleichberechtigtes Leben möglich? Stimmte, was Tante Jo sagte, dass er einiges für sie empfand? Sie sah ihn vor sich, wie er am Eröffnungsabend zu ihr gesagt hatte: »Du meisterst das«, mit einem Lächeln, das Zuspruch signalisierte. Sie erinnerte sich, wie er ihr erzählt hatte, dass seine Ehe in die Brüche gegangen war. Auch wenn dies Ereignis einige Zeit zurücklag und auch wenn sie nicht diejenige war, der gegenüber er damals seine tiefsten Empfindungen offenbart hätte, hatte sie das Gefühl gehabt, er sei seiner Ehefrau gegenüber wahrhaftig geblieben, wahrhaftig im Sinne von gerecht. Er war ein Gentleman, ein Angehöriger der oberen Klasse wie sie, und er betrachtete gewisse Gepflogenheiten, Rechte und Privilegien als gegeben. Aber sie erkannte in ihm auch einen Mann, unter dessen rechthaberischer und sperriger Kultiviertheit ein weiches Herz schlug. Und sie wusste, dass er der aufrichtigen Meinung war, dass die Freiheit des Individuums und die verantwortliche Selbstgestaltung seines Lebenswegs das Glück eines Menschen ausmachten. Dass zu diesen Menschen auch Frauen gehörten, nun, ihrer Ansicht nach war er auf dem besten Weg, dies zu begreifen.

Dergestalt in ihre Gedanken vertieft merkte sie kaum, dass sie in der St. Edmund's Terrace angekommen war. Da Gloria ihren Besuch angekündigt hatte, führte der Butler sie gleich durch die Halle in den kleinen, dunklen Salon. Der war jedoch menschenleer und der Butler wies auf die rote Portiere und sagte: »Bitte hier entlang, Mylady.«

»Wie schön, Sie zu sehen, Lady Wingfield«, sagte Lady Virginia, die aufstand, um Gloria zu begrüßen, und ihr beide Hände hinstreckte.

Gloria bemerkte zu ihrer Erleichterung, dass es Lady Virginia etwas besser zu gehen schien. Vielleicht wirkte dies auch nur durch das Gesellschaftszimmer so, das tatsächlich hell und freundlich aussah allein durch die breite Glastür, die Palme im Kübel sowie die hellen Möbel und die beiden einander gegenüberstehenden, zartgrün gepolsterten Sofas. Auf einem saß die Herzogin von Kent.

»Wie geht es Ihnen?«, fragte Gloria, nachdem sie sich neben Lady Virginia gesetzt hatte.

Lady Virginia versuchte sich an einem kleinen Lächeln. »Man hat den Mörder meines Mannes gefasst, das erfüllt mich mit Genugtuung. Ich bin Bedwin – Mr Sands – zu großem Dank verpflichtet.« Sie senkte den Blick und fügte leise an: »Obwohl ihn mir das nicht zurückbringt, nicht wahr.«

»Wer hätte gedacht, dass dieser Morris ein derart verkommenes Subjekt ist!«, sagte die Herzogin mit schneidender Stimme. »Die ›Morning Post‹ gibt sich ja nun recht verhalten bezüglich ihres ehemaligen Starreporters. Glücklicherweise sind die anderen Zeitungen da nicht so zimperlich und nennen die Dinge schonungslos beim Namen.«

Gloria, die keinesfalls die Absicht hatte, näher auf Mr Morris einzugehen, und die außerdem froh darüber war, dass in den Berichten weder ihr noch Alexanders Name in Verbindung mit seiner Entlarvung aufgetaucht war, sagte, an Lady Virginia gewandt: »Ich bin gekommen, um mich von Ihnen zu verabschieden. Ich fahre morgen für ein paar Wochen nach Kent.«

»Oh«, erwiderte Lady Virginia und sah Gloria an.

»Besuchen Sie mich dort, wenn Sie möchten. Wenn Sie sich dazu imstande fühlen oder wenn Sie Ablenkung brauchen.«

»Das ist sehr freundlich von Ihnen.«

»Kommen Sie, wann immer Sie denken, dass eine Ortsveränderung Ihnen guttäte.«

»Danke sehr.«

»Außerdem wollte ich Ihnen noch etwas vorschlagen.«

»Ja?«

»Sie sollten sich überlegen, ob Sie nicht einen Kurs im Frauenbildungsverein belegen wollen. Sie könnten eine Sprache lernen oder vielleicht begeistern Sie sich ja für Geographie. Ich denke, Sie brauchen einen positiven Ausblick. Wollen Sie darüber nachdenken?«

Lady Virginia lächelte schwach. »Ach, Lady Wingfield! Ich glaube, Alfred hätte es gut gefunden, wenn ich eine Aufgabe hätte. Er hat mein Engagement unterstützt. Er hat *mich* unterstützt.« Nun traten ihr doch Tränen in die Augen und sie senkte den Blick erneut. Schließlich hob und senkte sich ihr Brustkorb, sie atmete tief durch, riss sich zusammen und blickte Gloria an. »Sie sollen wissen«, sagte sie, »dass es bei den Zuwendungen an den Frauenbildungsverein bleiben wird. Die Anwälte meines Mannes in Deutschland bestätigten dies, Alfred hat es so festgelegt. Ich selbst werde eine Apanage aus seinem Vermögen erhalten.«

»Das freut mich zu hören«, sagte Gloria und bemerkte die deutlich zusammengekniffenen Lippen der Herzogin bei dieser Auskunft.

Sie plauderten noch ein wenig über allgemeine Themen, schließlich wiederholte Gloria ihr Besuchsangebot und zwanzig Minuten später verließ sie die junge Frau und deren verbitterte Mutter.

Kurz vor fünf Uhr am Nachmittag betrat sie das Haus des Frauenbildungsvereins. Sie war zeitig gekommen, um vor Mrs Neal und Sally da zu sein, die um halb sechs ihren Dienst begannen. Sie brauchte den Augenblick allein. Es war das erste Mal seit jenem Abend, dass sie hier war, und sie musste sehen, wie sie zurechtkam, wenn sie erstmals den Raum betrat, in dem sich das Drama abgespielt hatte. Langsam ging sie den Flur entlang in Richtung des Arbeitszimmers. Die Milchglasscheibe der hinteren Eingangstür ließ schwach das blasse Licht herein. Der Tag hatte sich auch zum beginnenden Abend hin nicht aufgehellt, dunkle Wolken hingen noch immer am Himmel, die Luft war drückend und verbraucht und schien voller Staub und Sand, die schwer auf allem lasteten.

Vor der Tür hielt sie inne. Dann drückte sie die Klinke und ging hinein. Kurz nur war die Beklemmung, die sie spürte, dann merkte sie, dass das Zimmer die Geschäftigkeit der anderen Frauen, die seit Mittwoch hier ein und aus gegangen waren, ausstrahlte, und das beruhigte sie. Zeitungen und ein Deutschlehrbuch lagen auf dem Fenstersims, daneben ein Aschenbecher mit einer zerdrückten Zigarre. Über dem Stuhl hinter dem Schreibtisch hing ein vergessener Schal. Sie nahm ihn und hängte ihn an den Kleiderhaken neben dem Aktenschrank. Dann setzte sie sich und starrte auf den Boden. Dort hatte er gelegen, geschlagen, von Alexander bewacht. Durch diese Tür dort hatte man ihn abgeführt. Sie hatte keine Ahnung, wie lange sie saß und starrte, aber schließlich nahm sie Stift und Papier und begann zu schreiben:

Lieber Alexander!

Ich hoffe, dass du noch immer die Absicht hast, mit nach Kent zu kommen. Ich jedenfalls würde mich wirklich sehr freuen, wenn wir morgen wie vereinbart zusammen dorthin aufbrechen würden. Ich habe diese Tage gebraucht, um nachzudenken und vor allem, um mir selbst zu verzeihen. Es tut mir leid, dass ich dich in eine solche Lage gebracht habe. Und ich möchte, dass du weißt, wie unendlich dankbar ich dir für deine Hilfe bin. Ich denke, es ist gut, dass ich das Haus in der New Oxford Street eine Weile nicht zu sehen bekomme, und mich um die Belange in Whitewater House zu kümmern, wird mich von den schrecklichen Erinnerungen an jenen Abend ablenken.

Mit herzlichen Grüßen
Gloria

Gloria las das Geschriebene noch einmal. War der Ton angemessen, sollte sie noch etwas hinzufügen? Nein, alles, was es sonst zu sagen gäbe, musste in einem persönlichen Gespräch gesagt werden.

Sie steckte den Brief in ein Kuvert, verschloss es und ging hinüber in die Küche. »Guten Abend, Mrs Neal«, grüßte sie die Köchin, die gerade begann, kleine Happen vorzubereiten, die wie jeden Samstag gereicht werden würden.

»Guten Abend, Mylady. Sie sind zeitig hier.«

»Ich hatte noch zu tun. Ist Hutch in der Nähe?«

»Meine, der steht in der Waschküche bei Sally«, antwortete Mrs Neal und machte Anstalten, ihn zu rufen.

»Nicht nötig, ich gehe selbst«, sagte Gloria und ging nach hinten in die Waschküche.

Sally stand am großen Spülbecken und schälte eine Salatgurke, wobei sie mit dem vor der Tür stehenden Laufburschen scherzte.

»Oh, Mylady«, sagte Sally überrascht. »Brauchen Sie etwas?«

»Ich möchte Hutch um etwas bitten. Hutch?«

Der schlaksige Junge mit dem pickeligen Gesicht zog rasch die Mütze vom Kopf und trat herein. »Mylady?«

»Bringe diesen Brief zu Lord Lyndon. Geh erst zum Travellers Club in Pall Mall, das ist näher. Sollte er dort nicht sein, dann geh zu seinem Haus am Cleveland Square.

Übergib ihm den Brief persönlich und warte auf Antwort. Es ist egal, wie lange es dauert, was nicht heißt, dass du den Abend in der Stadt verbummeln sollst.«

»Sehr wohl, Mylady.«

Sally war unterdessen zurück in die Küche gegangen, und als Gloria nun ebenfalls hineinging, sprach Mrs Neal sie noch einmal an: »Die ham ihn gefasst, Mylady, was sagt man dazu! Der Gentleman, der von Mr Pratt gesehen wurde, konnte alles aufklären.« Sie schüttelte den Kopf. »Dabei tat der immer so freundlich. Sally hier, die kann ein Lied davon singen. Ist noch ganz schön aus dem Häuschen deswegen, was, Sally?« Sie drehte sich zu dem Mädchen um, das verlegen mit den silbernen Platten hantierte.

»Was meinen Sie damit?«, fragte Gloria irritiert und blieb im Türrahmen stehen.

»Gar nichts, Mylady«, wehrte Sally ab, aber Mrs Neal sagte: »Der is hier immer mal wieder aufgekreuzt, Mylady. Schon gleich an dem Tag vor der Eröffnung, wo er hier war, um Sie für die Zeitung zu befragen. Danach stand er draußen am Nebeneingang der Waschküche und hielt mir die Sally von der Arbeit ab mit seinem Gerede, wo er überall Einblicke hätte und welche bedeutenden Leute er schon getroffen hätte und so. Stimmt doch, Sally, oder?«

Sally war deutlich verlegen – und verstimmt. »Hat ja nicht lange gedauert«, verteidigte sie sich.

»Tags nach dem Mord war er schon wieder da. Brachte Kaugummi mit und sagte, dass er jede noch so kleine Kleinigkeit für einen Artikel brauchen könnte und ob sie vielleicht etwas beobachtet hätte und ob sie ihn auf dem Laufenden halten wollte.«

»Mrs Neal, bitte, das war doch weiter nicht erwähnenswert«, sagte Sally und es war ihr anzumerken, dass sie sich sehr unwohl fühlte.

»Na, ich mein ja bloß, dass du Ihrer Ladyschaft das ruhig sagen kannst.«

Gloria dachte daran, wie sie Mr Morris vor der Buchhandlung mit einem Dienstmädchen hatte flirten sehen – und merkte, wie sie sich versteifte. »Hast du ihm denn etwas erzählt?«, fragte sie betont ruhig.

»Ich hatte ja nichts gesehen, Mylady«, antwortete Sally.

»Trotzdem kam er immer wieder«, sagte Mrs Neal mit einem Seitenblick auf Sally.

»Was wollte er denn?«, fragte Gloria und sie merkte, dass sie innerlich zitterte. Sie glaubte, die Antwort zu kennen, ein Blick auf Sally genügte. Er hatte auch ihr Hausmädchen benutzt. Hatte ihr schöne Augen gemacht, ihr Süßigkeiten geschenkt und sie ausgefragt.

»Nichts Schlimmes, Mylady«, beteuerte Sally. »Er kam zum Seiteneingang und plauderte. Er wollte wissen, ob eine berühmte Tochter unter den Kursteilnehmerinnen sei und was sie so redeten. Gesellschaftsklatsch eben. Ich hab nichts gesagt, was jemand in ein schlechtes Licht setzen könnte, Mylady, wirklich nicht.«

Gloria nickte. »Hast du das auch der Polizei erzählt?«

»Nein, wieso? Das war ja nicht wichtig.«

»Es könnte aber jetzt, da man Mr Morris als Mörder verdächtigt, wichtig sein. Vermutlich hat er sich auch nach dem Gentleman erkundigt, der am Abend der Eröffnungsfeier nach Mr von Sachsfeld fragte.«

»Ja, das hat er«, bestätigte Sally.

»Ich werde den Inspector von Scotland Yard informieren, Sally, dass er dir noch einmal Fragen stellt.«

Sally sah verzweifelt aus.

Im selben Augenblick hörte Gloria die Eingangstür, sie beugte sich leicht nach hinten, um hinzusehen. Lilian kam. Gloria wandte sich an Mrs Neal und schloss Sally in ihre Worte mit ein: »Ich denke, Sie beide können dem Inspector womöglich helfen, wenn Sie ihm sagen, was Sie mir gesagt haben. Ganz offensichtlich war Mr Morris sehr daran interessiert, alles zu erfahren, was in diesem Haus vorgeht.

Er musste es wissen, um sich zu wappnen, verstehen Sie?«

Mrs Neal nickte. Lilian hielt bei ihnen an und grüßte.

Im Arbeitszimmer erzählte Gloria Lilian, was sie soeben von den beiden Angestellten erfahren hatte. »Er hat hier herumgelungert und das Haus beobachtet. Er hat Sally mit Geschenken verwöhnt, um Auskünfte aus ihr hervorzulocken. Er wollte wissen, ob jemand am Eröffnungsabend etwas bemerkt habe. Er hat nichts unversucht gelassen, Lilian, nichts.« Sie drehte sich zum Fenster und sah auf die Backsteinwand des gegenüberliegenden Hauses.

Lilian legte ihr die Hand auf die Schulter. »Es fühlt sich schrecklich an, so hintergangen worden zu sein. Versuche, es zu vergessen.« Sie legte ihre Tasche und ihr Jäckchen ab. »Wirst du den Abend meistern oder …«

»Aber natürlich«, erwiderte Gloria, wandte sich zu ihrer Freundin um und schenkte ihr ein tapferes Lächeln.

Kurz darauf kamen die Viscountess Harberton, Mrs King und Mrs Wilde, um zusammen mit einem hoffentlich großen Publikum über zeitgemäße und vor allem vernünftige Damenbekleidung zu diskutieren.

»Ein voller Erfolg!«, sagte Gloria zu Mrs Wilde. Sie standen in der Großen Halle, die Zuhörerinnen waren gegangen, nur Lilian unterhielt sich noch mit der Viscountess Harberton und Mrs King.

»In der Tat«, bestätigte Mrs Wilde. Ihre Augen leuchteten, ihre Wangen waren leicht gerötet. Ganz nach dem Motto der Rational Dress Society trug sie ein bequemes, aber dennoch geschmackvolles und elegantes Kostüm, das goldbraun schimmerte. »Das Thema kam an, jeder Stuhl war besetzt. Wir sind auf einem guten Weg, Lady Wingfield.«

»Das denke ich ebenfalls.«

»Haben wir schon einen Ersatz für Mrs Dickson nächsten Samstag?«, fragte Mrs Wilde.

»Nein«, erwiderte Gloria. »Würden Sie noch einmal bei Miss Shaw von der ›Times‹ nachhaken? Ich habe ihr geschrieben und sie gefragt, ob sie nicht einen Vortrag zur Pariser Weltausstellung halten würde. Aber sie hat nicht geantwortet.«

»Mache ich.«

»Übrigens habe ich nichts mehr von den Dicksons gehört. Sind sie schon fort?«, fragte Gloria.

»Soweit ich weiß, ja. Da Mr Dickson uns weiterhin seine Zuwendungen gewährt, schätze ich, wir werden bald von seinem Anwalt hören.«

Gloria nickte. »Und Ihr Ehemann? Ist er wohlbehalten in Deutschland angekommen?«

»Ich denke, ja. Er sandte ein Telegramm.«

»Das freut mich. Ich wünsche ihm viel Erfolg bei der Bearbeitung seines Bühnenstücks.«

»Ich danke Ihnen. Wollen wir nun aufbrechen?«

»Gehen Sie nur, Mrs Wilde. Lilian und ich werden den Abschluss machen. Gute Nacht.«

»Gute Nacht, Lady Wingfield.«

Schließlich ging Gloria neben Lilian den Flur entlang. Atkins kam auf sie zu, er hielt einen Brief in der Hand. »Hutch hat den für Sie gebracht, Mylady.«

Gloria bedankte sich und Atkins machte sich auf zu seinem abschließenden Rundgang.

»Ich platze zwar vor Neugier, aber soll ich draußen auf dich warten?«, fragte Lilian mit einem schelmischen Lächeln.

Gloria machte eine verneinende Geste mit der Hand. Ihr Herz klopfte, als sie das Kuvert öffnete.

Gloria, meine Liebe!

Natürlich komme ich mit nach Kent, ein Gentleman steht zu seinem Wort! Abgesehen von dem Vergnügen einer Landpartie denke auch ich, dass der Abstand von den Ereignissen uns beiden guttun wird. Außerdem muss ich dir gestehen, dass ich tatsächlich neugierig auf das Haus bin, durch das du als kleines Mädchen wie ein Wirbelwind gefegt sein dürftest.

Bis morgen also!
Mit herzlichen Grüßen
Alexander

»Deinem Lächeln nach zu urteilen sind das gute Nachrichten«, sagte Lilian schmunzelnd.

»Stimmt«, antwortete Gloria. Sie ging noch einmal zurück, blieb in der Tür zur Großen Halle stehen und sagte laut: »Wir gehen dann. Gute Nacht, Atkins.«

»Gute Nacht, Lady Wingfield«, antwortete Mr Atkins.

Kapitel 30

Nein, es ließ sich nicht länger hinausschieben. Sie mussten sich unterhalten. Allein.

Von ihrem Aufbruch an bis zum Dinner gestern Abend waren sie ständig von Leuten umgeben gewesen: Tante Jo, Mitreisende im Zug, Glorias Verwalter Harper, der sie am Bahnhof in Ashford abgeholt hatte, Hausdiener, die ihr Gepäck in Empfang nahmen. Also bot Gloria Alexander am Montagmorgen nach dem Frühstück an, ihm den Garten zu zeigen.

Whitewater House, ein spätmittelalterliches Haus mit Steildächern, die hohe, massive Schornsteine trugen, lag inmitten des großen Gartens. Es war seit siebzig Jahren im Besitz von Glorias Familie, und ihr Vater hatte es vor zehn Jahren renovieren lassen. Gloria führte Alexander an der Nordwestseite des Hauses vorbei die Stufen hinunter auf den weitläufigen Rasen, auf dem gestutzte Eiben vereinzelt oder in kleinen Gruppen standen. »Wir beginnen hier«, erklärte sie, indem sie auf den Rosengarten zuhielt, »und gehen einmal gegen den Uhrzeiger außen herum.« Sie machte eine entsprechend ausladende Geste mit dem Arm und Alexander nickte. Der Rosengarten war rundum von Hecken gesäumt und an seiner Ostseite von einer länglichen Stallung flankiert. Sie spazierten umher, wiesen einander auf besonders hübsche Blüten hin und Alexander lobte das kunstvolle Arrangement sowie ihren offensichtlich hervorragenden Gärtner.

»Warte, bis du den Teil auf der Westseite siehst«, sagte Gloria. »Laubengänge, Hecken, Stauden, ein Nutzgarten und Obstbäume. Und die Krönung ist der abgesenkte Garten mit dem Wasserbecken auf der Südostseite.«

»Kein Wunder, dass du so gerne hierherkommst.«

»Es ist mein Elternhaus.«

»Natürlich«, erwiderte er, verschränkte die Arme auf dem Rücken und schritt voran.

Sie gingen auf kiesbestreuten Wegen, die durch den mit Eiben bestandenen Rasen mäanderten. »Ich fürchte, ich habe mich ziemlich dumm benommen. Bitte denke nicht schlecht von mir«, ergriff Gloria schließlich das Wort.

Alexander räusperte sich und erwiderte: »Das … tue ich nicht, nein.«

»Das erleichtert mich. Es hätte mir … viel ausgemacht, wenn du dich von mit abgewendet hättest.«

»Warum sollte ich mich von dir abwenden?«

»Weil ich … nun, du weißt schon … mich ein wenig habe hinreißen lassen.« Das war ja nun ziemlich untertrieben, aber wie formulierte man das dem Mann gegenüber, den man inzwischen mehr als nur zu schätzen gelernt hatte?

Alexander blieb stehen und sah sie an. »Ich möchte dir etwas sagen. Ich kann nicht behaupten, dass es mir gefallen hat, dass du mit Morris … auf so vertrautem Fuß standest. Aber ich weiß, dass es nichts genützt hätte, mich dagegenzustellen. Nicht wenn der gesunde Menschenverstand, den du zweifelsohne besitzt, von gewissen … Bedürfnissen außer Kraft gesetzt wird.«

»Oh«, machte sie nur, da sie auf diese Direktheit von ihm nicht gefasst gewesen war.

Er war offenbar selbst davon überrascht, denn er ging ein paar Schritte, den Blick konsequent nach vorn gerichtet. Gloria folgte ihm nachdenklich. Seine Worte waren von einer schlichten Wahrheit durchdrungen, die ihr imponierte. Plötzlich blieb er wieder stehen und sah sie an. »Und ich möchte dir noch etwas sagen«, begann er. »Obwohl ich durch Lady Blythes Informationen wusste, was es bedeutete, dass du an jenem Abend in der New Oxford Street warst, hatte ich nur einen einzigen Gedanken: dich zu warnen. Ich wusste nicht sicher, ob Mr Morris des Mordes schuldig war, aber nach dem, was ich gehört hatte, war es wahrscheinlich. Auf jeden Fall aber führte er ein Doppelleben und täuschte dich dadurch. Ich ging nicht davon aus, dass er dir etwas antun würde, weshalb auch. Trotzdem war ich in Sorge um dich. Ich dachte keinen Augenblick daran, was er mir antun könnte, wenn ich ihn mit meinem Wissen konfrontierte, ich hatte nicht im Mindesten überlegt, was ich tun sollte, wenn Morris aggressiv würde. Alles was ich dachte, war, dich vor ihm zu bewahren, auch wenn sich das augenblicklich ein wenig melodramatisch anhört.«

»Es hört sich wunderschön an«, flüsterte Gloria, die ihm mit immer größerem Erstaunen zugehört hatte.

Er hielt verdutzt inne. »Tut es das?«

Sie nickte.

Er sah wieder vor sich.

»Weißt du, dann scheint zu stimmen, was Tante Jo mutmaßt«, sagte Gloria. Ihr Herz klopfte mit einem Mal sehr und sie merkte, dass sie rot wurde, als sie sagte: »Dir liegt etwas an mir.«

Sein Kopf schnellte zu ihr herum. »Aber natürlich liegt mir etwas an dir!«, sagte er forsch.

»Viel?«

»Ja.«

»Ich möchte dir auch etwas sagen. Ich habe dich hierher eingeladen, weil mir der Gedanke nicht gefiel, dich nicht mehr … in meiner Nähe zu wissen. Ich mag es, wenn du bei mir bist, und ich mag es, wie ich bin, wenn du bei mir bist. Das ist mir klar geworden, aber zwischendurch hatte ich es wieder … verloren.«

Er sah ihr in die Augen. »Und jetzt hast du es wiedergefunden?«

»Ja«, sagte sie und lächelte ihn an.

Sie senkten beide den Blick und schwiegen. Schließlich setzten sie ihren Weg fort, Kies knirschte unter ihren Schritten. Alexander verschränkte die Arme hinter dem Rücken, ließ sie hängen, verschränkte sie wieder. Dann blieb er stehen, Gloria daraufhin ebenfalls. »Ich habe kürzlich einen Brief von Raymond bekommen«, sagte er. »Meinem Bruder in Indien, du erinnerst dich?«

»Sicher, geht es ihm gut?«

»Sehr gut, wie es aussieht. Er wird Vater.«

»Oh! Das ist ja wundervoll!«

»Ja. Er bat mich, Pate zu werden. Was natürlich bedeutet, zur Taufe anwesend zu sein.«

»Wie wunderbar!«

»Das Kind wird im Dezember erwartet. Ich habe mich gefragt, ob du dir vielleicht vorstellen könntest, mit mir nach Indien zu reisen.« Ein warmer Glanz lag in seinen Augen, als er dies sagte, und Gloria spürte tief im Innen sofort ein freudiges *Ja.*

»Ja«, antwortete sie. »Das kann ich mir sehr gut vorstellen.«

»Selbstverständlich soll Lady Blythe uns begleiten«, fügte er an.

»Womöglich ist dies Tante Jo zu weit. Aber am besten fragst du sie nachher selbst.«

»Das werde ich.«

»Alexander, vielleicht ist das jetzt ein bisschen voreilig,

aber … ich denke gerade, dass …« Sie hielt inne und schaute weg.

»Was denn?«

Sie sah ihn an. »Bitte versteh mich nicht falsch, aber ich denke, ich sollte endlich auf meine Schwiegermutter einwirken, dass sie ihren Sohn für tot erklären lässt. Sie muss einsehen, dass …«

»… du nicht für immer allein bleiben und dich möglicherweise wieder verheiraten willst.«

Er trat nah an sie heran und zog sie an sich. »Hast du dafür schon einen Kandidaten im Blick?«, fragte er nah an ihrem Gesicht.

»Habe ich, ja. Bist du etwa im Begriff, mich zu küssen?«

»Bin ich, ja. Hast du etwas dagegen?«

»Sagen wir so: Wenn du es nicht in Erwägung gezogen hättest, hätte ich es vorgeschlagen.«

»Tatsächlich?«

»Natürlich.«

»Das ist ganz meine Lady«, sagte er sanft, nahm ihr Gesicht in beide Hände und küsste sie.

Ende

Nachwort

Es war mir von Anfang an klar, dass einer der Schwerpunkte in diesem Roman auf der Presse liegen sollte – vorzugsweise auf Frauen und Presse. Nachdem ich bereits für Glorias zweites Abenteuer in Ägypten einiges über viktorianische Frauenmagazine und -zeitungen recherchiert hatte, vertiefte ich dieses Thema für das dritte Buch.

Nicht nur explodierte die Presselandschaft im viktorianischen England um ein Vielfaches, es änderte sich auch die Art der Berichterstattung: Werbung wurde zunehmend wichtiger, verbesserte Drucktechniken führten zu mehr Illustrationen, Fotografien fanden ihren Weg in die Journale und die Interviewform wurde eingeführt. Ein weiteres Merkmal dieser Zeit war die Entanonymisierung der Schreibenden. Erschienen Artikel in der Mitte des Jahrhunderts noch anonym, so waren sie gegen dessen Ende namentlich gekennzeichnet.

Für Frauen, denen noch immer der Zugang zu fast allen Berufen verschlossen war, bot der Journalismus ein

Auskommen. Es gab Frauenmagazine, die sich ausschließlich an Krankenschwestern und Arbeiterinnen wandten oder die sich dem Thema des Frauenwahlrechts widmeten.

Ich habe im Internet einen digitalisierten Originaltext gefunden mit dem Titel »Leading Lady Journalists«, geschrieben von Mary Frances Billingham. Der Text wurde laut einer Notiz auf dem Deckblatt ehemals im »Pearson's Magazine« abgedruckt und stammt von 1896.

Ms Billingham zollt darin den Journalistinnen ihrer Zeit Respekt. Sie nennt die Namen sowie die Zeitungen, für die die Damen schrieben oder die sie herausgaben. Diesen Vorreiterinnen ihres Berufsstandes wollte ich ein Denkmal setzen und lasse sie im Roman auftauchen. Von den meisten ist mir weder ihr Alter bekannt noch, ob sie ihre Arbeit 1890, 1892 oder 1894 begannen, was ja *nach* der Zeit der Romanhandlung wäre. Im Rahmen der schriftstellerischen Freiheit lasse ich einige von ihnen trotzdem im Roman auftauchen. Alle mit * gekennzeichneten Journalistinnen (sowie andere Personen) im Personenregister hat es also wirklich gegeben. Auch die ihnen zugeordneten Themenbereiche stimmen. Bei Lady Greville und Frances Power Cobbe stimmt auch das Aussehen.

Nachdem ich in einem Blog über das viktorianische Zeitalter über die afrikanische Prinzessin **Sara Forbes Bonetta** gelesen hatte, war ich entschlossen, auch sie in den Roman einzubauen. So ist die Figur der **Susan Forsythe Beltà** der Biografie von Sara Forbes Bonetta, später Lady Sara Forbes Bonetta Davies, nachempfunden. Eine unglaubliche Geschichte eines ungewöhnlichen Schicksals einer schwarzafrikanischen Frau. Sara Forbes Bonetta starb bereits 1880, ich habe mir erlaubt, ihre biografischen Daten dem Roman anzupassen.

Wer mehr über sie erfahren möchte:

https://en.wikipedia.org/wiki/Sara_Forbes_Bonetta

http://suite7beautytalk.com/2012/02/27/little-known-historical-fact-sarah-forbes-bonetta-davies/

sowie

http://the-gaiety-girl.blogspot.de/2014/01/sara-forbes-bonetta-die-patentochter.html

Der Kapitän, der sie rettete und den ich im Roman Frederick E. Forsythe nenne, hieß in Wirklichkeit Frederick E. Forbes, sein Schiff war die Bonetta.

James Peter Labulo Dickson hieß in Wirklichkeit **James Pinson Labulo Davies**. Er war Saras Ehemann. Für ihn gilt das Gleiche: Auch seine Daten habe ich für den Roman modifiziert, und auch über ihn gibt es einen Wikipedia-Eintrag.

Die **West Africa Squadron** war eine Organisation, die an der westafrikanischen Küste patrouillierte, um den atlantischen Sklavenhandel zu unterbinden.

Sonstige Anmerkungen:

- Die im Roman mehrfach erwähnte Hochzeit von Prinzessin Louise, einer Enkelin Königin Victorias, mit dem Earl of Fife fand am Samstag, dem 27. Juli 1889 statt. Zwei Tage nach der Hochzeit erhob Königin Victoria den Earl zum Duke of Fife.
- 16 Inches (das Männermesser) entsprechen etwa 40,5 Zentimeter ; 12 und 11 Inches (die Frauenmesser) etwa 31 und 28 Zentimeter.
- »Gentry« bezeichnet den niederen Adel, »Peerage« den Hochadel.

- Der Alexandra Club existierte tatsächlich als Club für Frauen, auch die Adresse Grosvenor Street stimmt.
- Auch den Travellers Club gab es, es gibt ihn noch immer, und noch immer steht das Gebäude in Pall Mall.
- Viscountess Harberton und Mrs King gründeten tatsächlich die Rational Dress Society.
- Mona Cairds im März 1889 veröffentlichter Roman »The Wing of Azrael«, der eheliche Vergewaltigung zum Thema hatte, sorgte für eine Flut von Leserbriefen in der Presse.
- Ein Canotier ist ein flacher, steifer Strohhut.
- Der »Observer« war eine Sonntagszeitung; Gloria und Alexander sehen sich in Kapitel 14 am Sonntagabend, entsprechende Artikel werden in den anderen Zeitungen also erst am darauffolgenden Montag erscheinen.
- Die »Pall Mall Gazette« war eine Abendzeitung, die etwa ab vier Uhr nachmittags mit den neuesten Nachrichten aufwartete.

Die Personen der Geschichte

Real existierende Personen
*sind mit einem * gekennzeichnet.*

Lady Gloria Victoria Wingfield (29), eine engagierte Dame nicht nur in Sachen Frauenbildung. Leider pflastern Leichen ihren Weg

Lady Josephine Margaret Blythe, genannt »Jo« (69), Lady Glorias Großtante

Lord Alexander Lyndon, Viscount Loughborough (33), gut aussehend, Gentleman durch und durch und zu seiner eigenen Überraschung mit einer guten Portion Humor ausgestattet

Lilian Fielding (29), Glorias Freundin und Mitstreiterin in Sachen Frauenbildung

Robert Fielding (32), Lilians Ehemann

Lady Virginia Heaton (21), frisch vermählte Tochter aus herzoglichem Haus, die etwas für Frauenbildung übrig hat

Alfred Emanuel von Sachsfeld und Thalburg (21), Lady Virginias deutscher Ehemann, lebt in London und studiert dort britisches Staatsrecht; Sponsor des Frauenbildungsvereins

Marie Louise von Sachsfeld-Saale, Herzogin von Kent (54), Lady Virginias Mutter

Sir John Carrey (54), Baronet und Finanzverwalter der Herzogin von Kent

Eduard von Löwenstein (30), Virginias Cousin

James Peter Labulo Dickson (35), wohlhabender afrikanischer Geschäftsmann, Sponsor des Frauenbildungsvereins

Susan Forsythe Beltà (21), seine Ehefrau, einst eine afrikanische Prinzessin, nun Patentochter Königin Victorias

Bedwin Sands (23), Dandy und Orientreisender, Freund von Alfred

Constance Wilde* (31), Autorin, Rednerin, Frauenrechtlerin, Kriegsgegnerin und Herausgeberin der »Rational Dress Society Gazette«

Oscar Wilde* (34), Constances Ehemann, Schriftsteller und Ästhet, Herausgeber der Zeitschrift »Woman's World«

Gregory Morris (27), angesehener Gesellschaftsreporter

Miss Margaret Bateson*, Journalistin der Frauenzeitung »The Queen«

Cecil Rigby, Inhaber der Rigby Sparkasse und Sponsor des Frauenbildungsvereins

Mr Brooks, Glorias Anwalt

Louise Lauritz (56), ehemalige Erzieherin und Gouvernante von Lady Virginia, nun ihre Vertraute und Freundin

Miss Ethel Lloyd*, Journalistin des »Daily Telegraph«, außerdem führendes Mitglied der Vorstandschaft der Frauenzeitung »The Lady's Pictorial«

Miss Honor Morton*, Krankenschwester und Journalistin, schreibt für das wöchentliche Nursing Supplement

Sir James William Olive* (35), Inspector bei Scotland Yard

Mr Popkiss, Sergeant

Mrs Elizabeth Thomasina Meade Smith* (45), Autorin von Jugendbüchern sowie religiösen und sentimentalen Geschichten und historischen Romanen

Mrs Florence Fenwick Miller* (34), Medizinerin und berühmte Rednerin sowie Journalistin

Lady Greville*, Tochter des 4. Herzogs von Montrose, Journalistin und eine Autorität in Sachen Frauensport und Freizeit

Miss Susan Carpenter*, Irin, Journalistin

Mrs Warren* (79), die Herausgeberin von »The Ladies' Treasury«

Tom Twitter, ominöser Schmierenschreiber, seine reißerischen Artikel erscheinen hauptsächlich in den »Illustrated London News« sowie der »Tit-Bits«

Lady Rossmore (51), Mitglied im Alexandra Club und im Frauenbildungsverein

Lady Warwick (ca. Mitte 40), Mitglied im Alexandra Club und im Frauenbildungsverein

Lord & Lady Ashburton (in ihren 70ern), Nachbarn von Tante Jo

Lord & Lady Hastings, **Baron Fitzherbert**, Freunde und Gäste der Ashburtons

Das Personal im Frauenbildungsverein:

John Atkinson, Hausmeister; **Auguste Neal**, Köchin; **Sally Beaumont** (20), Hausmädchen; **Linda O'Connor** (17), Küchenmädchen; **Frederick Pratt** (51), Butler mit Zeitarbeitsvertrag; **Hutch** (16), Laufbursche

Außerdem:

Mrs Rigby; ein Constable; Lady Blythes Butler Twentyman; Finley, Lord Lyndons Kutscher; Hulda Friedrichs*, eine deutsche Journalistin, die in London lebt und für verschiedene Zeitungen schreibt; Viscountess Harberton* und Mrs King*, die Gründerinnen der Rational Dress Society; die Journalistin Frances Power Cobbe*.

Danksagung

Dem Blog »Gaiety Girl« für die Informationsfülle zum viktorianischen Zeitalter, zu finden unter: http://the-gaiety-girl.blogspot.de.

Robert C. Marley für das freimütige Beantworten all meiner Fragen zur Polizeiarbeit.

Andrea Bergen-Rösch und Eva J. Waldau für die vielen klugen Überlegungen zum Plot und die inspirierende Zusammenarbeit.

Sandra Thoms für das Geschenk.

Andreas Barth für das wie immer feinfühlige Lektorat.

Birgit Rentz für den letzten Schliff.